DESPERATE
LITERATURE

Brooklyn
Madrid
Santorini

LIBRERIA INTERNACIONAL

Cien noches

Luisgé Martín

Cien noches

Con la contribución de los escritores detectives Edurne Portela,
Manuel Vilas, Sergio del Molino, Lara Moreno y José Ovejero

EDITORIAL ANAGRAMA
BARCELONA

Ilustración: «Quiet Restaurant», © Steven J. Levin

Primera edición: noviembre 2020
Segunda edición: diciembre 2020
Tercera edición: febrero 2021

Diseño de la colección: Julio Vivas y Estudio A

© Luisgé Martín, 2020
  c/o DOS PASSOS Agencia Literaria

© EDITORIAL ANAGRAMA, S. A., 2020
  Pedró de la Creu, 58
  08034 Barcelona

ISBN: 978-84-339-9910-8
Depósito Legal: B. 17982-2020

Printed in Spain

Romanyà Valls, S. A., Sant Joan Baptista, 35
08789 La Torre de Claramunt

El día 2 de noviembre de 2020, el jurado compuesto por Gonzalo Pontón Gijón, Gonzalo Queipo (de la librería Tipos Infames), Marta Sanz, Juan Pablo Villalobos y la editora Silvia Sesé otorgó el 38º Premio Herralde de Novela a *Cien noches,* de Luisgé Martín.

Resultó finalista *Los llanos,* de Federico Falco.

Para Jorge Gubern y Lali Herralde

Sin despreciar
—alegres como fiesta entre semana—
las experiencias de promiscuidad.
Aunque sepa que nada me valdrían
trabajos de amor disperso
si no existiese el verdadero amor.

JAIME GIL DE BIEDMA,
«Pandémica y celeste»

Uno de los grandes logros de la raza
humana es no reconocer algo aun conociendo su existencia.

JOHN STEINBECK, *Al este del Edén*

Hay una anécdota humorística del presidente estadounidense Calvin Coolidge que sirve para dar nombre a un patrón de comportamiento sexual. Coolidge y su esposa Grace hicieron una visita a una granja experimental que el gobierno norteamericano había puesto en funcionamiento. Los directores de la granja les estaban enseñando por separado las instalaciones: el presidente se había quedado charlando en la puerta mientras la señora Coolidge, acompañada de un funcionario, se había adelantado en la visita. Al llegar al gallinero, vio la actividad sexual de las aves y le preguntó con interés al encargado de esa zona cuántas veces al día montaba el gallo a las gallinas. El funcionario le respondió que decenas de veces, y ella, con picardía, le dijo entonces: «Cuénteselo al señor Coolidge cuando pase por aquí.»

Pocos minutos después, pasó el presidente por la misma zona, y el encargado, obediente, le contó la conversación que había tenido con su esposa. Coolidge se quedó pensativo y le preguntó: «¿Pero el gallo se aparea siempre con la misma gallina?» El encargado, con vergüenza, le respondió rotundamente que no. «Cada vez es con una distinta, señor», le explicó. El presidente sonrió satisfecho. «Vaya a contarle eso a la señora Coolidge, por favor», le pidió.

Dos décadas después de la presidencia de Coolidge, en los años cincuenta del siglo XX, se realizó con ratas un experimento sobre la conducta sexual. Los investigadores introdujeron en una jaula grande a una rata macho y a cinco o seis ratas hembra que estaban en celo. El macho se apareó con todas, una por una, hasta que quedó saciado sexualmente y dejó de responder a los estímulos de las ratas hembra, que continuaban acercándosele para tentarle. Los investigadores metieron entonces en la jaula una rata nueva, y el macho, al verla, recobró su energía y se lanzó a copular con ella.

Este experimento ha sido realizado a lo largo de los años con todo tipo de mamíferos, siempre con resultados idénticos que prueban una tesis irrebatible: la aparición de parejas sexuales nuevas aviva la excitación y por lo tanto determina el deseo erótico. Desde las ratas hasta los seres humanos. La causa de ese comportamiento no es espiritual: tiene que ver con la secreción de dopamina en el organismo. El amor, en términos químicos, es una sobredosis de dopamina que actúa como bloqueante durante un tiempo, pero no eternamente.

El experimento tiene variación de género: las ratas hembra no son tan receptivas como los machos al cambio de parejas. Necesitan otros estímulos, atienden a la novedad sexual en una medida menor. Es decir, sus hormonas o sus transmisores límbicos son más fecundadores: el macho prefiere copular con dos ratas diferentes y la hembra prefiere casi siempre copular dos veces con el mismo macho. Ahí está la marca biológica de la especie. Ahí están todas las teorías del amor resumidas. Las teorías del amor humano, no las del amor de roedores.

Yo oí hablar por primera vez del experimento de las ratas a un profesor de psicología evolutiva de la Universidad de Chicago con el que acababa de acostarme. Estaba desnudo en la cama, había eyaculado tres veces en el plazo de una hora y trataba de explicarme científicamente por qué a pesar de que ya no tenía ganas de aparearse conmigo, si apareciera en la habitación una chica distinta a mí –aunque fuera más fea–, recobraría la libido inmediatamente y tendría de nuevo una erección. Habló de la prolactina, del hipogonadismo y de la dopamina como si estuviera impartiendo una clase magistral en el aula. Yo, que había entrado en su dormitorio entusiasmada por haber logrado seducir a uno de los profesores más deseados del campus (y de los más reacios a compartir experiencias sexuales con alumnas, que estaban vagamente prohibidas en la época), me levanté ofendida, me vestí con sus pantalones de tirantes y su camisa, me pinté en el baño con maquillajes un bigote negro y espeso, y salí de nuevo al cuarto, donde él dormitaba ya, para preguntarle si en esas trazas tan distintas la dopamina podría tener efecto. El profesor abrió los ojos, se rió compasivo y me arrancó algunas piezas de ropa antes de quedarse definitivamente dormido. «No soy maricón», dijo en la duermevela. «Ni yo soy una rata», le respondí mientras me vestía para marcharme.

En 2016 y 2017 se realizó en Estados Unidos un complejo estudio sexológico dividido en dos fases. La primera fase la dirigió Amos Lowery, un doctor de la Universidad de Harvard famoso por sus teorías sobre el capital erótico, semejantes a las que la socióloga británica Catherine Hakim ha expuesto en algunos libros. Esa primera fase del estudio consistió en una encuesta sobre conductas sexuales realizada a catorce mil personas entre dieciocho y ochenta años. Todas ellas respondieron a un cuestionario muy amplio sobre su tendencia sexual, sus costumbres y gustos eróticos, sus fantasías y todo aquello que permitiera hacer un mapa completo de la sexualidad humana en las sociedades modernas. Los participantes en el estudio residían en Estados Unidos, pero pertenecían a quince nacionalidades diferentes. Habían sido entrevistados por un equipo de trescientos psicólogos e investigadores sociales de diecinueve universidades estadounidenses.

El estudio tenía semejanza con otros estudios anteriores, como el que realizó Alfred Kinsey, el pionero, en las décadas de los cincuenta y los sesenta del siglo pasado. Shere Hite, Udry, Biddle y Hamermesh, Hatfield y Sprecher, y Harper, entre otros, siguieron sus pasos con distintas variaciones y enfoques. Los finlandeses Elina Haavio-Mannila y Osmo Kontula dirigieron en el cambio de siglo un estudio que indagaba en los aspectos más conflictivos de la sexualidad moderna: la castidad, la fidelidad y la promiscuidad.

El estudio de Amos Lowery tenía un sesgo parecido al finlandés: pretendía explorar especialmente el comportamiento sexual secreto de los individuos. No las perversiones o las parafilias, sino la infidelidad. El comportamiento de los gallos y de las ratas humanas.

Los psicólogos y los investigadores sociales conocían bien la metodología propuesta y habían empleado formas de indagación indirecta para descubrir la verdad que los encuestados pudieran querer ocultar. Pero, a pesar de eso, en todas las investigaciones sobre la vida sexual hay una sospecha de mentira. El hombre o la mujer que responden a un cuestionario de este tipo no quieren quizás engañar a los técnicos, pero sí quieren engañarse a sí mismos. Muchos han olvidado en el fondo de su memoria aquellas cosas de las que se avergüenzan.

Por esa razón, el estudio de Harvard hizo algo que nunca antes se había hecho en ningún lugar para validar las conclusiones científicas. En la segunda fase, focalizada ya exclusivamente en la fidelidad sexual, se investigó encubiertamente a los participantes que habían asegurado no haber traicionado nunca a sus parejas. El propósito era determinar de una manera exacta, factual, quién había dicho la verdad y quién había mentido. Los detectives privados, los hackers y los analistas tecnológicos de Amazon o Google reemplazaron a los sexólogos y los psicólogos clínicos. A quienes habían dicho que nunca fueron infieles a su pareja, se les intervinieron los teléfonos, se les interceptaron los ordenadores personales o los robots domésticos y se les sometió a vigilancia personal directa.

El estudio de Harvard rompió por primera vez el carácter teórico e hipotético de los estudios sociológicos de sexología e introdujo las evidencias empíricas irrefutables. Las conclusiones a las que llegó, por lo tanto, no necesitaban de interpretación o de glosa: eran datos reales, con una fiabilidad superior al 94 %.

Aquella investigación, que fue denominada Proyecto Coolidge, la financió Adam Galliger, un filántropo neoyorquino que había sido mi amante ocasional durante muchos años. El estudio le sirvió para resolver una duda terrible sobre su propia vida y para crear otra que era tal vez más terrible. Yo recibí el encargo de descifrar esa segunda duda. Pero conocer toda la verdad a menudo nos hace infelices.

Proyecto Coolidge

I

Christopher Madison entra en el despacho de Adam Gal-liger. Se sienta con la espalda muy recta y las piernas juntas, como siempre, y antes de empezar a hablar se estira los puños de la camisa para que asomen cuatro o cinco centímetros de la bocamanga de la americana. Al otro lado de la mesa, Galliger examina su comportamiento con una sonrisa compasiva en los labios. Observa su indumentaria: cuando quiere tratar un asunto comprometido se pone unos gemelos de oro y una cor-bata oscura sin dibujos.

«¿Qué desea, Christopher?», pregunta. Lo hace con respe-to y con interés, aunque sabe perfectamente de lo que Madison ha venido a hablar. Se divierte viendo cómo se le atiesa más el cuerpo, cómo aprieta las manos sin atreverse a decir nada. Aunque Madison sin duda ha ensayado varias veces sus pala-bras, ahora le flaquea la fuerza. Galliger deja pasar el tiempo con crueldad, pero siente afecto hacia ese hombrecillo anciano que lleva sirviendo a los intereses de su familia desde que él era joven. Debería haberse jubilado ya hace muchos años, pero si lo hiciera creería seguramente que es desleal.

«En el presupuesto mensual de la dirección he visto unas facturas proforma que deben de estar equivocadas, señor

Galliger», dice con un hilo de voz, moviendo las pupilas hacia uno y otro lado del despacho. «No creo que estén equivocadas, Christopher», responde con cierta dulzura Galliger, que sabe bien a qué facturas se refiere. «Yo mismo revisé el estadillo contable.»

Madison se atusa el bigote y está a punto de rendirse, pero en un último acto de valor, abre el cartapacio que ha traído, busca un papel y lee en voz alta. «Hay tres partidas para pagar a investigadores y detectives privados por un importe de diez millones de dólares», dice con un tono de voz alarmado, y desglosa los tres montos de la cuenta.

«Esa es solo la primera parte, Christopher», asegura Galliger sin dejarle seguir. «Habrá otra partida igual dentro de seis meses.» Madison levanta de golpe los hombros, interrumpe un gesto en el aire. «¿A qué se refiere, señor Galliger, qué quiere decir?» «El importe total es de veinte millones de dólares», explica Galliger. «Las tres facturas que usted ha visto son únicamente la primera mitad.» Madison aún duda de si está entendiendo lo que oye. «¿Quiere decir que el total son veinte millones?», pregunta. Galliger asiente, lo repite de nuevo: «Veinte millones.»

Hay unos momentos de silencio durante los que Madison vuelve a estirarse los puños de la camisa y mira desordenadamente hacia todas partes. Mueve los labios, pero no llega a emitir ningún sonido. «Veinte millones», dice otra vez, y de nuevo se queda callado. Las mejillas se le han ruborizado. «¿De qué tipo de investigación se trata, señor?», pregunta por fin. «Eso no es pertinente, Christopher», dice Galliger sin inmutarse. «No es materia de discusión.» «Pero veinte millones es mucho dinero», insiste Madison, levantando un papel como si lo necesitara para demostrar algo. «Perdone que se lo haga notar, pero es mi obligación advertirle.»

Galliger hace girar levemente su sillón de cuero y apoya

los codos en la mesa para estar más cerca de Madison, que se asusta durante un instante. «¿Cuánto dinero tengo?», pregunta con una voz afectuosa, parecida a la que se emplea con los niños cuando se les quiere enseñar a razonar. Madison duda. «Depende de las cotizaciones del día, señor Galliger», dice. «Ayer, seis mil setecientos millones de dólares.» Galliger asiente. «¿Usted cree entonces que veinte millones es mucho dinero?», vuelve a preguntar.

Madison se quita las gafas, azorado, y juega con ellas entre los dedos, abriendo y cerrando sus patillas. «Usted sabe lo que pensaba su padre», dice como disculpa. «Christopher, mi padre me consintió todas las extravagancias», asegura Galliger. «¿Cuánto me gasté cuando le pedí la mano a mi esposa?» Madison responde enseguida, como si tuviera la cifra frente a los ojos: «Veintitrés millones, señor.» Y a continuación puntualiza: «Veintitrés millones de aquella época.»

Galliger se recuesta de nuevo en el sillón y abre las manos como si diera por terminada la discusión, pero añade: «Mi padre sabía que solo se arruinan los jugadores y los especuladores. Por eso estaba tranquilo conmigo, aunque le irritasen mis rarezas. Porque yo no soy ni una cosa ni la otra. Ni siquiera soy un borracho.» Madison, avergonzado por haber llegado hasta ese punto de la conversación, hace un ademán extraño para dar a entender que jamás habría considerado esas posibilidades. «Me gusta averiguar cosas, Christopher, nada más. Y veinte millones me parece un precio asequible. Usted conoce bien cómo se mide el valor de algo: restando lo que se paga de lo que uno tiene. Y con seis mil setecientos millones todo resulta barato.»

Madison recoge bien los papeles y cierra la carpeta. Su rostro tiene un color rojo encendido. «No quiero molestarle más, señor Galliger», dice mientras se levanta. «Usted nunca me molesta, Christopher», responde Galliger. «Es una de las *pocas personas en las que confío ciegamente. Venga siempre a decirme todo lo que estime oportuno.»* Madison sonríe forzadamente y hace una reverencia rápida con la cabeza. *«Así lo haré»,* dice antes de darse la vuelta y salir con prisa del despacho.

Desde los seis años fui a un colegio religioso regentado por una orden de clérigos alemanes que, aunque eran católicos, tenían toda la severidad moral del protestantismo. Lo peor de los dos mundos. El colegio, situado a las afueras de Madrid, tenía dos edificios simétricos unidos por un gran patio amurallado. En uno de ellos estaban las aulas de los chicos y en el otro las de las chicas. Al parecer, el patio había estado dividido antiguamente por una verja que solo se abría en las fiestas de graduación y en ocasiones especiales. Cuando yo comencé a ir, sin embargo, no quedaba ningún rastro de esa verja. Los alumnos y las alumnas permanecíamos separados, atrincherados cada uno en su espacio, pero había en el centro una tierra de nadie en la que los mayores, los de los últimos cursos, se mezclaban.

Mi mejor amiga, desde el preescolar, era una niña tímida que se llamaba Adela y que vivía en una casa casi vecina a la mía. Nuestros padres se turnaban para llevarnos y recogernos del colegio en coche. A esas expediciones se unió en el tercer curso Hugo, un niño de ojos azules que acababa de mudarse a Madrid con su familia y que vivía también en la misma zona.

Adela y yo le teníamos mucho cariño a Hugo, pero era un estorbo en nuestra intimidad infantil. A veces nos veíamos con él en el recreo, en ese espacio neutral del centro del patio, y a veces quedábamos los tres en la urbanización para jugar. No hacíamos los deberes del colegio juntos

24

porque teníamos profesores diferentes, pero Hugo, que no era demasiado estudioso ni demasiado inteligente, nos pedía ayuda en las vísperas de exámenes o cuando tenía que entregar un trabajo escolar difícil. Como su casa estaba al lado de la de Adela, iba allí muchas tardes a estudiar con ella y a resolver sus dudas.

Adela y yo éramos niñas curiosas y perspicaces. Nos interesaba todo: la ciencia, el lenguaje, la lógica matemática, la geografía, el cine e incluso la religión. En la biblioteca de mis padres no había muchos libros interesantes (eran casi todos repertorios jurídicos y códigos legales), pero en mi décimo cumpleaños me habían regalado un volumen grueso que se titulaba *Enciclopedia del saber humano,* lleno de ilustraciones y de reseñas sencillas acerca de todo aquello que podía cautivar a una niña observadora como yo. Había capítulos dedicados a la filosofía griega, al estudio de los insectos, a la caja negra del cinematógrafo, a las capas geológicas que habían ido formando las islas y los continentes, a Shakespeare o a la pintura barroca española. Yo leía todos aquellos textos como si fueran evangelios, y así hablaba de ellos con Adela, con Hugo o en las clases del colegio, donde a veces me llevaba alguna reprimenda filosófica.

Vista desde su posterioridad, que es desde donde se ve siempre la infancia, yo fui una niña feliz hasta los trece años. Devoraba libros de cualquier materia que cayeran en mis manos, compartía mis aprendizajes con Adela y con Hugo y soñaba con un futuro tan asombroso que me podría llevar a cualquier parte a la que desease ir. A un barco pirata, al centro de un volcán en erupción, a la corte de Cleopatra o al interior de una de esas cajas misteriosas que los magos serraban por la mitad sin hacer ni un rasguño a quien estaba dentro.

A los trece años, sin embargo, comencé a convertirme en un monstruo. Me creció el pecho, se me afilaron los rasgos de la cara, las caderas se me ensancharon y las piernas, flacas, se volvieron firmes y refulgentes. Los chicos mayores, en el colegio y en la urbanización, empezaron a interesarse por mí de una forma que me asustaba.

Mi madre me había prevenido siempre contra los hombres. A los once años me había puesto en manos de un consejero espiritual que me aseguraba en cada uno de nuestros encuentros que todos los instintos de mi cuerpo me llevarían no solo al infierno, sino sobre todo al desengaño, a la tristeza y a la soledad.

Las sensaciones que me provocaba mi nuevo cuerpo me llenaban de terror por las noches, cuando rezaba arrodillada junto a la cama antes de acostarme. No me atrevía a mirarme en el espejo desnuda. Y me acostumbré a vestirme con jerséis cerrados y pantalones sin ceñir.

En aquellos primeros años, el miedo era seguramente una superstición religiosa debida a mi madre y a ese consejero espiritual que me hablaba del infierno y de la lascivia de Satanás con palabras amenazadoras y negras. Pero luego el miedo se convirtió en otra cosa más destructiva. Poco después de cumplir quince años, Hugo dejó de prestarle atención a Adela y comenzó a apurarme a mí con atenciones excesivas que yo —encerrada en ese mundo celestial en el que no existía el pecado— tardé mucho tiempo en percibir. Aunque mi casa estaba más lejos, él prefería ahora venir a estudiar conmigo, incluso las asignaturas en las que Adela destacaba más. A menudo se demoraba con distracciones y esperaba a que mi madre le invitara a quedarse a cenar. Hugo siempre aceptaba.

Un día en que mis padres no estaban en casa se atrevió a besarme. Yo no tuve valor o conciencia para negarme.

Cerré los labios y esperé a que él se apartara. En aquella época probablemente yo ya no creía en Dios, pero esa noche, cuando Hugo se marchó, recé.

La belleza es monstruosa. A lo largo de mi vida he hablado de este asunto con muchas mujeres –y con algunos hombres– que creen que es un privilegio sin contrapartidas. Nadie es capaz de entender que la belleza va devorando las convicciones y las certidumbres hasta acabar con ellas. Remueve todos los sentimientos con la misma constancia con la que el agua, invisible, erosiona una roca hasta acabar con ella.

Me he casado tres veces, y mis tres maridos se equivocaron de mujer: buscaban a otra diferente. Hubo muchos otros hombres, además, que me amaron sin más por el extravío de mi belleza, por el malentendido y la emboscada. ¿De qué sirve ese amor? Ahora estaría perdido. Hace mucho tiempo que estaría perdido.

Tardé mucho tiempo en aprender a vivir con esa monstruosidad, y a los quince años, cuando recién la había descubierto, me produjo la misma repugnancia que la sangre que cada mes me bajaba del cuerpo. Quizás era todavía el pecado, pero era también ya el miedo de vivir sin entender la vida.

Hugo me besó muchos días sin que yo me apartara de él, aterrada, pero hubo uno en el que no supo detenerse y siguió descabezado, sin rumbo, hasta sacarme las bragas e introducir poco a poco su verga en mi vagina. Estábamos en una cama, pero ninguno de los dos nos desnudamos del todo: solo hubo una lascivia funcional. Hoy, en nuestro tiempo, aquel acto se habría clasificado –jurídicamente o no– como una violación. En aquellos años, sin embargo, era un procedimiento normal. La violación cometida sin violencia era únicamente un acto de amor. De hecho,

27

cuando terminó de eyacular, Hugo me preguntó si me sentía feliz. Le dije que sí. Me había violado y se lo agradecí sumisamente. Era mi amigo, no había querido hacerme daño. O aún peor: estaba enamorado de mí con esa fortaleza que solo tienen los grandes sentimientos. No iba a reprocharle el amor. En aquellos tiempos las cosas se hacían de aquella manera.

Este episodio sirvió para llegar a una vuelta del camino y escapar de él. Me separé de Hugo con excusas escolares razonables y esquivé sus visitas –en el patio del colegio o en casa– con disculpas de otro tipo. Fue el final de aquella historia. No volví a tener trato con él.

Empezó a atormentarme algo más perdurable que el dolor: el miedo a no saber las razones verdaderas por las que una persona se acercaba a mí; el miedo a no ser capaz de comprender el sentido de los afectos o de los rendimientos sentimentales. Nunca he terminado de curarme de ese miedo. A medida que me he convertido en una mujer madura y los hombres han dejado de interesarse en mí –o al menos han dejado de hacerlo con aquella pasión cándida y desbocada que los hombres emplean cuando necesitan copular–, he descubierto una felicidad parecida a la que tenía de niña: confío de nuevo en las personas y en sus propósitos. Sé que nadie se acerca a mí por razones torcidas. Incluso empiezo a desear con fuerza que vuelvan aquellas razones torcidas. Los seres humanos somos criaturas siempre insatisfechas. Quien piense que alguien es dichoso y bienaventurado por su belleza, por su fortuna o por su reputación familiar no ha comprendido nada de la naturaleza biológica que nos sostiene. La fealdad es una desgracia. La belleza también.

No recibí ninguna educación sexual por parte de mi madre, y en los años de mi adolescencia, desde los trece hasta los dieciséis, sufrí una vigilancia rigurosa para que no me acercara a ninguno de los chicos que tenía a mi alrededor, salvo a algunos que, como Hugo, se consideraban casi de la familia.

Tal vez por eso, y por la relación incierta que la sexualidad tenía con los sentimientos, el trato con los hombres –cuando por fin pude enfrentarme a ellos– se convirtió para mí en un asunto mágico y laberíntico. En una piedra filosofal con la que creí poder convertir en oro todo lo que tocara.

Cuando llegué a Chicago, acababa de cumplir dieciocho años y había tenido solo dos amantes: un novio pasajero en la adolescencia, con el que me había acostado varias veces sin llegar al orgasmo, y un chico musculoso que había conocido en una discoteca de Madrid dos semanas antes de viajar a Chicago. Con los dos –de diferente forma– había sentido la solemnidad del sexo, la trascendencia mística de entregarme a alguien como si en ese acto estuviera decidiéndose el destino.

El profesor que me habló del experimento de las ratas fue uno de mis primeros amantes americanos y uno de mis mejores maestros eróticos. No folló nunca dos días seguidos conmigo, pero me mantuvo durante mucho tiempo en su antesala de ratas favoritas para telefonearme o complacerme en momentos delicados de su sexualidad. Es el papel que desempeñábamos en aquel tiempo muchas de las alumnas singulares y elegidas. Teníamos las cualidades necesarias –un expediente académico solvente, una inteligencia sobrada y un cuerpo deseable–, pero la competencia era excesiva y debíamos conformarnos con esa alternancia. Aquella relación, que no fue nunca sentimental, me sirvió de enseñanza para el resto de mi vida. Me pareció que ese modo de comportarse sexualmente era ejemplar y curativo. Aquel profesor, cuyo nombre he olvidado pero de cuyo cuerpo todavía entonces joven me acuerdo con exactitud, tenía una especie de felicidad esencial que no le venía de sus honores académicos ni de su posición económica ni de su estabilidad afectiva (estaba casado con una profesora de lingüística muy respetada en los círculos universitarios), sino de su liviandad amorosa, de esa forma inconstante y un poco depravada de acercarse a las mujeres.

Fue él quien convirtió el sentido religioso y místico que yo le daba al sexo en simple biología. Me enseñó a masturbarme delante de un hombre, a gritar cuando sentía placer y a reconocer la anatomía de mi vulva sin romanticismos. Cuando me llamaba para que fuera a verle, me excitaba de inmediato: le decía por teléfono obscenidades que unos meses antes, cuando vivía aún en España y era una colegiala disciplinada y dulce, jamás habría podido concebir.

A partir de entonces comencé a acostarme sin demasiados remilgos con todos los chicos que mostraban interés en mí, incluso si su apariencia estaba más cerca de la fealdad que de la belleza. Lo tomé como un experimento social y, al mismo tiempo, como un aprendizaje. El profesor me animaba a ello y disfrutaba con el relato que yo le hacía de mis experiencias eróticas, sobre todo si estaban implicados alumnos suyos.

—La promiscuidad conduce a la sabiduría —decía mientras me manoseaba.

—Quiero ser una rata —le respondía yo entonces, con los ojos cerrados.

Ahora me avergüenza recordar mi soberbia juvenil, pero durante aquellas sesiones de sexo pigmalioniano —o después de ellas, cuando me volvía la euforia de la soledad– me juraba a mí misma poner mi nombre en los libros de historia. Marie Curie, Rosalind Franklin, Margaret Floy Washburn, Mary Whiton Calkins, Sophie Germain, Anna Freud. Tenía el convencimiento de que en mi vagina estaba el Aleph.

Durante aquel año pasé muchas horas en la biblioteca de la universidad leyendo acerca de experimentos psicológicos de todo tipo. Estaba convencida de que la psicología era una ciencia exacta, como las matemáticas o la física, y que solo había que definir las fórmulas precisas –las variables, las condiciones externas y la biología– para comprender el comportamiento humano.

El experimento del Niño Albert, que investigué a fondo en aquel año, me parecía un ejemplo profesional admirable. En 1921, John B. Watson intentó demostrar que las teorías conductistas de Pavlov –elaboradas a partir de las reacciones de un perro– funcionaban también en humanos. Usó como objeto de experimentación a un niño huérfano de ocho meses y lo sometió a dos estímulos completamente diferentes: las ratas y el ruido estruendoso de un golpe metálico.

Albert no sentía ninguna aversión natural por las ratas, jugaba con ellas inocentemente. La percusión del metal, sin embargo, le asustaba. Watson asoció entonces los dos estímulos: cuando el niño estaba jugando felizmente con una rata blanca, sonaba de repente el golpe que le estremecía. Albert comenzó enseguida a sentir terror en cuanto veía a la rata, anticipando el ruido.

El experimento duró un año. Después de la rata blanca, se usaron conejos o perros. El niño acabó desarrollando una repulsión fóbica hacia todo aquello que le recordara el tacto del pelo animal. Vivía en estado de permanente ansiedad y le llegaba a producir pavor tener que tocar –por ejemplo– una barba.

La segunda fase del experimento habría consistido en descondicionar a Albert para volverlo a su estado normal, pero esa fase nunca llegó a ejecutarse porque se descubrieron las transgresiones clínicas y Watson fue expulsado de la universidad. El Niño Albert murió a los seis años a causa de una hidrocefalia que no tenía ninguna relación con los estudios a los que había sido sometido.

A pesar de la crueldad del experimento, que resultaba comparable a los que los nazis realizaron en los campos de exterminio veinte años después, yo me sentía absolutamente identificada con la actitud investigadora de Watson. ¿Qué importaban las penalidades de un niño –o de un adulto– si gracias a ellas se podía conseguir un avance científico que mejorara la vida de toda la humanidad? No me atrevía a confesárselo abiertamente a nadie, pero mis sueños profesionales estaban encaminados en ese rumbo: hacer un mapa general de la conducta humana a partir de la experiencia real de seres de carne y hueso.

La vida, en cambio, me llevó por otro rumbo muy diferente: un crimen de los que a mí me apasionaba estudiar en los libros se me atravesó en el centro mismo del corazón.

La sexualidad fue captando poco a poco el interés de mis investigaciones. Yo era todavía una muchacha casi pura, pero lo único que me interesaba académicamente era la impureza. La perversión. El exceso.

El experimento de David Reimer se había realizado una década antes de que yo ingresara en la Facultad de Psicología y aún no existía demasiada bibliografía científica acerca del caso, pero se hablaba a menudo de él con extrañeza en los círculos universitarios.

A Reimer le destrozaron el pene al circuncidarlo de niño, y para evitar problemas psicológicos derivados de esa castración los médicos le reasignaron sexualmente: fue operado, hormonado y criado como mujer. Tenía un hermano gemelo que vivió siempre con la culpa de haber tenido una circuncisión normal.

John Money, el psicólogo que tomó la decisión de reasignarle sexualmente y dirigió el proyecto, era conocido por sus investigaciones sobre los roles de género. Sostenía la teoría de que la masculinidad o la feminidad no dependían de la biología, sino de la educación y del entorno cultural. Al principio creyó que la evolución de David Reimer confirmaba esa teoría, pues el chico llevaba aparentemente una vida normal como mujer, con el nombre de Brenda. El experimento, sin embargo, fue un gran fracaso. David no se adaptó nunca a su nueva condición de mujer y acabó suicidándose de un disparo en la cabeza.

Cuando yo lo investigué, aún no se conocía el verdadero desenlace, pero ya se rumoreaba que el experimento había sido un desastre. Los biologicistas lo empleaban como campo de batalla para defender sus postulados frente a los constructivistas y los sexólogos conductistas.

Hice un trabajo de investigación sobre David Reimer en el que inventé la mayoría de los datos y establecí unas hipótesis teóricas descabelladas. Más que un escrito técnico, era un relato novelesco en el que yo fantaseaba con las motivaciones del instinto sexual. El profesor me suspendió la asignatura, pero me felicitó por mis capacidades literarias y por mi genio para indagar en el comportamiento humano.

Fue en esos meses –a la mitad del segundo curso– cuando comencé a tener una actividad sexual frenética, estimulada en buena medida por la curiosidad casi científica que me habían imbuido en la universidad. Me había propuesto estudiar la relación que existía entre los impulsos emocionales y las conductas eróticas.

Luego me di cuenta de que esa coartada positivista, intelectual, era solo una astucia defensiva que yo necesitaba para justificar mis actos y para romper la inercia moral en la que había sido instruida: a partir de esas premisas académicas, me concedía a mí misma licencia para hacer cualquier cosa que tuviera un propósito –espurio o real– de carácter científico.

De esta forma, empecé a acostarme con hombres porque necesitaba hacer indagaciones antropológicas y estadísticas. No me importaba si sus razones estaban santificadas o eran siniestras: las mías eran solo aritméticas y analíticas. O dicho de otra manera: los usaba como un objeto para no darles a ellos la oportunidad de hacerlo.

Cuando descubrí los beneficios de la promiscuidad, dejé de entender las razones por las que la mayoría de mis compañeras, que pertenecían a familias liberales y habían sido educadas sin prejuicios ni reprimendas moralistas, rechazaban a todos los chicos que intentaban seducirlas. Incluso las que presumían de libertinas, no se atrevían a aceptar citas que no tuvieran todas las garantías de decencia. No eran vírgenes, pero seguían teniendo una concepción sublimada de la sexualidad. O tenían, como yo había tenido, miedo de venderle el alma al diablo.

Hice un inventario en un cuaderno. Anoté en cada página el nombre de una de mis amigas o compañeras circunstanciales y fui añadiendo debajo toda la información que era capaz de reunir acerca de sus encuentros sentimentales y eróticos. Cuando hablaba con ellas trataba siempre de averiguar algo de su vida íntima sin que se dieran cuenta de mi interés. Les contaba alguna mentira sobre mí misma —o alguna verdad exagerada— para que sintieran confianza y se sincerasen.

Luego comencé a hacer lo mismo con algunos de mis compañeros y de mis profesores varones, pero todos interpretaban ese tipo de indagaciones como una insinuación sexual, y a menudo acababa acostándome con ellos para no desengañarlos. Fue así como descubrí que en cada hombre había un placer diferente. Incluso con aquellos hacia los que no sentía ninguna atracción encontraba alguna enseñanza. No era escrupulosa con los cuerpos. Me interesaba la belleza, pero de una manera accidental. Lo importante —me decía a mí misma— era el conocimiento de la conducta humana.

En aquel curso, antes de regresar a Madrid para el verano, me acosté con dieciséis hombres. Con once de ellos, una sola vez. En el cuaderno está todo registrado detalladamente: la edad, la altura, la complexión, la descripción de sus genitales —a veces acompañada de dibujos deslucidos—, las fechas de los encuentros, el historial sexual que habían tenido con otras mujeres, según su propia confesión, y el relato de sus competencias eróticas conmigo.

No hay nada demasiado singular ni extravagante en el recuento. Un muchacho bisexual que solía ir a los urinarios de la estación en busca de hombres, un fetichista que trató de convencerme de que le regalara mis bragas y un hombre maduro que solo se excitaba si me ponía un perfume que él mismo traía. El resto era convencional, tanto lo que yo observaba en nuestros encuentros como lo que ellos me contaban. Pero, a pesar de ello, hice cuadros analíticos, tablas estadísticas y gráficos en los que trataba de resumir, una vez más, la variabilidad de la naturaleza humana. Consignaba cada vez la duración del coito, el método y el lugar de eyaculación, la tipología de los juegos preliminares, la existencia de besos o de sexo oral de cualquier tipo, el sitio en el que estábamos y el trato que manteníamos al terminar. Anotaba también, en cada una de las relaciones, los orgasmos que había tenido.

Esta actitud científica, sin embargo, no le quitaba pasión a mi comportamiento sexual. Yo no acudía a aquellos encuentros con un ánimo taxonómico y frío, sino que me dejaba llevar por la inconsciencia del cuerpo y por la inflamación, como cualquier otra mujer que no tuviera entre manos una tesis académica experimental. Era capaz de disfrutar de la sensualidad al mismo tiempo que registraba metódicamente en mi cabeza los datos y los hechos que debía anotar luego. Siempre he tenido buena memoria para los detalles insustanciales de la vida, para esos desperdicios de nuestros propios actos que a veces hacemos sin premeditación y olvidamos luego. Yo era capaz de recordar, por ejemplo, que la uña del dedo que un chico usó para masturbarme estaba amarillenta por la nicotina y que luego, después de haber concluido el juego, nos quedamos desnudos en la cama, hablando de psicología social, y él encendió cinco cigarrillos consecutivos, sin parar.

También recordaba el tipo de ropa interior que usaban mis amantes, casi siempre raída y poco limpia. El olor de sus axilas o de sus genitales, el olor de su ropa. En ocasiones era un olor químico, perfumístico, pero otras veces se trataba de restos de comida o de sudor corporal que no siempre resultaba excitante. Una de mis primeras conclusiones científicas de aquel muestreo fue que los hombres tenían hábitos higiénicos deficientes.

A todos les preguntaba por sus fantasías eróticas, que eran lo más valioso del estudio que planeaba hacer, pero nadie me contaba ninguna demasiado insólita. Ni los jóvenes universitarios ni los señores de edad, supuestamente más adiestrados, sabían imaginar escenas perversas o excesivas. Algunos hablaban de follar con varias mujeres o de hacerlo en sitios infrecuentes –en la azotea de un edificio, en un parking público, en los vestuarios de un estadio de baloncesto–, pero ninguno mencionaba fetichismos, parafilias o desviaciones patológicas.

En aquellos primeros meses de mi pesquisa, cuando era todavía una mujercita inmaculada que conservaba el recuerdo de la fe en Dios, me habría asustado sin duda cruzarme con un hombre verdaderamente inmoral. Lo deseaba con vehemencia, pero no habría tenido la capacidad de comprenderlo ni la fortaleza necesaria para acompañar sus juegos. Cuando ellos me preguntaban a mí –a menudo más por cortesía que por curiosidad correspondida–, yo también respondía con simplezas poco estimulantes para no correr el riesgo de ser retada a cumplir esas fantasías.

Fue un tiempo de peligro que condicionó el resto de mi vida. Resulta difícil de concebir que una niña de clase alta, de infancia religiosa y con costumbres estrictas –una beatita– se convirtiera casi de repente en una mesalina indomable, pero así ocurrió. Durante mucho tiempo creí que había sido por amor a la ciencia, por el deseo de ser Madame Curie. Pero después me di cuenta de que solo intentaba disfrazar mi rostro para afearlo; olvidar que era una mujer hermosa y poner en el centro de mi compromiso el valor académico de mis averiguaciones.

En realidad nunca creí del todo ese juramento científico, porque después de pasar una noche con un hombre y anotar sus variables rigurosamente, con datos exactos y observaciones fundamentadas, regresaba a mi habitación en la residencia de señoritas y me dejaba abrasar por una angustia de las que descosen todas las máscaras y las ropas de disfraces.

Post coitum omne animal triste est, dijo en el siglo I Galeno, que era médico, científico. *Todo animal está triste después del coito.* Esa era mi maldición. Siempre, cuando regresaba a la residencia después de acostarme con un hombre, me venía una suave sensación de malestar moral (recuerdo que un día me arrodillé y me puse a rezar en voz alta a un dios en el que ya no creía). No eran culpa o remordimiento, o, si lo eran, tenían unas formas dulcificadas. No pensaba nunca en el utilitarismo sexual ni me encaprichaba de ninguna de mis conquistas, lo que me libraba del malentendido de los afectos. Estaba triste simplemente porque lo había dicho Galeno, porque era un mandamiento de la naturaleza. No había una disforia sexual relacionada con mis decepciones o con mi monstruosidad. En todo caso, me calmaba enseguida. Abría mi cuaderno, repasaba todos los datos, hacía comparaciones, elaboraba teorías y volvía a sentirme bien. Luego el malestar empezó a dejar de aparecer poco a poco.

El sexo se convirtió en una emoción inconsciente, en una hipnosis. En esos meses, en esos años, no me acordé de Hugo. Fui construyendo –muy lentamente– mi nueva identidad, la de la mujer sabia y experimentada que actuaba con un criterio racional y que dejaba aparte las veleidades de los instintos y de los sentimientos. Quise convertirme en una máquina programada, en un robot, pero no lo conseguí hasta muchos años después. Cuando tomé la decisión de abandonar profesionalmente la psicología para dedicarme a la investigación policial, seguí leyendo libros y estudios académicos sobre tres temas: los comportamientos sexuales, las patologías psíquicas de los asesinos en serie y el funcionamiento emocional del cerebro. Pero solo me obsesionaba este último asunto, la división de áreas cerebrales

38

interconectadas, el papel que juegan las sinapsis en nuestros sentimientos, los bloqueos mentales asociados a actos vergonzantes u hostiles. ¿Qué lugar ocupaban en mis reacciones afectivas visibles las marcas invisibles del pasado? Es decir, cuando conocí a mi segundo marido y sentí que para él yo era únicamente un laurel con el que coronarse, por ejemplo, ¿qué viejos espectros de mi vida estaban operando en el sentimiento? Los análisis racionalistas no detectaban ninguna causa objetiva: Iván tenía un comportamiento sexual hiperactivo y le gustaba presumir en su vida social de mi belleza, pero además de eso me había dado suficientes pruebas de que admiraba mi trabajo en la agencia, de que compartía mis objetivos vitales básicos, de que le interesaba mi opinión en cualquiera de los asuntos sesudos –o pedantes– de los que a veces debatíamos con nuestros amigos y de que, en suma, se encontraba feliz a mi lado.

Diez días antes de la boda le dije que no iba a casarme con él. Primero creyó que se trataba de una broma, y luego, cuando comprendió que no lo era, se desplomó delante de mí, sin sentido, y se golpeó la frente contra el suelo. No le ocurrió nada grave.

Mi madre, con todas las amenazas de las que era capaz –desheredarme, dejar de verme para siempre y renunciar también a ver a sus nietos, a los hijos que yo había tenido con Martín–, me prohibió que suspendiera la boda. Me pasé tres días llorando, encerrada en la agencia, donde tenía un camastro en el que dormir. Leí libros acerca del sistema límbico, del aprendizaje, de los neurotransmisores cerebrales, de las neuronas incompletas y dañadas. En realidad no me sirvió para elaborar una teoría coherente que reivindicara al menos mi confusión, pero sí me ayudó, en el desvarío, a identificar varios hechos conectados amorfamente entre sí. La violación dulce de Hugo y la carnalidad incontinente de

Iván eran dos de esos hechos. No había racionalidad en su simetría, pero las secuencias del cerebro son profundamente asimétricas. Vivimos creyendo que hemos olvidado o vencido nuestros fantasmas y lo único que hemos conseguido ha sido esconderlos en alguna zona oscura. Fantasmas transparentes, sin sábana cubriéndoles el cuerpo y sin cadenas. Fantasmas sin abolengo ni reputación. Fantasmas inventariados por Sigmund Freud con número de registro, instrucciones de uso y variaciones narrativas. Nuestra instrucción moral es una serpentina que viene siempre de tiempos muy antiguos y que a menudo ni siquiera recordamos.

Todos creen que soy feliz. A lo largo de mi vida, todos han creído que lo era. Guapa, de familia acaudalada, con éxito profesional, madre satisfecha y con todos los dones que suelen ser deseados por cualquier ser humano. Pero ningún don basta para garantizar la felicidad. El cerebro es un órgano exterminador. No se atiene nunca a la realidad del mundo, sino a su propia realidad. Y, a través de un laberinto sin salida de ideas y recuerdos discontinuos, inconexos, nos destruye.

A Adela nunca le conté la historia de Hugo, pero un día, muchos meses después de que ocurriera, se la conté a Berta, una compañera de clase que se había enamorado de él en el patio del colegio. Me escuchó con gesto de asombro. Luego, cuando terminé de hablar, me preguntó: «¿Cómo pudiste abandonarle?» Aquella pregunta desairada, confundida, me ha vuelto una y otra vez a lo largo de los años. No por Hugo –de cuyo abandono nunca sentí arrepentimiento–, sino por los cánones con los que Berta medía la vida de los demás. Mi propia vida. «Su padre es el dueño de todos los hoteles de Alemania», me dijo. «Y a su madre la invitan en el Palacio Real a los cumpleaños de la Reina.»

Las condiciones objetivas de la felicidad nunca se cumplen en nosotros mismos. Y cuando se cumplen, lo hacen fugazmente. En los otros, en cambio, siempre vemos las muestras y las razones de su dicha. Ese es el laberinto, la catacumba. Los demás ven de nosotros lo que puede ser codificado, entendido en patrones y preceptos. No pueden ver los cortocircuitos, las sinuosidades, las estampidas. Y la vida casi siempre tiene su curso en esos agujeros incomprensibles. En esos pasadizos de cloaca.

Yo no he sido capaz de entender nada de mi propia vida. Era guapa –la más guapa–, de familia acaudalada, con éxito profesional, madre de dos hijos maravillosos y con todos los dones que suelen ser deseados por cualquier ser humano. Tenía todas las condiciones que se necesitan para ser feliz, pero a menudo era desdichada. Y eso no cambió nunca.

No creo ser una mujer plañidera o resentida. Sé que los otros tienen vidas idénticas a la mía. Un cerebro resonando como una caja de percusión.

Y a pesar de todo cuando me preguntan digo que soy feliz. Que tengo el trabajo que siempre deseé, una familia formidable y todo el dinero que necesito gastar hasta el último de mis días. Casi nunca estoy segura de estar diciendo la verdad o de estar mintiendo.

Cuando regresé a Madrid a pasar el verano de ese segundo curso, volví a comportarme como antes: si algún chico me hacía alguna señal que pudiera interpretarse como un intento de seducción (aunque fuera decoroso), yo me apartaba discretamente, fingiendo no entenderla o rechazándola con firmeza. Mis necesidades sexuales no habían menguado, pero al llegar a casa me masturbaba varias veces, hasta que la excitación desaparecía.

En Chicago me había acostado con hombres feos y de cuerpo desfigurado, y en Madrid, en cambio, desdeñaba a chicos de belleza categórica, que se desnudaban en la piscina frente a mí y me mostraban unos músculos suaves y canónicos. Ese desvarío me hizo caer en la cuenta de que, a pesar de mi nueva liberalidad, seguía teniendo miedo a mi madre. En el territorio imaginario que pertenecía a ella —nuestra casa, Madrid—, yo obedecía las leyes del orden. Santificaba el amor y respetaba la decencia. Me comportaba como si fuera una mujer disciplinada y dócil que aguardara su oportunidad para enamorarse y formar una familia.

Aquel verano de castidad —castidad imperfecta, porque acepté un día la invitación de mi primer novio a pasar con él la tarde en una casa vacía— me sirvió para completar mis teorías sobre la sexualidad desde el ángulo contrario. Leí libros acerca de la pasión amorosa y del modo en que la percepción de la belleza influye en los sentimientos. Estudié el concepto de deseo sexual y de su sublimación psíquica. Y escribí un texto pretencioso sosteniendo que el impulso romántico emocional era solo uno más de los estímulos que intervenían en la configuración completa del amor, junto con la inteligencia, con la belleza estática y con el cuerpo sexualizado plenamente vivo.

La conclusión de mis reflexiones coincidía en lo sustancial con la teoría de las ratas promiscuas: el amor, en términos químicos, es una sobredosis de sustancias que actúan como bloqueantes de la dopamina durante un tiempo, pero no eternamente. Después de ese periodo, el organismo vuelve a segregar con normalidad la dopamina, que, si no se libera entonces a través de la sexualidad promiscua, se convierte en un componente corrosivo del amor.

Aquel verano, en suma, cuando aún creía que el rumbo

de mi futuro iba encaminado hacia la investigación científica, establecí los fundamentos de mi pensamiento acerca de la condición humana, que tenía un principio básico: todo lo que creemos sentir tiene su raíz en el cuerpo; el sistema nervioso es el alma. Esas conclusiones me dieron paz de espíritu: la anulación de la libertad siempre consuela.

Llegué a escribir el principio fundamental de mi filosofía en la primera página del nuevo cuaderno de notas que compré al regresar a Chicago para comenzar el tercer curso universitario: «Todo lo que creemos sentir tiene su raíz en el cuerpo.» Y más abajo, también en letras mayúsculas: «El sistema nervioso es el alma.»

En ese nuevo cuaderno seguí registrando las fichas de los nuevos chicos con los que me acostaba o con los que alcanzaba una intimidad suficiente como para que me confesaran sus secretos sexuales. Como ya he dicho, los cuadernos están llenos de experiencias vulgares que en aquellos años me parecían extraordinarias. Me sorprendía, por ejemplo, que a algunos hombres les excitara ser masturbados en lugares públicos o eyacular en mis zapatos.

Hice un juramento deontológico: para cumplir cabalmente mi profesión no podía renunciar a nada. Más bien al contrario: debía buscar lo extraño, lo heterodoxo, lo que fragmentaba los límites.

Uno de esos días me había citado con un actor maduro que estaba de paso en Chicago rodando una serie de televisión. Llegué cuarenta minutos antes al hotel y me senté en la barra del bar a beber algo. Gracias a esa anticipación conocí a Adam Galliger, la persona con la que di un paso más en el descubrimiento de lo inmoral, que era justamente, en aquellos tiempos, lo que yo esperaba.

Adam Galliger tenía treinta y cinco años, quince más que yo. Era hijo y nieto de industriales que en tres generaciones –vendiendo primero flores y más tarde abono, herramientas de jardinería y material de bricolaje– habían conseguido reunir una fortuna incontable.

Tenía aspecto de gigoló. Se parecía al actor Cary Grant. Usaba trajes de paños escogidos, estaba siempre bronceado y llevaba unas gafas de sol colgando del bolsillo de su chaqueta. Sus uñas estaban más cuidadas que las de cualquier mujer. Tenía los dientes relumbrantes y un corte de pelo moderno, con las patillas alargadas hasta la mitad de la mandíbula.

Aquel día, él estaba en una mesa, bebiendo champán, y yo me había sentado en uno de los taburetes de la barra, de frente a la sala. Me di cuenta de que me observaba y le sostuve la mirada con firmeza durante mucho tiempo, hasta que tuve que renunciar avergonzada. Le di entonces la espalda y me puse a beber. Pocos segundos después, se sentó a mi lado, en el taburete vecino, y le pidió al camarero una botella de champán con dos copas.

–Estoy buscando una mujer que sepa apreciar el dinero –me dijo sin más preámbulos.

Yo hice lo que había aprendido a hacer en aquellos últimos meses: controlé mi miedo y me comporté como una taxónoma que mira fríamente la realidad.

–El dinero es lo único que sé apreciar, Mister Cary Grant –le respondí–. El dinero y los penes grandes.

Él se rió a carcajadas.

–Entonces podemos beber juntos –dijo, y empujó hacia mí una de las copas que el camarero acababa de servir.

–Estoy esperando a otro hombre y cobro quinientos dólares.

Él me miró con una sonrisa desafiante y dejó pasar un

tiempo mientras bebía. Después, sin apartar los ojos de mí, sacó la cartera, contó el dinero y lo dejó sobre la barra. Quince billetes de cien dólares.

—Quinientos dólares por cada vez, supongo –dijo.

Aquel hombre me gustaba y me permitía explorar esos pasillos subterráneos de la vida que tanto me atraían. La conducta humana. El sistema nervioso del alma. El Aleph. Cuando Adam puso el dinero junto a mi copa, en la barra, me di cuenta de que el juego iba en serio.

—¿Solo aguantas tres? –pregunté sin acobardarme.

Adam movió los hombros, se secó los restos del vino en los labios.

—Es solo un dinero a cuenta.

Supe que era un amante diferente a los que había tenido hasta entonces porque antes de haberse desnudado ya había conseguido que yo tuviera un orgasmo. No me dejó que usara las manos para tocarle. Se quitó la chaqueta, me desnudó a oscuras y, después, antes de tumbarme en la cama, buscó con la yema de los dedos los filamentos sensibles de la piel alrededor de los pezones, en la concha de la oreja, detrás de las rodillas, en la nuca y en los dedos de los pies. Me obligó a cerrar los ojos y se tumbó junto a mí, vestido aún, para presionar suavemente en el canal de mis ingles. Arriba y abajo, figurando que se aproximaba a la vulva y apartando enseguida los dedos antes de llegar. Luego acercó la lengua hasta que mis piernas se sacudieron. Lo más extraño para mí fue sentir que él disfrutaba dándome placer. Que podía llegar a bastarle con eso.

Cuando por fin se desnudó, después de servirse una copa y dejar que el tiempo pasara, comprobé que la fanfarronería –involuntaria– sobre su pene estaba justificada. El cuerpo de Adam era de gimnasta adolescente: líneas de músculos delicados, casi mansos, cruzándose horizontal y verticalmente como si fueran las piezas de una máquina. Tenía en el pecho y en el abdomen un vello muy corto, sin rizo, y en la piel de los muslos, desde los testículos, se le traslucían las venas azules. Era la misma coloración de azul que la de sus ojos: un azul añil, oscuro, sin aguadas.

Su fornicación era paciente, apacible, aunque a veces se comportaba como si embistiera. Me enseñó cosas simples que nunca había imaginado y que no me habría atrevido a hacer con un hombre al que amara: abrir su ano con dos dedos, masturbarle sin permitir que eyaculara, poner el semen en su propia boca. Debería haber sido yo quien pagara esa noche por las enseñanzas, que aproveché luego durante toda mi vida.

Cumplimos el pacto: mil quinientos dólares, tres orgasmos. Aún era de noche, pero ya había una cierta claridad en los edificios del horizonte que podían verse desde la ventana.

Adam me arropó con la sábana para que pudiera dormir sin frío. Fue entonces cuando vi que en el dedo anular llevaba un anillo.

—¿Estás casado?

Se inclinó sobre mi cuerpo para apagar la lámpara de la mesilla. El azul de sus ojos se ennegreció durante un instante.

—Por segunda vez —dijo.

Luego supe que era mentira: aquella mujer del anillo, Harriet, era su tercera esposa, pero a la primera no la incluía en la contabilidad porque el matrimonio solo había durado cinco semanas.

—¿Sabes cómo le pedí que se casara conmigo? —preguntó—. Compré una página de publicidad en todos los periódicos del país y puse allí mi declaración de amor. Me gasté más de veinte millones de dólares. Abriera el periódico que abriera, allí estaba yo pidiéndole que se casara conmigo.

Aquel gesto de soberbia y de prepotencia me produjo repugnancia durante un instante, pero enseguida me di cuenta de que Adam no lo contaba como si se tratara de una hazaña poderosa, sino como si fuera una travesura. Me explicó a continuación que vivía en Nueva York, aunque tenía casas en Londres, en San Francisco y en Bogotá, donde la empresa familiar centralizaba el comercio de flores de Latinoamérica. Yo nunca había sentido deslumbramiento por la opulencia. Había decidido irme a estudiar en Estados Unidos, entre otras razones, para huir de la ostentación que mi familia hacía de su riqueza. Me gustaba esa riqueza, con la que se pagaba mi residencia en Chicago, mi asignación y mis caprichos, pero me desagradaba su representación indecorosa, sus rituales cortesanos y su soberbia. La clase a la que yo pertenecía era la menos interesante –salvo por el dinero, que siempre lo es– para alguien joven como yo.

Adam Galliger no tenía nada que ver con esos modales vulgares de los poderosos. Era una especie rara, un hombre de bestiario: un centauro, un sátiro o una mantícora. Incluso vestido con sus trajes de tres mil dólares, pagando por una noche de sexo o declarando su amor en todos los periódicos de Estados Unidos, parecía humilde.

Le pregunté de nuevo por su mujer. Se quedó callado, fumando, durante unos segundos, y a continuación hizo una broma sobre las indiscreciones del servicio del hotel para cambiar de conversación. Estuvimos hablando un rato, mientras seguía amaneciendo. Yo estaba muy cansada, pero me sentía a gusto con aquel hombre extraño. Era el único –junto al profesor de las ratas– que me había hecho sentir una niña frágil e inexperta.

Me pidió mi dirección, pero no quise dársela. Aunque fingí desinterés, tenía miedo de que toda mi vida oscura se derrumbara. Adam fue entonces a la antesala de la suite y habló por teléfono. Mientras me vestía para marcharme, llamaron a la puerta. Era un empleado del hotel con un gran ramo de rosas rojas. Treinta rosas rojas.

—Si me hubieras dicho dónde vives, te habría enviado más. Pero en las manos solo puedes llevar treinta. —Esperó un instante, disfrutando de mi asombro, y luego añadió—: Sé calcular bien el número de flores que es capaz de cargar cada mujer. Es mi profesión.

Se había puesto un batín de ducha para abrir al recadero y ahora estaba de nuevo desnudo, sentado en un descalzador. En ese instante, pensé en lo difícil que es elegir un solo hombre para amarlo. Me acerqué a Adam, me senté sobre sus piernas y le besé.

—Estoy excitada otra vez —dije.

—La excitación es una forma de felicidad —respondió él mientras buscaba el borde de mis bragas—. Tal vez la mejor de ellas.

Me acarició la vulva durante unos instantes y luego me separó de él muy despacio. Tenía una erección, pero fue hasta el ropero y se vistió. Encendió un cigarrillo y esperó a que yo terminara de recoger mis cosas.

—¿Volveré a verte? —pregunté con imprudencia.

—Quizá —respondió. Y repitió—: Quizá.

—¿Engañas siempre a tu mujer?

Durante un instante vi de nuevo el color negro en sus ojos, pero sonrió por la impertinencia de la pregunta y se encogió de hombros con discreción.

—Es muy difícil elegir una sola mujer para amarla —dijo. Pero no lo dijo con esas mismas palabras. Era simplemente una observación hecha con cinismo que acababa

48

teniendo una formulación idéntica a la de mis pensamientos melancólicos. Tantas criaturas a las que amar y tan poco tiempo para hacerlo.

–Vivo en la Residencia de Santa Maria Addolorata –le dije–. No me mandes flores allí, pero puedes llamarme cuando vuelvas a Chicago.

–Santa Maria Addolorata –repitió–. Qué gran nombre para una puta.

Crucé el vestíbulo del hotel, primero, y las calles de Chicago, después, con las treinta rosas rojas entre los brazos. Los paseantes me miraban con atención curiosa, imaginando sin duda historias románticas muy diferentes a lo que había sucedido en realidad. Una puta accidental cortejada por su cliente.

En aquel momento me acordé del actor maduro con el que me había citado en el hotel. En lugar de sentir remordimientos por haberle abandonado, sentí felicidad.

Pocos días después conocí a Claudio. El primer recuerdo que tengo de él está minuciosamente descrito en una de las páginas de aquel cuaderno: «Tiene veintidós años. Mide aproximadamente 175 centímetros. Es de complexión atlética, musculoso. Cabello rubio de tonalidad oscura. Dientes rectos y proporcionados. Llevaba una camisa blanca, pantalones vaqueros y zapatos relucientes. En el cuello, tenía una cadena de oro con una medalla.»

Le conocí en un concierto de Paul Anka que se celebró en la ciudad al principio de la primavera. Yo fui acompañada de Ray, un muchacho con el que había compartido un seminario sobre Erich Fromm y con el que de vez en cuando me acostaba. Teníamos dos localidades de platea muy cercanas al escenario, y enseguida me fijé en un guitarrista de la banda que estaba detrás, en la zona de penumbra, y que tocaba casi todo el tiempo con los ojos cerrados. Tenía una belleza extraña, porque era al mismo tiempo canónica –mentón anguloso, cejas delineadas, labios grandes– y excéntrica. Llevaba el pelo despeinado, tenía los párpados violáceos y sus orejas eran demasiado grandes.

A partir de la tercera o la cuarta canción, me olvidé de Paul Anka y de Ray, y me entretuve con fantasías existenciales. Muchas veces, en un autobús, en un restaurante o en un avión –en lugares de tránsito–, veía a un hombre que me resultaba atractivo y comenzaba a imaginar qué podría ocurrir si en ese momento le seguía y buscaba las formas de entrar en su vida. No se trataba nunca de una atracción exclusivamente sexual, sino de algo más místico: el rostro y el movimiento del cuerpo transmiten siempre la apariencia de un alma verdadera, autónoma, separada de los mecanismos químicos del sistema nervioso.

Durante las dos horas que duró el concierto estuve inventando cómo sería la vida de aquel chico guitarrista de ojos cerrados. ¿Qué objetos tenía en su habitación? ¿Estaba comprometido con alguna chica? ¿En quién pensaba al masturbarse? ¿Qué canciones tocaba a la guitarra cuando estaba solo? ¿Soñaba con llegar a ser como Paul Anka y tener su propia banda de música? ¿A qué países quería viajar, qué enfermedades había tenido?

Al terminar el concierto, mientras la gente aplaudía, le dije a Ray que tenía que marcharme y, sin más explicaciones, salí deprisa del patio de butacas. Llegué a los camerinos antes de que los músicos hubieran terminado de saludar. El camerino de Paul Anka era privado y estaba protegido por varios guardaespaldas, pero los del resto de la banda tenían el acceso franco. Esperé allí durante varios minutos, sola, y dejé que el guitarrista recogiera sus cosas en silencio antes de acercarme a él.

–Vivo en una residencia femenina conservadora –le dije–. No puedo entrar en ella con chicos. Pero conozco un hotel muy barato en Kensington en el que dejan registrarse a parejas sin documentación. Con nombres falsos.

Él no pareció sorprenderse. Se pasó la uña de un pulgar por los labios, como hacía Jean-Paul Belmondo en *Al final de la escapada*. Los ojos, ahora abiertos, grandes, me miraban con altanería.

–Yo vivo en un apartamento aquí cerca.

Los dos habíamos hablado en inglés.

–¿De dónde eres? –le pregunté–. Tienes un acento extraño.

–De Argentina –dijo.

Dejé que hubiera un silencio largo. Luego le hablé en español:

–¿Me invitas a cenar en tu apartamento? Me llamo Irene.

Él dejó la guitarra en el suelo, dio un paso al frente y acercó su rostro al mío para besarme. No me abrazó, no usó las manos. Puso los labios y empujó hasta que abrí la boca.

«Tiene un pene grande, de diecinueve o veinte centímetros, sin circuncidar. Cuando está erecto, hace un ángulo de cuarenta y cinco grados con el vientre, apuntando hacia el frente. Los testículos, casi sin vello, están pegados al cuerpo», escribí en el cuaderno aquel primer día, con frialdad anatómica.

Claudio es el hombre al que más he amado en mi vida. Más que a ninguno de mis tres maridos y más que a cualquiera de los amantes que tuve a lo largo de los años.

A veces pienso que es el único hombre al que amé de verdad, aunque para determinar eso habría que establecer previamente cuáles son los atributos del amor.

Amé a Claudio porque nunca encontré en él sosiego o equilibrio; porque no llegué a saber jamás lo que pensaba realmente de sí mismo; porque intentaba ser brutal y solo conseguía ser vulnerable; porque tenía una belleza dolorosa que iba transformándose cada día, como si fuera de un ser distinto; porque se murió –porque lo mataron– cuando íbamos a empezar a vivir realmente.

Aquel primer día, al llegar a su apartamento, se desabrochó el pantalón, me agarró del pelo con violencia y tiró hacia abajo para que me arrodillara. Le hice una felación durante unos minutos, vestidos, con su cuerpo apoyado contra una ventana. Después volvió a cogerme del pelo para que me alzara y, sin moverse, sin separar su espalda de la ventana, abrió mi pantalón y bajó toda la ropa hasta el muslo. Me penetró sin tocarme antes, sin usar las manos, igual que me había besado en el camerino. Yo grité, pero no hubo dolor. Empujó la cintura, cinco, seis, diez veces, y de repente se le sacudió el cuerpo. Clavó las uñas en el vidrio, echó la nuca hacia atrás. Gritó durante un instante. Tenía los ojos cerrados, como en el concierto, mientras tocaba la guitarra. El aliento le olía a tabaco y a ginebra. Pasaron unos segundos y luego comenzó a respirar más suavemente. Yo me abracé a él y miré a través de la ventana: un edificio de apartamentos enfrente, la oscuridad de la noche. Sentí cómo su verga se deshinchaba y salía de mi vagina. Nos quedamos quietos hasta que él me apartó y fue hasta el baño. Escuché el ruido de los grifos. Sin volverme aún, de pie, me masturbé en silencio.

«Personalidad neurótica inestable. Egoísmo primario.

Eyaculador precoz», anoté en mi cuaderno aquel día. Solo la primera de las tres afirmaciones era cierta.

Claudio había nacido en Buenos Aires. Era un poco mayor que yo y estaba estudiando en la Escuela de Negocios de la Universidad de Chicago. Su padre dirigía una empresa de componentes químicos en Washington y su madre, que era escritora, había publicado una novela criminal sobre Cayetano Santos Godino, el Petiso Orejudo, un niño asesino que conmocionó a la sociedad argentina de principios del siglo pasado y al que el abuelo materno de Claudio, funcionario de prisiones, había conocido fugazmente en el penal de Ushuaia.

El Petiso Orejudo fue quizás el personaje que nos unió en los primeros días. Yo nunca había oído hablar de él —cada país tiene su propio santoral de asesinos—, pero en aquella época todos los psicópatas me producían una fascinación irresistible. A los quince años, Cayetano Santos Godino había matado a un niño de trece, estrangulándolo con un cordel. Fue su primer crimen consumado, pero ya antes lo había intentado sin éxito con otros niños aún menores. Cometió cuatro asesinatos y fracasó en otros siete. Era también pirómano y hacía arder edificios enteros por el placer de ver las llamas. Fue capturado a los dieciséis años y lo encerraron en el penal más recóndito del mundo, en el extremo de la Patagonia. Murió allí.

En las primeras citas, hablamos mucho de psicopatías y de perturbaciones. Él me habló del Petiso Orejudo y de otros asesinos argentinos, y yo le conté los experimentos del Niño Albert o de David Reimer. No le hablé de mis propias investigaciones. No le dije que le había catalogado a él mismo en un inventario de comportamientos sexuales.

53

Después de conocerle, guardé durante un tiempo los cuadernos y me olvidé de mis trabajos, aunque en ocasiones, cuando se me ocurría alguna teoría o encontraba un dato relevante, volvía a sacar las carpetas y lo anotaba todo.

Claudio quería ser músico. Recibía clases de solfeo y de guitarra en una escuela de la ciudad. Fue allí donde le reclutaron para sustituir a uno de los guitarristas de la banda de Paul Anka, que había tenido un accidente el día anterior al concierto. Le eligieron a él porque era el único que se sabía todas las canciones del repertorio del artista canadiense, de modo que bastaron dos horas de ensayo para preparar la actuación. Él no estaba satisfecho del resultado porque —según su propio juicio— no había sabido seguir al grupo en varias canciones e incluso había desafinado, pero nadie le había puesto ningún reparo al finalizar. Le habían pagado generosamente y Paul Anka le había enviado al día siguiente, por correo, un disco autografiado.

Ensayaba en un sótano de Wrigleyville con dos amigos puertorriqueños con los que planeaba formar una banda. En su apartamento, en cambio, tenía que tocar casi en susurros para no molestar al anciano que vivía al lado y que siempre se quejaba de sus modales. Muchas noches, cuando estábamos desnudos en la cama, a oscuras, yo le pedía que me cantara «Put Your Head On My Shoulder», y él, manso, cogía la guitarra, se sentaba a mi lado y la repetía una y otra vez. En ocasiones, mientras cantaba, yo me ponía a jugar con su pene o con sus testículos para que su voz se rompiera. Las palabras de aquella canción, que escuché tantas veces en sus labios, fueron quizá las más dulces que jamás escuché de un hombre. *«Squeeze me so tight, show me that you love me too.»* El vecino de al lado golpeaba con los nudillos en la pared, pero ya nunca le hacíamos caso.

Creo que Claudio fue el primer hombre al que no miré ni con aprensión ni con curiosidad antropológica. Olvidé durante un tiempo mis maldiciones. Olvidé la mala sangre de mi belleza y la ambición vanidosa de inaugurar el mundo.

Irene ha elegido el restaurante del Hotel Santo Mauro porque tiene un reservado discreto y porque sabe que a Adam le gusta el lujo anacrónico: paredes enteladas, grandes sillones de ebanistería, óleos de paisajes clásicos y vajilla de porcelana. Adam cree, como creía Visconti, que los alimentos tienen el paladar de los platos en los que se sirven: no hay manjares en platos de loza. Como aquel restaurante de Chicago en el que cenaban para hablar del crimen de Claudio, el restaurante del Santo Mauro es decadente y exquisito.

Irene llega diez minutos antes de la hora. Adam, que siempre fue un hombre ceremonioso y puntual, llega cuando ella aún no ha terminado de acomodarse. Ha envejecido, pero sigue teniendo la apariencia de los galanes sucios y degenerados que a ella le gustan, esa indefinición entre el refinamiento y la pornografía.

Han pasado veinte años desde la última vez que se vieron, pero él la besa en los labios, los roza en el ángulo sin separar los suyos y se mantiene durante un instante quieto, como si quisiera olerla. Ella le huele a él. Un perfume áspero como la cabeza de un fósforo quemado. Cuando se separan, Irene lo mira. Tiene el pelo muy blanco y los ojos hundidos en el hueso del cráneo.

—Mister Cary Grant —dice, apartando una silla para que él se siente.

Adam no hace ningún cumplido.

—Necesito beber —dice en inglés, y abre la carta de vinos

que hay sobre la mesa. Guarda silencio durante unos segundos. Elige.

Las uñas tienen todavía la perfección de la manicura, pero la piel de los dedos, en el nudo de las falanges, está roída. Irene recuerda esos dedos cuando él los sacaba de su vagina y se los ponía frente a los ojos. A veces le abría la boca con ellos, le acariciaba la raíz de la lengua hasta que ella sentía arcadas.

—Eres un hombre viejo.

—Al menos aún sigo siendo un hombre —dice él, sonriendo—. Y no he conseguido arrepentirme de ello.

—¿Hemos venido a una cita romántica?

Adam guarda silencio mientras el camarero muestra la botella, la descorcha y sirve.

—Todas las citas son románticas —dice.

Irene se impacienta con esos juegos cortesanos. Observa con piedad las marcas de la piel de Adam —las líneas gruesas del cuello, los gránulos, el borde de los párpados— y piensa que a partir de una determinada edad el ingenio excesivo solo afea el carácter. No quiere merodear, no disfruta ya de los actos confusos.

—Busco a personas desaparecidas y a asesinos —dice con sequedad—. ¿Cuál de los dos servicios necesitas?

Adam apoya las manos abiertas en el mantel y guarda silencio. Hace un ademán extraño, decepcionado.

—Tú también eres ya una mujer vieja —dice muy dulcemente, como si esas palabras fueran de halago—. Pero no has cambiado. Tienes la misma crueldad que hace cuarenta años.

—Tal vez más. La vida nos vuelve feroces.

—Feroces y vulnerables, las dos cosas —dice Adam—. Por eso he venido.

EXPEDIENTE AL-42

Nombre de la investigada: Helen Meltzer
Edad: 62 años
Estado civil: Casada
Localidad: Allentown, Pensilvania
Equipo de investigación: Rob Raposa y Michael Rozenhal
(seguimientos e investigación de fondo); Stephanie Snows
Van Gate (agente Amazon)
Periodo de investigación: 59 días (2 de febrero de 2017-1 de
abril de 2017)
Fecha del informe: 7 de abril de 2017
Resultado: Positivo (rogamos confirmación de que se informará de esta investigación a las autoridades competentes).

La investigada Helen Meltzer es rectora en la Universidad de Allentown desde 2014, antes ocupó el cargo de decana de la facultad de Ciencias Robóticas y antes de ello fue jefa del departamento de la sección de Microtecnologías. Está casada con Mathew Watts, que ocupa el cargo de director de Expansión y Desarrollo en la misma universidad. No es un cargo académico, sino administrativo. El señor Watts fue nombrado a dedo por el anterior rector, Yoshiko Hushima, en 2010, cuando la doctora Meltzer no había recibido su ascenso a rectora. El nombramiento del señor Watts causó algún resquemor, ya que no tenía experiencia previa en asuntos universitarios. Su trabajo anterior había sido en ventas de suministros médicos para una empresa local. Nos detenemos en este detalle porque será importante para interpretar los resultados de esta investigación.

La doctora Meltzer y el señor Watts tienen una hija de catorce años con algún tipo de retraso mental. Consiguieron concebirla, después de años de tratamientos de fecundación, por una serie de complicados procedimientos médicos debido a la avanzada edad de la doctora Meltzer. En el seguimiento y las pesquisas iniciales hemos comprobado que la pareja se turna para llevar a la niña a un centro especial de aprendizaje. No hay contacto físico entre la niña y los padres: le abren la puerta del coche, sale agarrada a un conejito de peluche, la escoltan hasta la puerta del centro, la maestra la recibe con un breve abrazo, y ya bien la doctora Meltzer o el señor Watts se van sin despedirse de la niña. El mismo que la deja en el centro por la mañana (8.00 a. m.), la recoge por la tarde (17.00 p. m.). Excepto estas salidas a recoger a la niña, que acortan el día de uno u otra, pasan en la universidad entre ocho y diez horas. No se ven durante todas esas horas, a pesar de que el despacho del señor Watts está en el mismo edificio que la Rectoría, salvo cuando tienen una reunión de equipo.

Los fines de semana nunca reciben a amigos en casa, tampoco salen a hacer actividades con la niña. La doctora Meltzer va los sábados por la mañana al gimnasio, el señor Watts juega los domingos por la mañana partidos de tenis. La tarde de los sábados se la turnan también para actividades individuales. El señor Watts queda con amigos en el club social de Allentown, mientras que la doctora Meltzer se reúne con dos mujeres (normalmente en el bar BrewWorks) que hemos identificado como compañeras de su antiguo departamento. Llevan una vida muy regulada en la que no hay margen de cambios de horarios ni rutinas.

Enseguida nos dimos cuenta de que con este tipo de metodología iba a ser muy difícil encontrar más información, con lo que procedimos a involucrar a Stephanie Van en la investigación. La doctora Meltzer recibe mucha paquetería de Amazon en su hogar, nunca en la universidad. No hay día que el mensajero no deje al menos una caja en el porche de su casa. Nuestra compañera Stephanie revisó los últimos pedidos y encontró que había adquirido el último modelo de Roomba, la aspiradora robot que cuenta con un dispositivo de micrófono y una pequeña cámara oculta que, ubicada en la parte superior del robot, tiene capacidad rotativa de 360. Stephanie puede activar, hackear y capturar tanto sonido como imagen.

Para este tramo de la investigación, hicimos una combinación de seguimiento personal y de seguimiento a través de los dispositivos en la Roomba. La aspiradora estaba siempre cargándose en su estación, ubicada en la amplia cocina abierta al salón comedor y área de entretenimiento, con lo cual teníamos acceso a buena parte de la actividad del hogar. A nuestra orden, Stephanie además podía hackear el uso programado, activar la aspiradora y dirigirla a cualquier habitación de la casa. Esto no resulta sorprendente para los usuarios porque son conocidos los desajustes y fallos en el sistema de programación de este dispositivo.

Antes de pasar a relatar lo que descubrimos, puntualizamos que es la primera vez que nos encontramos con un caso así y que esperamos alerten a las autoridades. Si no, lo haremos nosotros. En su día a día, la doctora Meltzer incurre en insultos continuos contra la niña, desde llamarla inútil y retrasada, hasta decirle que no debería haber nacido. Si la niña no quiere comer o tira la comida al suelo, la doctora Meltzer la abofetea y la obliga a comer o, si no, la lleva casi a rastras a su cuarto. La niña gime y normalmente no se defiende. Tenemos varios vídeos que muestran situaciones parecidas, ya que, nada más caer la comida al suelo, la doctora Meltzer, que es una fanática de la limpieza, activa la Roomba. Stephanie aprovecha el espacio abierto y sin puertas para seguirlas hasta la habitación, donde la doctora Meltzer continúa insultando a la niña con un vocabulario sorprendentemente cruel. Después, procede a encerrarla con llave durante horas. El señor Watts es algo más amable con la niña, pero absolutamente negligente. Si la doctora Meltzer la tiene alejada de cuchillos y objetos punzantes (tal vez por miedo a que un día reaccione contra ella), él la deja jugar con ellos, se podría pensar que hasta la anima. En una de las grabaciones se puede ver perfectamente cómo la niña toma un cuchillo pequeño de cocina pero extremadamente afilado y se empieza a pinchar el muslo con él, cada vez con más firmeza. El padre la contempla embobado, incluso se puede vislumbrar en su cara una pequeña sonrisa. Hasta que se da cuenta de que hay pequeñas gotas de sangre en su pantalón de pijama rosa y se lo quita.

Si esto es descorazonador, lo que descubrimos después es un presunto delito de extrema gravedad. Durante la tarde del sábado 1 de abril el compañero Michael Rozehnal observaba desde su coche la actividad en la casa de la doctora Meltzer. A las 15.23 el doctor Yoshiko Hushima aparcó su coche a unos pocos metros de esta y se dirigió a su puerta. En ese momento, Michael pidió a Stephanie que, si la Roomba no estaba activada, lo hiciera. La doctora Meltzer abrió la puerta y el doctor Hushima entró en la casa. Esto es lo que pudimos observar y escuchar. La niña estaba sentada a la mesa de la cocina, garabateando unos dibujos. Cuando vio al doctor Hushima empezó a temblar convulsivamente y salió corriendo y se encerró en la habitación. Transcribimos *verbatim* la conversación:

Dra. Meltzer: «Todavía no han pasado dos meses, Yoshiko. No te corresponde estar aquí.»

Dr. Hushima: «Hoy no vengo por ella.»

Dra. Meltzer: «¿Por qué vienes, entonces?»

Dr. Hushima: «Por ti.»

Dra. Meltzer: «Yo no era parte del trato.»

Dr. Hushima: «Vas a tener que serlo.»

Dra. Meltzer: «¿Cómo me vas a obligar?»

Dr. Hushima: «No te voy a obligar. Lo vas a hacer porque quieres.»

Dra. Meltzer: «Me das asco, Yoshiko.»

Dr. Hushima: «Más asco te das a ti misma.»

Después de esta breve conversación, él la penetró durante menos de un minuto en el sofá y se fue de la casa sin despedirse. Ella se fue a la ducha y, poco más de media hora después, reapareció en la cocina con la niña, que daba muestras de estar sumamente asustada. La sentó a la mesa y garabateó con ella durante un buen rato, hablándole con una suavidad inusitada en ella, hasta que la niña se calmó.

Por toda la información recogida, es evidente que debe abrirse una pesquisa policial y de asuntos sociales sobre el trato a la hija de la doctora Meltzer y el señor Watts, que, suponemos, no está al corriente de la inquietante relación entre su mujer y el doctor Hushima.

II

Doscientos mil dólares por el acuerdo. El Halcón –así ha dicho que le llamen, The Hawk– *ha pronunciado la cifra con claridad, silabeándola, y además la ha escrito en un papel para que no haya confusión. Doscientos mil dólares por el acuerdo de colaboración inicial. Cuando empuja el papel sobre la mesa para acercárselo, alargando el brazo, Annabelle se da cuenta de que lleva reloj en la muñeca y le llama la atención: quedan muy pocas personas que sigan llevando reloj, es un objeto ya inútil y pasado de moda.*

Pero luego ha añadido otra cifra: dos mil dólares más por cada grabación probatoria entregada o por cada paquete de documentos que contengan la información que se desea o pistas claras para conseguirla. Información sobre una muestra de más de seis mil setecientos individuos, hombres y mujeres, repartidos por toda la geografía del país. Annabelle ha hecho la cuenta mentalmente: seis mil setecientos multiplicado por dos mil da un total de trece millones cuatrocientos mil dólares, que, sumados a los doscientos mil iniciales, completa una cantidad inconcebible en su contabilidad financiera. Ella, que se considera opulenta en comparación con la gente de su edad, con sus amigos de antes, nunca ha tenido en su cuenta co-

rriente más de tres mil dólares. No es capaz de imaginar cómo es la vida de una persona despreocupada del dinero.

El Halcón, que quizás adivina sus pensamientos matemáticos, le advierte que hay más confidentes infiltrados y que solo se pagara al primero que ofrezca la información de cada persona. Se actualizará la lista de casos pendientes en una página web de acceso encriptado para que los espías —utiliza esa palabra tan destemplada— puedan realizar su trabajo en tiempo real con seguridad. Todo debe concluir antes de tres meses, añade, y a continuación calcula la retribución él mismo para que Annabelle comprenda las dimensiones exactas del asunto: en noventa días pueden ejecutarse ciento ochenta informes como mínimo, lo que supone trescientos sesenta mil dólares; añadiendo los doscientos mil dólares iniciales, conseguiría quinientos sesenta mil dólares.

Annabelle siente entonces una cierta decepción: en un instante ha perdido trece millones de dólares. Pero enseguida recobra el sentido de la realidad e imagina las cosas que puede comprar con ese dinero: una mesa de billar, una moto de carreras, cincuenta blusas de fiesta, un radar de máxima potencia.

—¿Para qué va a emplearse esa información? —pregunta—. No quiero meterme en asuntos turbios.

El Halcón le explica que todos los datos se usarán únicamente para un estudio científico, pero ella no le cree. Nadie gasta tanto dinero en un estudio científico. No se considera a sí misma una mujer idealista y virtuosa, pero sería incapaz de participar en una operación criminal que perjudicara gravemente a alguien. Tiene escrúpulos, es bondadosa, trata de ayudar a los demás. Desde que trabaja transcribiendo las grabaciones de los robots domésticos inteligentes, cree que tiene más discernimiento para comprender a los seres humanos y perdonar sus faltas. En las primeras semanas sentía mucha vergüenza al escuchar las charlas privadas de la gente (aunque sabía que no eran distintas de las que ella misma mantenía): conversaciones petulantes, amores melindrosos, masturbaciones obscenas. Luego se acostumbró a ello y hacía su tarea con naturalidad, como si estuviera transcribiendo documentos jurídicos o manuales informáticos. A El Halcón le explicó que había muchos materiales como los que él busca: adulterios, infidelidades, prostitutas. Todos los días encuentra varias historias.

—Tengo un contrato de confidencialidad muy riguroso —advierte—. Además de las multas...

El Halcón la interrumpe, desconsiderado, con un gesto de desprecio y de impaciencia. Le dice que sabe perfectamente cuáles son las cláusulas penalizadoras de su contrato y que todo debe hacerse con la máxima discreción. Si ella no comete errores, nadie sabrá nunca nada. Es un trabajo fácil: solo le piden que seleccione las informaciones relativas a los individuos indicados, las depure buscando cualquier dato que sirva de indicio de una infidelidad sexual y elabore un breve informe. Dos mil dólares. Dos mil dólares si el resultado es positivo y dos mil dólares también si el resultado es negativo, siempre que la investigación abarque un periodo completo de doce meses. En los informes positivos no es necesario atenerse a ese periodo temporal: basta con una infidelidad para detener la pesquisa. Grabaciones, correos electrónicos, mensajes de teléfono o búsquedas en internet.

Annabelle está ofuscada. Por un lado, cree que es un trabajo fácil —lo hace todos los días— y muy rentable. Por otro lado, tiene aprensión y cautela. Y, por último, siente miedo.

—¿Cuándo tengo que dar la respuesta? —pregunta.

El Halcón la mira con extrañeza.

—Ahora —dice.

Annabelle se angustia. Todavía tiene entre los dedos el papel con la cifra del acuerdo. Ganancia segura, inmediata.

Una mesa de billar y una moto de carreras. Las blusas de fiesta vendrán después. Con mucha parsimonia, rompe el papel en añicos y los deja en el plato de las servilletas.
–Acepto.

Durante aproximadamente tres meses –el tiempo que suelen durar el amor absoluto y el amor eterno– mi vida quedó sujeta en todo a la de Claudio. Abandoné mis investigaciones y mis lecturas, dejé de ir a algunas clases y desatendí a mis amigos y a los chicos con los que había estado acostándome en los últimos tiempos.

Yo vivía en una residencia de señoritas que había elegido mi madre por su reputación moral. Estaba cerca del campus y tenía un reglamento de conducta rígido que algunas chicas no cumplían: estaban prohibidas las compañías masculinas, las puertas de las habitaciones no tenían cerradura y había que regresar al centro antes de las diez de la noche, salvo causa justificada. La mayoría de las cuidadoras, sin embargo, admitían sobornos o intercambios de favores, y cuando llegábamos tarde entrábamos por la puerta de atrás, que tenía menos vigilancia.

Muchas noches me quedaba a dormir en casa de Claudio, me levantaba temprano, me vestía con ropa deportiva y volvía a la residencia corriendo, como si hubiera madrugado para hacer ejercicio. Las preceptoras me felicitaban por mi espíritu atlético, que, según la filosofía clásica, contribuía también al bienestar del espíritu.

Con Claudio paseaba mucho por la ciudad, que ninguno de los dos conocíamos demasiado bien y que se parecía poco a Madrid o a Buenos Aires. Nos gustaba ir a Grant Park y sentarnos juntos en el césped a mirar el lago y a besarnos como dos adolescentes. Hablábamos de cualquier asunto: a esa edad nos interesaba todo lo que ocurría en el mundo. Discutíamos por las políticas de Ronald Reagan, al que Claudio defendía y yo trataba de ridiculizar con indignación. Porfiábamos por las películas que veíamos en los cines. Nos contábamos uno al otro historias de nuestra infancia. Y explorábamos con afectación todo aquello de lo que no sabíamos nada pero nos parecía importante.

—Yo no tendría miedo a morirme si estallase el planeta o hubiera una epidemia universal —me dijo un día Claudio—. Solo me asusta la muerte porque sé que seguirán pasando cosas de las que no podré enterarme. Por eso siempre soy el último en irme de las fiestas. No quiero perderme nada de lo que ocurra. Pero si se acaba la fiesta, si todos se van, vuelvo a casa felizmente. Los que quieren morirse es porque ya no tienen ganas de saber nada.

«Egoísmo primario», había escrito en mi cuaderno la noche en que le conocí. Pero Claudio era una persona frágil, roída por todas las mentiras sobre las que había tenido que construir su personalidad y que yo aún desconocía. Fingía crueldad y desinterés para esconder la debilidad de su carácter. Cuando me penetraba, lo hacía con fiereza, como si intentara causarme daño, y le daba vergüenza —era una mutilación de su virilidad— tener que fijarse en mi placer, aguardar mis orgasmos antes de eyacular o tocar mi clítoris con cuidado. A pesar de mis investigaciones y de mi pedantería, yo no había elaborado aún teorías sobre la masculinidad. No había conocido suficientes hombres como para establecer patrones de comportamiento, y los dictámenes de la época eran todavía demasiado patriarcales. A mí me gustaba aquella destemplanza, aquella sexualidad áspera y animalizada. Me gustaba cuando eyaculaba sobre mí y se dejaba caer luego en la cama, silencioso, encerrado en una hosquedad que estaba llena de fantasmas.

66

–No es lo mismo besar que golpear con los labios –le dije un día para recriminar su brusquedad, pero era solo un sofisma: a mí me excitaban esos besos rotos que eran como mordeduras.

Al oír eso, se apartó de mí –estábamos en el salón de su apartamento, desvestidos a medias–, se puso a mirar por la ventana y se quedó callado durante mucho rato.

–La primera novia que tuve me dijo una vez algo parecido –masculló en voz muy baja–. Me dijo que la piel tiene dos lados, el de fuera y el de dentro. Me dijo que por eso acariciar no es siempre un acto de ternura: a veces es desollamiento. –Hizo una pausa, encendió un cigarrillo y sopló el humo contra el cristal–. Esa noche me dejó. Se fue. Nunca volví a hablar con ella.

Yo estaba a su espalda, con la blusa abierta y los pantalones desabrochados. Me acerqué a él y le abracé muy fuerte, como si quisiera también ser violenta. Tal vez aquella ocasión fue la única, en toda mi vida, en que sentí un amor puro, sin condiciones.

–Yo no voy a dejarte –le dije.

Puse los dedos en sus ojos. Estaba llorando.

–Lo harás –dijo sin dejar de llorar–. Lo harás porque no soy bueno. –Y luego, con unas palabras de aire bíblico que al principio creí no haber entendido bien, añadió–: Yo no soy quien soy.

«El hombre quiere ser otro. He aquí lo específicamente humano.» No sé dónde encontré esas palabras, porque nunca leí los libros de su autor, Antonio Machado; pero están anotadas, como una guía de conducta, en uno de mis cuadernos. Yo quería ser otra mujer distinta de la que era. Quería ser guapa, pero no tan guapa como para dudar de mi propia naturaleza. Quería tener dinero, pero no de unos padres despóticos y deshonestos. Quería apasionarme por la ciencia, pero no dejarme llevar por el ensimismamiento. Quería ser, en fin, como mi compañera Julie, que estaba en la habitación vecina a la mía y estudiaba Historia del Arte. Era atractiva, tenía unos padres arquitectos que habían construido su futuro de la nada y sabía armonizar bien la frivolidad y la erudición. Nunca tenía propensión al dramatismo ni a la melancolía. No tenía grandes ambiciones. No parecía estar nunca indecisa o preocupada. Pasamos juntas tres cursos, pero no llegamos en ningún momento a ser amigas ni a hacernos grandes confesiones. El último día, cuando pasó por mi cuarto a despedirse, me dijo: «Me alegro mucho de haber vivido a tu lado estos años. Siempre he querido parecerme a ti.» Yo me quedé seria, desconcertada, y no supe qué responderle. Quizá pensó que era engreimiento. Cuando se marchó, abrí la ventana de mi cuarto, que daba a la fachada principal, y observé cómo se montaba en el taxi y desaparecía. Permanecí allí, mirando al cruce de calles, aturdida, durante más de una hora.

«Yo no soy quien soy», había dicho Claudio. Aunque hacía tiempo que estaba muerto, me acordé de él aquel día. Nadie es quien es. Nadie sabe en realidad quién es.

La primera revelación de la oscuridad la tuve muy tarde, dos meses después de conocernos, cuando comenzaba ya a temer el regreso de verano a España. Había ido al sótano de Wrigleyville a recoger a Claudio después del ensayo. Tomamos unas cervezas con Sebastián y Jayden, sus compañeros de banda, y después nos fuimos caminando hacia la Sears Tower, que por entonces era el edificio más alto del mundo y tenía un restaurante en la última planta desde el que se veía toda la ciudad. A Claudio le gustaba mucho ir allí y mirar el fin del mundo para hacer reflexiones apocalípticas. Como era un restaurante caro, pedíamos un solo plato para compartir y nos quedábamos conversando hasta que nos echaban. Uno de los camareros, que era también argentino, nos tenía afecto y nos protegía.

Aquella noche, cuando salimos de la Sears, caminamos hacia su apartamento sin prisa, bajando por el bulevar Jackson. Al doblar por Dearborn, vio de repente a unos tipos que estaban sentados sobre el capó de un coche y se paró en seco. Cuando le vieron, uno de ellos sonrió. Tenían aspecto de maleantes, vestidos con camisetas de tirantes y pantalones vaqueros pintados con dibujos. Claudio miró instintivamente a nuestra espalda, como si estuviera buscando un camino de huida, pero no se movió.

–Espérame aquí –me pidió–. Es solo un minuto.

Fue despacio hacia ellos, que estaban a cincuenta metros de distancia. Era tarde y no pasaba apenas gente por la calle, pero aún circulaban coches con regularidad y no había sensación de desamparo. Los dos tipos, que eran más altos y musculosos que Claudio, le encararon antes de que él tuviera tiempo de decir nada. Yo no podía oír lo que hablaban –no levantaron la voz en ningún momento–, pero sus gestos eran poco amistosos. Claudio actuaba con calma. Retrocedía un poco, dando un paso atrás, cada vez que ellos se acercaban provocadores. El más alto de los dos le cogió por la muñeca y golpeó ligeramente su cabeza contra la de Claudio. A partir de ese momento, todo se desbocó: el individuo que le había sujetado por la muñeca le retorció el brazo hasta que se le dobló el cuerpo y le arrastró con un movimiento brusco hasta el capó del coche en el que habían estado sentados; el otro le aplastó el cuello y le puso la rodilla sobre la espalda. Yo quise gritar, pero se me deshizo la voz por el miedo. Me pegué a la pared y busqué con los ojos a alguien que pudiera auxiliarnos. No había nadie, los coches pasaban sin advertir nada. Los matones tenían inmovilizado a Claudio, y uno de ellos le hablaba casi al oído. Le registraron, vaciaron su billetera y se quedaron con los pocos dólares que llevaba en ella. Cuando yo estaba a punto de correr hacia la calzada para detener uno de los coches y pedir ayuda, de repente le liberaron. El que le sujetaba el cuello se apartó y el otro soltó su brazo. Claudio tardó mucho en incorporarse, asustado. Al final, cuando lo hizo, volvieron a quedar frente a frente. Hablaron de nuevo. El más corpulento de los dos le puso a Claudio un dedo amenazante en la frente, le dijo algo con el mismo tono contenido de antes y luego dio media vuelta y se marchó en dirección contraria a donde yo estaba. Su compañero escupió a los pies de Claudio y le siguió.

Corrí enseguida hacia él y le abracé aterrorizada. Sin dar tiempo a ningún razonamiento, tiré de su mano hacia la calzada y paré el primer taxi que pasó. Hicimos todo el camino en silencio, sin mirarnos. Yo tenía un ataque de pánico, respiraba sin ritmo, me temblaba el cuerpo. En el portal volví a abrazarlo.

—Te acompaño a la residencia —dijo—. Hoy prefiero quedarme solo.

Ni siquiera consideré la posibilidad de discutirlo.

—Abre —respondí—. Me quedo contigo esta noche. Tienes que contarme quiénes eran.

—No lo sé, no los conocía.

—Abre —repetí, sin atender a su mentira.

El peligro aviva el instinto sexual. El cuerpo humano segrega sustancias químicas estimulantes cuando cree que la muerte está cerca. Por eso al entrar en el apartamento comenzamos a desnudarnos junto a la puerta sin haber hablado aún de lo ocurrido. Claudio me penetró como solía hacer cuando estaba nervioso: de pie, empujándome contra una pared, sin medir la prudencia. Al venirle el orgasmo, gritó como nunca le había oído gritar, echando la cabeza hacia atrás y abriendo la boca hasta descarnar la mandíbula.

Nos quedamos allí mismo, en el suelo del vestíbulo, a oscuras.

—¿Quiénes eran?

—No lo sé. No los había visto nunca.

—Ellos te conocían y tú les reconociste. ¿Quiénes eran?

Se puso a llorar como lloran los niños, con muecas ridículas, sin consuelo.

—No lo sé. No los había visto nunca —repitió por tercera vez.

Apretó los ojos, se cubrió el rostro con las manos y dobló el cuerpo para esconder la cabeza entre las rodillas. Era una imagen grotesca, con el pantalón en los tobillos y la verga todavía medio erecta. Sentí ternura. Me desnudé despacio, casi sin moverme, y me senté junto a él para abrazarle. Tal vez durante unos instantes creí sus mentiras.

Mi madre tenía dos hermanas. El marido de una de ellas —mi tío— decía ser descendiente directo del emperador Carlomagno y hablaba con acento francés fingido para realzar su nobleza internacional. Habían tenido cinco hijos, con los que mi hermano y yo, de parecidas edades a las de ellos, jugábamos a menudo, sobre todo en los meses de verano que pasábamos juntos en la casa familiar de El Escorial.

La menor de todos nosotros se llamaba Camila y era una niña loca, nacida con deficiencias cognitivas y emocionales que hoy podrían clasificarse clínicamente entre los trastornos del espectro autista, pero que en aquella época se definían solo como rarezas infantiles.

En uno de esos veranos que pasamos juntos, cuando yo tenía aproximadamente seis años, Camila salió una tarde al jardín, mientras todos dormían la siesta, se sentó en el suelo al lado del arriate que había al fondo y comenzó a comer gusanos que reptaban junto a un hoyo de tierra. Eran bichos blancos y pequeños. Los cogía con la punta de los dedos, los miraba culebrear y se los metía en la boca. Es uno de los primeros recuerdos arraigados que tengo. El asco y la turbación.

Camila fue también la protagonista de mi primera experiencia sexual. Ese mismo verano –o quizás el siguiente– la vi acariciando y lamiendo el pene de su hermano Jacobo, que se dejaba hacer como si no entendiera el mecanismo de aquel juego desconocido. Era otra vez la hora de la siesta y la casa estaba en silencio. Jacobo, con siete u ocho años, no tuvo una erección ni probablemente experimentó ninguna clase de placer. Yo sentí el mismo desagrado que cuando vi a Camila comer gusanos, pero sentí además una extraordinaria curiosidad que ha determinado el curso de mi vida. Cuando alguien me pregunta alguna vez por qué me interesa tanto la conducta humana, por qué he realizado investigaciones psicológicas y por qué me dediqué profesionalmente a resolver crímenes complejos, siempre cuento aquel episodio erótico de la prima Camila.

No fue ese verano, a los seis o siete años, cuando decidí el rumbo de mi vida, por supuesto, pero sí fue quizá cuando comencé a sentir fascinación por el comportamiento extraño de los seres humanos y, en particular, por su sexualidad. Nunca hablé con Camila de aquello (en realidad nunca hablé con Camila de nada) y, por lo tanto, nunca supe qué podía buscar una niña de su edad en el pene de su hermano. En aquella ocasión, por primera vez en mi vida, fui consciente de la diferencia genital entre los hombres y las mujeres. Y a pesar de la repugnancia que me produjo la escena, descubrí que en ese laberinto estaba resumido todo el comportamiento humano. Alimentarse de gusanos y de depravaciones.

Tengo el convencimiento –quizás equivocado– de que fue a partir de ese momento cuando comencé a interesarme por lo que hacían las personas que me rodeaban. Me recuerdo a mí misma, en esos años de infancia, espiando a mis tíos o a mis primos en los lugares en los que creían que nadie les observaba. A Camila la acechaba con una atención especial porque sabía que en ella podría encontrar actos diferentes a los de los demás. Extravagancias. Se comportaba sin deliberación y sin propósito, siguiendo instintos.

Fue también en aquella época, en aquel verano, cuando aprendí –sin saber que lo aprendía– que para descubrir la conducta humana había que ponerla a prueba. Guardé gusanos en un bote de plástico y los dejé por la noche en la habitación de Camila para observar su reacción. También me desnudé delante de ella y le mostré mis genitales. En ninguno de los dos casos se comportó como yo esperaba: no comió gusanos ni lamió mi cuerpo con su lengua. Pero a mí me quedó, invisible, la curiosidad científica, el gusto por los experimentos que sirven para investigar la vida.

Así, de esa manera aséptica –o antiséptica–, empecé a serle infiel a Claudio, con el fin de analizar, en mis propios sentimientos, las diferencias entre el sexo animal y el amor romántico. Quería saber de primera mano si el vínculo afectivo con una persona cohíbe o daña la sensibilidad erótica hacia otras. Quería saber si la promiscuidad apaga el amor o lo engrandece. Quería saber, en fin, si el comportamiento biológico de las ratas era idéntico en los seres humanos.

La primera vez ocurrió justo después de aquel encuentro con los matones en la calle. Lo decidí esa misma noche, cuando Claudio se quedó dormido sin atreverse a decirme quiénes eran y cuál era la causa de la riña. Permanecí en vela, sentada en una silla al lado de la cama, y comencé a masturbarme lentamente, como si fuera un ejercicio de respiración de los que hacía a veces para conciliar el sueño. Claudio había eyaculado deprisa, resollando, sin atender a mi placer, y luego se había desentendido con su llanto. Yo estaba excitada. La ventana del dormitorio no tenía cortinas y a través de ella entraba esa luminosidad nocturna –edificios encendidos, hilos de luz rectilíneos– que solo tienen las grandes ciudades estadounidenses. Claudio estaba desnudo, boca arriba, y yo sentí ganas de despertarle de nuevo para fornicar. En otras ocasiones había sentido vergüenza de masturbarme después de haber estado con Claudio, pero aquel día abrí los labios de la vulva y empecé a tocarme el clítoris frente a él, sin ocultarme. Si se hubiera despertado, no me habría detenido.

Fue en ese lapso de tiempo, mientras iba hurgando en el placer de mi cuerpo y lo sacudía, cuando me vino a la cabeza la idea del experimento. Estaba irritada con Claudio por su silencio y por su humillación sexual, pero no fue esa la razón de mi propósito, sino la lógica de la fisiología: si nadie había sido jamás capaz de establecer en qué glándula o en qué órgano radica el alma humana, ¿cómo podíamos seguir condicionando todos nuestros sentimientos a la anatomía? Tal vez el amor tuviera únicamente patrones bioquímicos, pero para determinarlo había que disociar la sexualidad de los impulsos espirituales.

Antes de llegar al orgasmo ya había decidido que, aunque no deseara hacerlo, aunque me pareciera desleal y sucio, tenía que acostarme con otros hombres mientras amara a Claudio. A lo largo de mi vida, he pasado muchas noches en vela arrepintiéndome de esa pretenciosidad intelectual y docta que me hace comportarme a menudo con la frialdad de las hienas, como si no tuviera sentimientos o tristezas. Adam me lo dijo en una ocasión: «Crees que eres una mujer pantera, pero eres una mujer hiena.» En esos instantes, siento asco de mí misma, pero al cabo de un tiempo vuelvo a hacerlo. La obcecación teórica, la experimentación, la erudición de cátedra: una de mis obras maestras, en este sentido, fue el estudio de infidelidad forzada que desarrollé con Claudio.

Como cualquier proyecto científico, estaba elaborado con un método riguroso. Preparé una tabla con las características que debían cumplir los elegidos. El primero de ellos –el primero de mis amantes– tenía que ser un hombre poco atractivo, uno de esos chicos vulgares que intentaban seducirme y que yo aceptaba a veces con desgana. De ese modo, el amor y el sexo estarían indudablemente disociados, sin confusión posible. En el apareamiento solo habría una disposición zoológica, un trato frío de seres animales, o, en el mejor de los casos, un proceso cerebral desprovisto de deseo y de afecto.

A partir de ese momento, sin embargo, iría aumentando la exigencia sensual de los hombres cobaya y comprobaría en cada fase cuáles eran mis sensaciones, comparándolas con las que tenía junto a Claudio en esos mismos momentos. Es decir, el mismo día o en días sucesivos me acostaba con un hombre cobaya y con Claudio, a quien consideraba ya mi novio, y comprobaba la evolución de mis emociones.

El experimento tuvo seis episodios muestrales. Todos ellos fueron registrados en un nuevo cuaderno, que no llevaba ninguna anotación en la cubierta para conservar la mayor discreción posible sobre su contenido. El primer amante se llamaba Richard o Rick H. B. Tenía más de treinta y nueve años –la edad que declaró– y su cuerpo ya desnudo era fláccido y blancuzco. Las cejas largas, sin igualar, le daban un aspecto rudo y descuidado, y las arrugas gruesas en el borde de los ojos endurecían su expresión.

Fuimos a su hotel y pasamos juntos alrededor de una hora. Eyaculó enseguida, pero después de tomarse una copa, más relajado, volvió a excitarse y me pidió que le hiciera una felación. Era un hombre agradable, poco curtido con las mujeres. Desconocía la existencia de un erotismo que no fuera genital y tocaba mi cuerpo como si se tratase de una máquina pesada. Me divertí con él, pero solo tuve una reacción útil para el experimento: el sentimiento de culpa. Me arrepentí de haber engañado a Claudio, de traicionarle tan fríamente. Al día siguiente le compré un regalo y decidí abandonar mi investigación.

No lo hice, aunque tardé unos días en reanudarla. Mis cinco amantes sucesivos fueron, como estaba planeado, cada vez más guapos y refinados. Rufus, de treinta y dos años; Jack, de veintiocho; Alexander, irlandés, de veintinueve; Ewan, canadiense, empresario, de cuarenta y tres; y Oscar –tal vez el hombre más bello con el que he estado–, de treinta. Supongo que las fichas de mi cuaderno están llenas de mentiras o de fantasías, porque en la primera cita nadie les dice a sus amantes la verdad. Yo, además, preguntaba más de lo razonable, como si en vez de ser una joven seducida fuera periodista o policía.

Tres de aquellos hombres confesaron estar comprometidos sentimentalmente. No fue una sorpresa estadística, porque muchos de mis encuentros pasajeros anteriores habían sido con hombres casados o con chicos que tenían novia, pero nunca me había detenido a reflexionar acerca de la relación entre mi vida personal y la teoría que me había contado el profesor de psicología evolutiva: la aparición de parejas sexuales nuevas aviva la excitación de las ratas y de los seres humanos. Ese hecho debería haber resuelto anticipadamente mi investigación, pero en realidad yo estaba buscando conclusiones más metafísicas. Hipótesis sobre la naturaleza del amor, como he dicho. Abstracciones. Deducciones categóricas sobre la conducta humana.

Llegué a cuatro conclusiones, que en aquellos días formulé con precisión pero que ahora –desde hace muchos años– están llenas de dudas. La primera de ellas, que el amor es un sentimiento más sólido que el deseo y que por lo tanto se asienta en niveles orgánicos distintos. La segunda, que existen dos tipos de erotismo no solo diferentes, sino casi siempre antagónicos: uno encaminado a atemperar las pasiones y otro encaminado a inflamarlas; uno biológico y otro casi artístico. La tercera, que la mentira no corroe el amor. Y la cuarta, que las personas monógamas, como las personas sedentarias o las personas ignorantes, mueren sin conocer de verdad el mundo.

Después del sexto hombre concluí la investigación –no hay ninguno más registrado en mi cuaderno correspondiente–, pero no volví nunca más a serle fiel a Claudio ni a ningún otro hombre.

Recuerdo solo vagamente que en aquellos días, mientras me acostaba con esos seis desconocidos, tuve una crisis de identidad más profunda que las que acostumbraba a tener cuando me detenía a pensar sobre lo que había hecho de mí misma. Siempre comparaba la realidad con lo que mi madre había esperado que fuera, y aunque yo no aprobaba esa comparación –más bien aprobaba la inversa, pues me había esforzado en ser la antítesis de lo que ella deseaba–, sentía una suave frustración por lo que había conseguido hacer.

En los días que siguieron a mis primeras infidelidades, me vi a mí misma como una puta. Resulta curioso que ese sentimiento y esa expresión hiriente surgieran entonces, y no cuando unos meses atrás había conocido a Adam en el hotel y me había comportado como una puta de verdad, recibiendo dinero a cambio de follar.

Nunca dejamos de ser quien otros quisieron que fuéramos. Nunca abandonamos a nuestros padres.

Cuando me acosté con el primero de los hombres, con Richard o Rick H. B., sentí una culpa específica, precisa; pero después, mientras lo hacía con los siguientes, el malestar se volvió más indeterminado y por lo tanto más dañino. A pesar de que mis conclusiones teóricas eran consoladoras –demostraban la fortaleza del amor frente a cualquier inconstancia–, yo me sentía herida y sucia.

En esas semanas dormí muy pocas horas y tomé por primera vez en mi vida somníferos. Me duchaba dos o tres veces al día, como si las incertidumbres espirituales pudieran limpiarse con agua, y leía libros de filosofía clásica para purgar la mente. Comencé a tener los problemas dermatológicos que me han acompañado desde entonces. Y me volví bondadosa o caritativa –recuerdo que me inscribí en una asociación de beneficencia de la universidad y que me procuré la amistad de una chica de la residencia de la que se burlaban todos– con el propósito de redimir mis culpas.

Recuerdo todo eso vagamente porque no sirvió de

nada. No dejó huella. No cambió mi comportamiento. No me avergonzó tanto como para escarmentar de mi conducta. Si era puta, lo seguí siendo.

A finales del mes de mayo escribí a mi madre para explicarle que un contratiempo académico me obligaría a retrasar mi viaje veraniego a Madrid. Quería quedarme con Claudio más tiempo –le habían ofrecido participar en unos conciertos en Detroit a los que yo iba a acompañarle– e inventé esa excusa imprudente, pues mi madre, alarmada, telefoneó enseguida a la residencia, al rectorado y a la tía Lidia, que vivía en Atlanta, para que fuera a desentrañar el problema y a cuidarme.

La tía Lidia era la hermana mayor de mi madre, la rebelde de la familia, la insumisa. A los dieciséis años les dijo a sus padres –a mis abuelos– que quería ser ingeniera aeronáutica y ellos se negaron a consentirlo. La tía Lidia intentó primero convencer a su padre, que era más bondadoso y condescendiente, pero a él le pareció una indignidad que su hija tuviera una profesión tan masculina y se opuso a negociar semejante disparate. Ella intentó entonces ganarse el favor de la madre, pero tampoco hubo ninguna posibilidad de entendimiento. Esperó unos meses, hasta cumplir la mayoría de edad, y luego se fugó de casa dejando una nota cruel: llamaba a sus padres «tiranos», «monigotes rancios» y «millonarios fracasados», y pedía que no la buscaran porque no la encontrarían.

La abuela Lucía enfermó del corazón y murió un año después sin haber vuelto a ver a su hija. El abuelo Félix enfermó de melancolía y abandonó sus negocios para cuidar de las dos hijas que quedaban a su lado.

Lidia se fue a Londres a trabajar como camarera para

ahorrar algo de dinero y aprender el idioma. Al cabo de dos años, consiguió ser admitida en una universidad mediocre de Estados Unidos para estudiar Ciencias Aeronáuticas, pero no llegó a terminar el primer curso. Entonces escribió a su padre y le pidió un préstamo para ingresar en una escuela de pilotos. El abuelo Félix, conmovido por esa reaparición inesperada de la hija perdida, respondió ofreciéndole todo lo que quisiera a cambio únicamente de que regresara a la casa familiar para poder abrazarla. La tía Lidia lo hizo. Se reencontró con el abuelo y con sus dos hermanas. Después volvió a Estados Unidos con el dinero y se convirtió en piloto aéreo.

Una de las dos razones por las que mi madre aceptó que yo me fuera a estudiar a Chicago fue el miedo a que, como la tía Lidia, huyera de casa si me lo prohibía. La rebelde tía Lidia se había convertido con el tiempo en una mujer prudente y sosegada, y cuando yo fui aceptada en la universidad mi madre le pidió que me vigilara, aunque ella vivía en esa época a más de mil kilómetros, en Atlanta. La tía Lidia aceptó para tranquilizar a mi madre, pero nunca controló mi vida. Vino a verme a Chicago en dos ocasiones y me invitó a visitarla. Cuando lo hice, viajamos por Alabama y por el norte de Florida.

Pocos días después de escribir a mi madre avisándole de mi retraso, la tía Lidia me telefoneó para enterarse de qué había ocurrido. Como tenía suficiente complicidad con ella, le conté la verdad. Le hablé de Claudio, de mi amor y de los conciertos de Detroit. Fue comprensiva y prometió distraer a mi madre con alguna mentira piadosa. Después hablamos de otros asuntos y me explicó que en la compañía aérea en la que trabajaba le habían cambiado las rutas de vuelo. «Esta noche me voy a la ciudad de tu novio», me dijo. «¿A Buenos Aires?», le pregunté yo con sorpresa. «Sí, desde hace un mes estoy volando a Buenos Aires y a Santiago de Chile», me explicó.

La madre de Claudio tenía planeado ir a recogerle a Chicago para regresar a Washington juntos, y yo quería leer su novela sobre el Petiso Orejudo antes de conocerla, para poder conversar con ella de literatura y seducirla. Le había pedido a Claudio el título exacto y el nombre de la editorial para tomarla prestada en alguna de las bibliotecas públicas de Chicago, pero no la encontré en ninguna.

–¿Puedo pedirte que me compres un libro en Buenos Aires, tía Lidia?

–Por supuesto. Estaré allí dos días y me dará tiempo a ir de compras. Buenos Aires está llena de librerías –me dijo–. Te encantará. Tienes que venirte conmigo en uno de los viajes.

Le dicté el título de la novela y el nombre de la autora. Ella lo apuntó y me aseguró que en cuanto volviera a Atlanta, al final de la semana, me lo enviaría por correo urgente. No le dije nada a Claudio para darle una sorpresa cuando me presentara a su madre.

Tres días más tarde, la tía Lidia volvió a telefonearme a la residencia.

–No encontré el libro. No existe. Pregunté en varias librerías y en ninguna lo conocían. En una de ellas llamaron a la editorial y les dijeron que ese libro no estaba en su catálogo –me explicó–. Pero te he traído dos que hablan del Petiso ese que te interesa. En uno hay fotos. Vaya individuo loco. Te los envío mañana.

Los libros que la tía Lidia me envió eran dos crónicas de la vida de Cayetano Santos Godino: una centrada en su historial criminal –que tenía fotografías de él mismo y de sus víctimas– y otra en la que se narraba su prisión en Ushuaia, su relación con el resto de los reos y su muerte.

Las leí con más apasionamiento que si las hubiera escrito Graciela Guzmán, la madre de Claudio, porque el misterio que se había abierto acerca de su novela me resultaba casi tan inquietante como la historia del niño asesino.

–¿Puedes pedirle a tu madre que me regale un ejemplar de su novela cuando venga? –le pregunté a Claudio, a quien no le había contado el episodio de mi tía en las librerías argentinas–. Seguro que ella tiene alguno en Washington.

–Se lo pediré –respondió él–, pero no creo que le queden ejemplares. No trajo muchos de Buenos Aires.

–Quizá pueda entonces prestarme el suyo. Lo leeré con mucho cuidado para no estropeárselo.

Claudio me miró con curiosidad e hizo una mueca de indiferencia.

–¿Por qué te interesa tanto lo que escribió mi mamá?

–Porque me interesas tú, nada más –dije con coquetería. Y luego añadí, distraída–: Y me interesa el Orejudo. He empezado a estudiar las psicopatologías. Y he encontrado muchas menciones a él.

Eso era verdad. Habíamos empezado a estudiar algunos principios teóricos de los trastornos obsesivos, los delirios cognitivos y la esquizofrenia, que formaban parte central del programa del siguiente curso, y en algún manual académico anglosajón había encontrado referencias a Cayetano Santos Godino, el Petiso Orejudo. Si la sexualidad me había parecido hasta entonces el campo de experimentación más fértil para desvelar la conducta humana, a partir de ese momento tuve la certeza de que resultaba mucho más provechoso el análisis criminal. Aunque los asesinos, los violadores o los pirómanos fueran una parte mínima de la sociedad, sus actos representaban mejor que otros las pulsiones profundas de los seres humanos. La depredación, la soledad, la fiereza y el sadismo.

Tal vez en aquellos tiempos –o aquella misma noche–
comenzó mi carrera profesional en la criminología. No por
el interés en el Petiso Orejudo, sino por el deseo de averiguar todo lo que me ocultaba Claudio. Si había sentido
culpa al acostarme con otros hombres para indagar en la
naturaleza del amor, sentí más culpa aún al tomar la decisión de espiarle para esclarecer todos esos misterios que le
acompañaban. Amaba a un hombre –al primero que de
verdad amaba– y estaba mintiéndole en todo.

Liberados ya de las clases y de los exámenes, pasábamos casi todo el día juntos. Explorábamos Chicago, íbamos al lago a tomar el sol, visitábamos librerías e inventábamos entre los dos historias de crímenes. Pasábamos
muchas horas desnudos, en la cama, entretenidos en amores, pero ni Claudio ni yo nos atrevíamos a salirnos del ca-
rril de la ortodoxia sexual. Las mansas depravaciones que
yo ya había comenzado a descubrir con algunos de mis
amantes –sodomizándoles con los dedos o dejando que la-
mieran mis pies– no tenían cabida en nuestros tratos eróticos. Y ese hecho, del que me di cuenta enseguida, me llevó
a otra de mis consideraciones dogmáticas de aquellos años:
el amor, en contra de lo que comúnmente se asegura, inhi-
be la libertad sexual. El cuerpo de Claudio solo me inspiraba ternura. Si su brutalidad o su narcisismo genital me excitaban era precisamente porque no había consentimiento
ni aceptación: era un instinto íntimo del que no sabía ale-
grarme y que nunca podría compartir con él. Esta teoría,
que algunos desmienten y que sin duda tiene excepciones,
es en la que he fundado desde entonces mis infidelidades.

El principio es muy simple: lo que se busca en el sexo
sentimentalizado es distinto a lo que se busca en el sexo anó-

nimo; lo que se obtiene de un coito marital tiene una naturaleza diferente –cualitativa y esencialmente diferente– a lo que se obtiene en un coito o en un encuentro sexual con un desconocido. Es cierto que no todas las personas necesitan experimentar el registro completo de estímulos sensoriales posibles, pero quienes quieren hacerlo no pueden limitar su sexualidad a una única persona hacia la que además sienten afecto. El afecto destruye algunas dimensiones eróticas. Rompe el filo hiriente de la morbosidad y de los actos prohibidos. Esos hombres y mujeres que son incapaces de mantener relaciones sexuales con alguien por el que no sienten un vínculo emocional son llamados ahora –muy expresivamente– demisexuales, como si sus capacidades en la materia estuvieran demediadas.

Yo sabía que las perversiones que había en mis fantasías –demasiado *naifs* aún– podría intentar llevarlas a cabo con alguno de esos caballeros libertinos que me cruzaba en la universidad, en el autobús o en la cola del supermercado y que me hacían señales de cortejo, como en cualquier especie zoológica. Pero esas fantasías cándidas –que con el tiempo dejaron de ser tan cándidas– no podría cumplirlas con Claudio ni con ningún hombre a quien amara. No quería hacerlo. Me repugnaba la idea de compartir violencia, promiscuidad o rituales fetichistas con alguien con quien compartía también los sueños de futuro. Tal vez pensaba así –y sigo haciéndolo– por los cánones judeocristianos en los que había sido educada, pero había además, a mi juicio, una coherencia casi darwinista: la especie se protege a sí misma mediante la separación de los instintos.

Todas las tardes Claudio pasaba tres o cuatro horas ensayando con Sebastián y Jayden en el sótano de Wrigleyville. Algunos días, en esas horas, yo aprovechaba para encontrarme con alguno de mis amantes, aunque durante ese mes traté de evitar cualquier distracción para estar con Claudio. Siempre pasaba a recogerle después de los ensayos y cenábamos una hamburguesa o una pizza con los chicos mientras hablábamos de canciones y de bandas. Ellos habían elegido ya un nombre –The Rockets– y se proponían debutar a la vuelta del verano en una sala que había cerca de allí, un antro grande y medio en ruinas al que iban a beber de madrugada los latinos de Chicago. Claudio y Sebastián componían melodías y Jayden hacía los arreglos musicales. En su repertorio, además, llevaban canciones de artistas famosos como David Bowie, Cat Stevens o Rory Gallagher.

Cuando estaba junto a ellos, Claudio se convertía en una persona feliz. Subido a la tarima que hacía las veces de escenario en el sótano de Wrigleyville, no cerraba los ojos como en el concierto de Paul Anka en el que le conocí, sino que apretaba las mandíbulas y miraba al frente, a un punto lejano del vacío. Ese gesto exaltado y desafiante me llenaba de amor.

Parmentier de gorgonzola, ostra de pulpo, rosbif con salsa de amaranto.

–Cuando nos conocimos, tú estabas a punto de enamorarte de Claudio y yo amaba a Harriet con locura, ¿te acuerdas? –pregunta Adam mientras el camarero les sirve. Irene no mueve los ojos, no dice nada–. Quedábamos en el hotel en el que yo me alojaba cuando iba a Chicago y hacíamos el amor como salvajes, hasta reventar. Tú eras muy joven y tenías sentimientos de culpa.

–Nunca tuve sentimientos de culpa –le interrumpe Irene–. Fui yo quien te eligió. Fui yo quien entró en tu habitación cada uno de los días.

Adam hace un gesto suave con la mano, sacude el tenedor vacío.

—Quizá yo lo recuerdo mal, no importa. Quizá yo tampoco tenía sentimiento de culpa. Pero un día, con mi semen todavía en la boca, me preguntaste si era razonable lo que estábamos haciendo. Tú amabas a Claudio y yo era feliz con Harriet como nunca lo había sido con nadie.

Adam hace una pausa larga, deliberada. Hurga en la viscosidad del plato y luego mastica mirando a Irene. Ella tiene el gesto apaciguado. Se ha escandalizado al oír hablar de semen en una conversación de ancianos, pero no siente daño al recordar.

—¿Qué me respondiste?

—No te respondí. Me quedé callado. Tenías la nuca apoyada en mi vientre y yo veía tu cuerpo invertido, abierto, iluminado solo por los reflejos que entraban a través del ventanal de la habitación. Era de noche y se veían los rascacielos de Chicago. Yo acababa de tener uno de los mejores orgasmos de mi vida y estaba tumbado al lado de la mujer más hermosa que había conocido nunca. ¿Cómo no iba a parecerme razonable lo que estábamos haciendo? Si fuera pintor, podría reconstruir ahora aquella escena con todo el detalle. Hay diez, treinta, cien imágenes que no se olvidan jamás, y para mí esa fue una de las más importantes. Se habían quedado marcas de carmín en mi vientre, y tú, boca arriba, seguías con las piernas muy separadas, como si aguardaras otra revuelta. Y entonces volviste a preguntar: «¿Somos buenas personas, Adam?»

—¿Tampoco a eso me respondiste?

Él niega con la cabeza.

—Ni siquiera estoy seguro de haber oído la pregunta. Estaba aturdido con tu belleza. Pero al cabo de unos segundos respondiste tú misma. Dijiste que todo el mundo era como nosotros. *Todos los hombres se acostaban con otras mujeres y todas las mujeres lo hacían con otros hombres. Dijiste que éramos buenas personas. O que éramos, al menos, personas normales. Dijiste que no cometíamos crímenes.*

Irene trata de recordar la escena. Cree que no ocurrió así: fue él quien preguntó y ella se burló de su inocencia.

—Tú sabes que era verdad —dice—. Éramos buenas personas.

Adam se ríe y coge la copa para beber.

—Tú no sabes bien quién era yo —asegura—. En aquellos años tenía la convicción de que podía hacer cualquier cosa que me apeteciera. La bondad era una idea abstracta.

Irene lo mira con expresión de burla. Se acuerda de que a Adam le gustaba presumir de ser inmoral y temerario.

—Habrías querido ser un asesino, pero eras un buen hombre.

Adam vuelve a reír. El alcohol le ha suavizado la tensión del rostro. Sus manos, llenas de manchas oscuras, siguen siendo delgadas y hermosas. Dedos de instrumentista.

—Era verdad, Irene. Era verdad.

Es la primera vez que Adam pronuncia su nombre y ella se sobresalta.

—¿El qué?

—Todo el mundo era como nosotros.

—No. Nosotros éramos mejores —dice Irene, y enseguida recuerda su pensamiento de antes: a partir de una determinada edad, el ingenio solo afea el carácter.

Se arrepiente de haber aceptado la cita con Adam. Aquellos fueron tal vez los mejores años de su vida y no quiere estropearlos con la memoria. Lleva bien la cuenta de las cosas que ha olvidado y de las razones por las que lo hizo. La nostalgia debe ser un acto solitario: la nostalgia de los otros siempre nos destruye.

EXPEDIENTE 832

Nombre del investigado: Samuel Evans
Edad: 50 años
Estado civil: Casado
Localidad: Albany (Georgia)
Equipo de investigación: Harry Walker y Michael Ramírez (detectives)
Periodo de investigación: 45 días (1 de diciembre de 2016-14 de enero de 2017)
Fecha del informe: 21 de enero de 2017
Resultado: Positivo (a valorar por la dirección)

El investigado señor Evans trabaja como gerente de una tienda de muebles en la que está empleada también su esposa. Tienen dos hijos varones de nueve y siete años. La señora Evans forma parte de un club de lectura que se reúne dos veces al mes y el señor Evans asiste a menudo a reuniones políticas del Partido Demócrata. Su vida social, al margen de estos avatares, es muy reducida: se ha inventariado una lista de siete amigos con los que tratan habitualmente –incluyendo los vecinos de una de las casas colindantes–, además de los hermanos de la señora Evans y sus familias, que también residen en Albany.

Se procedió a hackear su ordenador y a intervenir sus teléfonos sin que se detectara nada demasiado relevante. Sus correos electrónicos, sus mensajes de WhatsApp y sus conversaciones interferidas reunían solo convencionalismos de cortesía, bromas privadas, propuestas de citas, facturas o consultas de diferente tipo.

En lo que se refiere a su uso de internet, el investigado Evans visitaba páginas webs de las siguientes categorías: a) Páginas profesionales de mayoristas del mueble; b) Páginas de cadenas de la competencia en el estado de Georgia; c) Revistas sectoriales; d) Información política *(New York Times, Albany Herald,* acumuladores de noticias); y e) Páginas de entretenimiento: deportivas, carteleras cinematográficas, cibertienda, técnicas de caza y un sinfín de webs aleatorias a las que llega por el curso de la navegación.

Solo ocasionalmente recurre a páginas pornográficas de sexo convencional y presumiblemente se masturba mientras las ve. No tiene citas especiales con mujeres, no frecuenta los bares de prostitutas y no establece oportunidades de cometer adulterio. [Se han examinado también las relaciones con hombres, como se recomienda en el protocolo de actuación general, pero no hay nada reseñable en este aspecto.]

En el seguimiento de la primera semana, el señor Evans mostró unas pautas de comportamiento rutinario. Lleva a sus hijos al colegio y regresa a su casa para desayunar con su esposa. Luego van los dos juntos a la tienda en el mismo coche. Comen en casa, descansan una hora viendo la televisión y vuelven a la tienda para la jornada de tarde, a veces en dos coches. Después del cierre, normalmente regresa de nuevo a su casa, pero en ocasiones se entretiene en el bar con compañeros de trabajo, asiste a las reuniones del Partido Demócrata de su distrito o acude a un centro comercial a realizar compras.

En la segunda fase del protocolo, el agente Walker inició un contacto personal con el investigado haciéndose pasar por un nuevo vecino de la ciudad que necesitaba amueblar su casa. Tras varios días, la relación se fue estrechando y llegó a ciertos niveles de confianza. El agente Walker pudo confirmar así la mayoría de los datos que ya obraban en nuestro poder y obtuvo algunos nuevos que acabaron resultando útiles en la investigación. El señor Evans había nacido en el estado de Montana, al otro extremo del país, y había vivido allí hasta que murieron sus padres, cuando él acababa de cumplir veintiocho años. No tenía estudios universitarios. Se mudó a Florida buscando un clima más cálido y más tarde a Albany, donde había recibido una oferta de trabajo interesante. En Albany había conocido a la señora Evans (Lucy Cox de soltera) y, después de pasar por otros empleos, había acabado regentando la tienda de muebles en la que trabaja actualmente.

Al comprobar todos los datos recabados por el agente Walker —en su mayoría ciertos— se descubrió que en Lewistown, la ciudad de Montana en la que el investigado declaraba haber nacido, no existía ningún Samuel Evans registrado en el intervalo de diez años alrededor de su fecha de nacimiento (cinco antes y cinco después). No había ningún Samuel Evans filiado en ninguna ciudad del estado.

A mediados del mes de diciembre, en vísperas de la Navidad, el investigado realizó consultas —desde su ordenador personal de la tienda de muebles— acerca de viajes aéreos a Bismarck, la capital del estado de Dakota del Norte, vecino de Montana. Repitió la consulta dos días consecutivos, pero no reservó ningún billete.

Al investigar esa pista, se descubrió que el 3 de mayo de 1966 había nacido en Medora –al oeste del estado, cerca de la frontera con Montana– un Spencer Samuel Patrick Evans, hijo de Patrick y de Elisabeth. Después de las primeras comprobaciones telefónicas hechas para confirmar la identidad, el agente Ramírez se desplazó a la región.

Spencer Samuel Patrick Evans había crecido en una familia humilde. Fue hijo único. Sus padres, que se trasladaron a la ciudad de Dickinson después de casarse, se dedicaban al etiquetado de productos en unos grandes almacenes. El investigado asistió a la *high school* hasta los dieciséis años, cuando dejó embarazada a Mary Patterson, una compañera de aula con la que mantenía relaciones sentimentales. Mary Patterson está viva y es la fuente principal de este informe. Llevó hasta el final el embarazo y tuvo el hijo del señor Evans, que entonces era un adolescente sin demasiado conocimiento de la vida y usaba su primer nombre de pila, Spencer.

La falta de recursos económicos dificultó la convivencia familiar desde el principio, aunque al cabo de dos años tuvieron un segundo hijo y poco después un tercero, todos ellos varones. El investigado comenzó a beber y a tener aventuras sexuales con otras mujeres sin esconderse demasiado.

En 1989, la señora Patterson encontró un buen empleo, y a partir de ese momento ella y el investigado consiguieron encauzar la relación durante unos meses. En marzo de 1991, murió la madre del investigado a causa de un cáncer de huesos, y dos meses después murió su padre a causa de un infarto cerebral. En el verano de ese mismo año, el día 23 de julio, el investigado desapareció de repente. No se llevó consigo ningún objeto personal ni dejó ningún mensaje, por lo que la policía manejó desde el principio la hipótesis de un accidente (el investigado solía hacer excursiones por los alrededores y visitar a menudo el Parque Nacional Theodore Roosevelt) o de un crimen casual, puesto que no le eran conocidas enemistades ni conflictos pendientes. Su coche nunca apareció. Un año después, la policía cerró el caso. La señora Patterson y él no habían contraído matrimonio, de modo que no había ningún vínculo legal entre ellos, salvo el de sus hijos.

La señora Patterson se casó al cabo de seis años, en 1997, y tuvo dos hijos con su nuevo marido, Timothy Curnutt. En la actualidad viven juntos en la ciudad de Dickinson.

Es presumible que, después de su desaparición, el señor Evans haya vuelto en secreto a Dickinson múltiples veces, aunque resulta imposible determinarlo. En 2015 –al menos– lo hizo, pues ese año sí consta un viaje en avión a Bismark, en las mismas fechas navideñas en las que su esposa y sus hijos visitaban a la familia de Florida.

Con la nueva información (pero sin desvelarle nada), el agente Walker forzó una conversación íntima con el investigado acerca de las relaciones familiares, la fidelidad matrimonial y el amor a los hijos. El señor Evans dio muestras de debilidad emocional y confesó que él había tenido «una vida oscura» en el pasado, pero no accedió a proporcionar detalles. Dijo algo, sin embargo, que nos parece relevante, ateniéndonos al objeto de la investigación: «La traición a una persona a la que uno ama no siempre se comete después de conocerla.»

III

Fred Astaire se acuerda de sus comienzos en el negocio, cuando todos sus clientes le preguntaban si tenía algún parentesco con el bailarín y le pedían, con una broma fatigosa, que hiciera un baile de claqué. Siempre explicaba que él se llamaba realmente Frederick Astaire y que el bailarín, de origen austriaco, había sido bautizado en cambio con el nombre de Frederick Austerlitz. Pero nadie le tomaba en serio con ese nombre. Fueron años de miseria, de encargos escasos y mal pagados y de burlas dentro de la profesión.

Luego tomó la decisión de renunciar a su nombre y todo empezó a ir mejor. Rompió de un golpe el cristal esmerilado de la puerta de la agencia, en el que figuraba el rótulo de Fred Astaire, y lo sustituyó por uno idéntico en el que había mandado grabar el nombre de su detective de ficción favorito: Sam Spade. A Sam Spade no le conocía nadie, solo algunos lectores fanáticos, y el negocio comenzó a prosperar rápidamente. A Fred Astaire le pareció que aquello era prueba de que Dashiell Hammett había elegido muy bien el nombre de su personaje, porque inspiraba confianza en los clientes. Sam Spade.

Después de Seattle, abrió una oficina en Portland, y más tarde, ante el éxito continuado, en Los Ángeles y Sacramento.

En los siguientes tres años inauguró veintidós oficinas de investigación privada en todo el país y se convirtió en una marca de detectives poderosa. El sistema de Astaire era estricto: en la compañía no ingresaba ningún agente sin que él le entrevistara en profundidad y le diera un curso de iniciación. Recibían encargos de las grandes corporaciones, de familias influyentes y hasta de los gobiernos públicos. Sus tarifas eran exorbitantes, pero sus clientes se disputaban su representación para descubrir asesinos, encontrar a individuos desaparecidos, detectar espionajes comerciales, localizar obras de arte robadas o desarticular sectas pseudorreligiosas.

A lo largo de su historia, había investigado también muchos casos de infidelidades, que era sin duda el servicio que más se demandaba en el ámbito familiar. Había conocido a grandes hombres, a próceres de la nación, que, roídos por los celos, encargaban vigilar a sus esposas hasta descubrir un engaño. Era un asunto casi festivo, porque algunas de esas esposas —u ocasionalmente alguno de los maridos, si eran ellas quienes hacían el encargo— no cometían adulterio, pero sus parejas insistían para que se investigase bien y se descubriese al amante. Seguían pagando durante mucho tiempo, a la espera de que en algún momento se tuviera por fin una pista irrefutable del delito.

Ese servicio no era el emblema de Sam Spade Detectives, pero a pesar de ello les habían elegido para el Proyecto Coolidge, lo que llenaba de orgullo a Astaire. Era el proyecto de mayores dimensiones de toda su carrera, tanto en lo geográfico como en lo financiero. Todas las oficinas del país estaban implicadas. Había tenido que reclutar a veinticinco agentes más en solo un mes, la mayoría de ellos jóvenes sin suficiente preparación y sin una experiencia contrastada, pero hasta el momento no había habido ninguna incidencia significativa: su fama de cazatalentos y de adiestrador seguiría incólume.

Ochocientos noventa casos simultáneos. Ochocientos noventa y dos, exactamente. Astaire recibía en la oficina de Seattle más de diez informes diarios, y, aunque nunca había experimentado demasiado interés profesional por los temas sentimentales, salvo cuando estaban relacionados con un crimen o con una desaparición extraña, los leía todos con atención. Sam Spade se jugaba su reputación en el Proyecto Coolidge, pero, además de ese celo empresarial, sentía una curiosidad verdadera por la luz que iba arrojando la sucesión de casos: casi ocho de cada diez informes habían constatado con pruebas relevantes que el sujeto investigado era culpable de adulterio.

Contaban con seis meses para acabar el trabajo. En diciembre tenían que estar completadas las pesquisas. La orden era que, si se detectaba una infidelidad, el caso se daba por cerrado. Si se averiguaba que el investigado era inocente *—a través de una confesión fiable o de alguna prueba espontánea indiscutible—, también se liquidaba el procedimiento. Si no ocurría ni una cosa ni otra, en cambio, la vigilancia y la indagación debían continuar hasta el final.*

Astaire viajaba a todos los estados para supervisar personalmente los casos más conflictivos y concienciar a los agentes de la importancia del proyecto. Sin embargo, todo estaba transcurriendo con bastante placidez. Solo se había denunciado un incidente: uno de los detectives más bisoños había sido descubierto mientras seguía a una mujer y había tenido que intervenir la policía creyendo que se trataba de un acosador sexual.

Cuando el director del proyecto fue a verle, acompañado de un hombre que prefirió no revelar su identidad, Astaire escuchó sus justificaciones científicas y tomó notas, pero no les creyó. Era absurdo que detrás de un proyecto tan colosal, con ochocientos noventa y dos casos, solo hubiera un interés esta-

dístico y sexológico. Sin embargo, había investigado él mismo en los subsuelos del asunto y no había encontrado nada extraño. Descubrió que el hombre misterioso que acompañaba al catedrático de Harvard era Adam Galliger, un filántropo excéntrico que había apoyado con entusiasmo —mediante donaciones millonarias y mediaciones políticas ante lobbys de la industria— la campaña presidencial de Barack Obama. No había en él ningún indicio sospechoso, nada que estuviera en apariencia fuera de la ley. Era administrador de varias empresas familiares —entre ellas la compañía de producción de flores más importante de todo el continente— y tenía tentáculos financieros en muchas otras, pero sus balances fiscales eran transparentes y limpios. Nunca había sido imputado o condenado, nunca se le había sancionado con expedientes fiscales de reclamación.

Su único ángulo oscuro era el de la sexualidad. Galliger mantenía relaciones clandestinas con muchas mujeres. Cada semana se encontraba al menos con cuatro diferentes, dos de las cuales eran siempre las mismas. Las recibía en un hotel de lujo, donde tenía reservada permanentemente una suite, y pasaba con ellas entre una y dos horas. A veces pedían comida al servicio de habitaciones y se alargaba un poco más. Cuando viajaba, tenía algunas mujeres invariables en cada ciudad, o, si no era así, recurría a la seducción clásica en bares de moda o en el vestíbulo del hotel. No contrataba nunca —o lo hacía muy excepcionalmente— los servicios de prostitutas.

Era un acérrimo militante del Partido Demócrata y un mujeriego, pero además de eso no había en su biografía nada reseñable. Por esa razón, Fred Astaire terminó aceptando que tal vez la versión que le habían dado para justificar el Proyecto Coolidge fuera cierta. Él llevaba casado veintiséis años y no sentía ya atracción sexual hacia su esposa. No era muy intemperante en esos asuntos, pero de vez en cuando no tenía más

remedio que cumplir con los instintos. Mera higiene fisiológi-
ca. Limpieza de humores y fluidos. Si el objetivo del Proyecto
Coolidge era ese, su comportamiento resultaba absolutamente
normal.

Un día, al regresar a la residencia, me entregaron un
mensaje en el que había únicamente un nombre y un número de teléfono. El nombre lo recordaba bien: Adam Galliger. Como era tarde, esperé al día siguiente para telefo-
near. Me atendió directamente él y me contó que en tres
horas cogería un vuelo a Chicago para firmar un acuerdo
con un distribuidor canadiense. No tenía aún el billete de
vuelta y, si yo estaba libre, podíamos pasar la noche juntos.
—Quinientos dólares —dijo con una entonación que hacía imposible distinguir entre la ironía y el trato comercial.
Yo le respondí con la misma ambigüedad de sentido:
—Quinientos dólares por cada una de las veces.
Antes de colgar el teléfono, volví a pensar que me había convertido en una puta y que mi vida estaba entrando
sin remedio en quiebra. Pero la excitación, que fue inmediata, hizo desaparecer cualquier duda.
Llegué puntual al hotel. Adam me esperaba desnudo y
con la cena recién servida. Me quitó él mismo toda la ropa
y luego me llevó hasta la mesa. No comimos con prisa. A
pesar de su erección casi continua, él paladeó con gusto
cada uno de los platos. Me preguntó por mi vida y yo se la
conté sin demasiado ocultamiento. Le hablé también de
Claudio y le dije —para prevenir cualquier fantasía— que estaba enamorada de él. Me fijé en su mano: tampoco ese
día se había quitado el anillo.
—¿Por qué estás aquí entonces? —preguntó.
—Por el dinero —dije.

No era verdad. Ni siquiera tenía el propósito de que me pagase. Pero él, entonces, se levantó, fue hasta su mesilla de noche y volvió con dos mil dólares en billetes doblados.

–Por anticipado –dijo–. No creo que gastemos tanto, pero de este modo evitamos la ansiedad.

Levantó en vilo mi silla y la apartó de la mesa hasta el centro de la habitación. Después se arrodilló entre mis piernas y puso su boca sobre mi vulva. Sujetó los muslos para que no me moviera. Cuando estaba a punto de llegar al orgasmo, se apartaba de repente y esperaba a que mi cuerpo se sacudiera durante unos instantes, como una superficie de agua golpeada en el centro por una piedra. Luego recomenzaba otra vez, y otra vez volvía a detenerse. Cuando por fin me permitió llegar hasta el final, sentí escalofríos y empujé tanto hacia atrás, hacia el respaldo de la silla, que estuve a punto de caer.

Me miró durante un rato con satisfacción, como si aquella obra hubiera puesto la medida de sus destrezas. Encendió un cigarrillo y se tumbó sobre la cama sin deshacerla. No hablamos. Yo me levanté a por un resto de champán que quedaba en mi copa y luego miré a través del ventanal la noche de Chicago. Cuando me di la vuelta, Adam había empezado a masturbarse sin dejar de observarme. Me acerqué a él, aparté su mano y apreté mis labios en el glande. Quise hacerle lo mismo que él había hecho conmigo, pero no fui capaz, porque antes de detenerme él eyaculó. Su cuerpo, sin embargo, sí se convulsionó como el mío: se elevó sobre la cama varias veces, el cigarrillo ya casi consumido se le cayó de los dedos, la cabeza golpeó sobre la almohada. Nos quedamos tumbados, de repente quietos y en silencio. Apoyé mi nuca en su vientre, me limpié con los dedos el semen que tenía en las mejillas y cerré los ojos con un bienestar extraño.

–¿Somos buenas personas? –preguntó en voz muy baja.

Yo no entendí a qué se refería. Esperé durante unos instantes a que lo explicara, pero no dijo nada más.

–Hasta hace muy poco yo creía que lo era –dije–, pero ahora no estoy segura.

–¿Amas a tu novio? –preguntó con brusquedad. *«Do you love your boyfriend?»*, dijo. *«To love»* es un verbo mucho más agresivo que «querer». Mucho más rotundo.

–Estoy completamente enamorada de él –le aseguré sin sentir dudas, como si esa confesión tan desnuda sirviera para expiar la suciedad del esperma.

Adam encendió otro cigarrillo con parsimonia y me acarició la cabeza. Fue el primer gesto de ternura que recuerdo de él.

–Mis padres se conocieron cuando tenían menos de veinte años y se casaron enseguida –empezó a contarme–. Tuvieron tres hijos, pero el tercero murió antes de nacer y ya no volvieron a intentarlo. Vivían felices, según cuentan quienes les conocieron bien. Yo solo tengo recuerdos de niño, y los recuerdo de un niño son siempre inventados. –Hizo una pausa y sopló el humo–. Un día mi madre descubrió por casualidad que mi padre se había acostado con otra mujer. Había sido un encuentro inesperado y un descubrimiento inesperado, pero eso resulta indiferente ahora. A partir de ese momento, mi madre perdió la felicidad. Empezó a volverse loca, a asistir diariamente a celebraciones religiosas y a tener visiones sobrenaturales. Dos años después, cuando yo tenía once, murió. Se suicidó. Los médicos dijeron que tenía una depresión causada por la menopausia anticipada y por otras razones sociales, pero yo siempre supe que se mató porque no podía soportar vivir sin el amor de mi padre.

Era una situación embarazosa para mí: estaba compartiendo intimidades con un hombre al que apenas conocía y que me contaba secretos familiares inconfesables. Él, sin embargo, no podía ver mis ojos.

—Creciste con el dolor de una madre muerta —dije para romper ese silencio fastidioso.

Adam tardó en continuar hablando.

—No. Crecí con otro dolor más pesado. El de dudar de la bondad de mi padre. Hasta ese momento yo había sentido fervor por él. Le admiraba, me sentía protegido a su lado. Creía que era el mejor hombre de la Tierra. Y de repente todo eso se desvaneció. Empecé a pensar que era un asesino. —Hizo amago de reír para quitarle dramatismo al relato—. Quedé expulsado del paraíso para siempre. Y nunca volví a estar seguro de que mi padre fuera un buen hombre. No conozco ninguna otra mancha suya. Fue honesto, trabajador, cariñoso y noble hasta el día de su muerte, hace dos años. Pero se acostó con otra mujer.

—Tú te acuestas con otras mujeres.

Seguramente hizo un gesto, una mueca, pero no pude verlo. Su cuerpo no se movió. Sin saber por qué, sentí compasión de él.

—Mi padre volvió a casarse. No sé si le fue infiel a su nueva esposa. Quise preguntárselo, pero nunca me atreví.

Muy despacio, me incorporé para poder mirarle a los ojos. No estaba llorando, no tenía un gesto trágico.

—Quizá tu madre también se acostó con otros hombres.

Movió los hombros como si quisiera levantarse y separó los labios.

—Eso es impensable.

—¿Por qué? El amor no lo cura todo.

—¿Todo el mundo es como nosotros?

Yo tenía otra vez sus testículos al lado de la boca y puse un instante los labios sobre ellos.

—¿Cómo somos nosotros? —pregunté.

No me respondió. Nunca volvimos a hablar de sus padres, pero algunas veces, cuando terminábamos de follar y nos quedábamos apaciguados, me preguntaba: «¿Todo el mundo es como mi padre, Irene? ¿Todo el mundo es como nosotros?»

Cuando me quedaba a dormir en casa de Claudio y nos despertábamos tarde, me gustaba pasar la mañana cocinando. Hacía platos de pasta italiana, verduras aliñadas, guisos de carne o ensaladas de legumbres. A veces enviaba a Claudio a la tienda de ultramarinos a comprar una especia que me faltaba, un trozo de queso o un condimento. Después nos sentábamos a la mesa de la cocina, que apenas tenía espacio para dos cubiertos, y pasábamos dos horas comiendo, besándonos y hablando de crímenes salvajes cometidos en Australia o en Japón.

Uno de esos días en que yo había cocinado, Claudio empezó a sentirse mal después del ensayo. Regresamos a casa sin entretenernos con Sebastián y Jayden, y al llegar, en el rellano de la escalera, Claudio vomitó hasta romperse la garganta. Estaba pálido y sus ojos tenían hilos amarillentos. Habíamos comido espaguetis con requesón, aceitunas y anchoas, pero yo no sentía ningún malestar. Llamamos a un vecino que era estudiante de Medicina y examinó a Claudio. Dijo que se trataba de una intoxicación y que no había ningún remedio, salvo el ayuno.

Yo nunca había cuidado antes a nadie de la enfermedad, y aquel día, en el apartamento de Claudio, viendo cómo temblaba por la fiebre y cómo se le amorataba la piel de los párpados, sentí el avispero de la muerte, la inconsistencia del cuerpo. Pero al mismo tiempo me di cuenta de cuánto le amaba. De cómo dependía mi vida de la suya. De lo extravagante que es vivir.

Hice algo que me avergonzó durante mucho tiempo, pero que era solo una forma de curar el miedo. Me tumbé junto a él, desnuda, e intenté masturbarle. Tardé en conseguir que tuviera una erección. Él me pedía que le dejase tranquilo, pero yo continuaba, sin escucharle, creyendo que de ese modo podría conciliar de una vez el sueño y descansar. No logré que llegara al orgasmo, y cuando se quedó dormido, con el pene de nuevo fláccido y lleno de pestilencias, me tumbé a su lado y velé sus pesadillas.

Claudio despertó por la mañana sin fiebre y sin síntomas, aunque no tenía apetito y solo tomó una infusión para desayunar. Aquel día nos quedamos en casa planificando las siguientes semanas, hasta que nos separáramos: en diez días nos iríamos a Detroit, pasaríamos allí una semana con los conciertos de Claudio, regresaríamos luego en coche, bordeando el lago Michigan, y llegaríamos a Chicago justo a tiempo para recibir a su madre, que estaría allí dos o tres días antes de la vuelta a Washington. En esos días, Claudio organizaría un almuerzo o una cena con ella para que nos conociéramos. Ya le había hablado de mí. Luego nos separaríamos durante al menos un mes. Yo le había propuesto a Claudio que viniera a Madrid a conocer a mi familia. Era un desatino, porque mi madre habría entrado en estado de cólera y habría arruinado mi relación con él de una u otra forma. Pero en ese momento estaba tan enamorada que me parecía realista salir sin heridas de ese enredo. Claudio, sin embargo, debía viajar con sus padres a un país de Latinoamérica que aún ignoraba, de modo que la posibilidad de pasar juntos el verano, sin interrupciones, se desvaneció por completo.

En la prisión de Detroit había un reo, condenado a muerte, que había asesinado a tres mujeres después de tenerlas encerradas por separado durante casi un año y haberlas violado continuadamente. Una de esas mujeres era su hermana. Los psiquiatras forenses que habían testificado en el juicio después de examinarle habían llegado a la conclusión de que no padecía ningún trastorno de la personalidad y de que era plenamente consciente de sus actos. Había un detalle de los crímenes que me fascinaba: el individuo había amputado los treinta dedos de las manos de las mujeres y los guardaba en el altillo de la despensa metidos cada uno de ellos en un bote de formol. En los interrogatorios policiales y en el juicio se había negado a explicar el sentido de esas mutilaciones y de su conservación. Tampoco había mostrado remordimientos ni turbación por el hecho de que una de sus víctimas fuera su propia hermana. Declaró que era una malnacida y una puta, pero según constaba en las crónicas periodísticas lo había dicho sin rabia y sin énfasis, como si se tratara de una simple descripción de carácter.

El asesino condenado se llamaba Robert Duch y estaba en la Cárcel de la División II de Detroit. Le escribí una carta pidiéndole que me recibiera, pero no tuve respuesta. Escribí también a la dirección de la prisión para que me informaran de los trámites de visita y traté de localizar a su abogado a través de un profesor de criminología bien relacionado. Sin embargo, ninguna de las gestiones me sirvió de nada. Nunca llegué a ver a Robert Duch, pero empecé a pensar con más claridad que los asesinos sexuales reunían las características necesarias para estudiar la conducta humana. Me puse a elaborar una teoría –en aquellos años lo hacía continuamente– según la cual los criminales sexuales eran arquetipos humanos anteriores a la civilización. Es decir, seres cuyos instintos primordiales no habían sido aún reprimidos por la cultura ni la religión.

–Gilles de Rais –me dijo Claudio cuando le expliqué mis hipótesis–. El mayor asesino sexual de la historia. El gran sádico. Descuartizó y violó a cientos de niños porque la sangre le excitaba.

–¿Tú eres capaz de comprenderle? –le pregunté sin pensar lo que decía–. ¿Serías capaz de identificarte con él?

Claudio me miró con extrañeza, casi ofendido. Asustado.

–Por supuesto que no.

Me acordé de su miedo a ser abandonado: «Acariciar no es siempre un acto de ternura: a veces es desollamiento.»

–Yo sí –dije–. Creo que yo sí.

Los conciertos comenzaban el viernes y duraban hasta el fin de semana siguiente. Llegamos tres días antes para los ensayos y nos alojamos en el hotel que nos había reservado la promotora, que estaba cerca del teatro en el que actuaría la banda. Era un hospedaje sórdido. La habitación no tenía ventanas y los muebles, desvencijados, parecían de otra época. Las sábanas de la cama estaban raídas en algunas partes y olían a detergente. Si mi padre o mi madre hubieran sabido que me alojaba en aquel lugar miserable habrían enviado enseguida a la policía para salvarme. Para mí, en cambio, aquella repulsión fue sugestiva. En ninguna de mis correrías en aquellos años de universidad –en mis coitos casuales o en los viajes que había hecho por el estado de Illinois y los estados vecinos– me había acostado en camas tan humildes y poco higiénicas como la de ese hotel. Y me parecía que mis privilegios de hija de buena familia, con dinero sobrado para todos los caprichos, me restringía el conocimiento del mundo. ¿Qué podía yo entender de esos asesinos como Robert Duch, que se habían criado en medio de la pobreza, con toda clase de penurias, durmiendo a veces en jergones que no tenían ni siquiera sábanas raídas con las que cubrirse?

Aquella habitación mal ventilada era, en mi arrogancia juvenil, un espacio de aventuras. Como los niños que juegan a identificar figuras en las nubes, yo me pasé buena parte de aquellos días mirando las manchas de las paredes, los desconchones, los dibujos que hacía la pintura reseca en los cuarterones de la puerta, los residuos que habían ido quedando sin limpiar en los cajones de las mesillas. Claudio tampoco estaba acostumbrado a esa inmundicia, pero no encontraba en ella ningún placer. Se duchaba deprisa para que sus pies no tocaran demasiado la loza, que ya había perdido el esmalte y roñeaba. Se acostaba vestido con una camiseta y los calzoncillos. Y cerraba siempre la maleta, después de sacar algo de ella, para evitar que el aire viciado infectara la ropa y los objetos que había dentro.

Compramos varias botellas de vino argentino que bebíamos del gollete y que íbamos almacenando en una esquina del cuarto. Cuando estábamos un poco borrachos, comenzábamos a reírnos sin sentido —fueron días muy felices— y follábamos hasta perder la respiración. Claudio gritaba. Yo gritaba porque me gustaba gritar junto a él. Le pedía en voz baja que no eyaculara, que esperase a que pasara el tiempo. Y cuando eyaculaba por fin, me levantaba, abría otra botella de vino y le pedía que volviese a empezar.

Escuchando los ruidos del pasillo —el crujido de las pisadas en la madera, las frases de un diálogo mutilado o zumbidos que eran imposibles de identificar—, inventábamos historias de asesinatos que podrían haber ocurrido en ese hotel. Historias terroríficas que nos daban risa. A oscuras, tumbados sobre la sábana amarillenta y raída, nos suje-

105

tábamos uno al otro la mano para protegernos de los males del mundo. Luego yo le pedía que me cantara una canción para dormirme. Él cogía la guitarra y la rasgueaba casi sin tocar las cuerdas. Susurraba muy despacio. Y yo fingía poco a poco que me dormía así.

Cuando lo asesinaron, tres meses después, me acordé mucho de aquellos días de Detroit. Del hotel. De los relatos de crímenes que nos contábamos riendo. De la suciedad fétida que a mí me parecía hermosa.

Los conciertos fueron un éxito. Se vendieron todas las localidades en las cinco sesiones y a Claudio le felicitaron con entusiasmo y le pidieron que viajara con la banda a otros estados. Estaban negociando conciertos en festivales de Iowa, de Dakota y de Colorado, y quizá surgiera alguna otra oportunidad en Illinois. Uno de los músicos tenía un familiar lejano que regentaba una sala en Nueva York y trataba de convencerle para que les dejara actuar allí. Claudio, un poco abrumado, no supo qué responderles. Les contó que se marcharía enseguida a Washington, hasta septiembre, pero que tal vez podría viajar con ellos. Prometió darles una respuesta antes de regresar a Chicago.

Esa noche, en una casa de comidas que había en los bajos del hotel, estuvimos hablando de esa propuesta. Claudio sentía miedo, pero buscaba otras explicaciones para no confesarlo. En el fondo se había acostumbrado a pensar que acabaría siendo Chief Executive Officer en alguna empresa de hidrocarburos o de exportación de componentes químicos: un empleo bien reputado, con un salario formidable y gran estatus social. La bohemia de los artistas le fascinaba quizá como me fascinaba a mí la sordidez del hotel: era una aventura extraña, distinta a lo que había conocido siempre. The Rockets era una ilusión en la que deseaba fracasar. Jayden y Sebastián eran dos muchachos pobres, buscavidas que no tenían posibilidad de llegar a ser nunca directivos de una empresa y que soñaban con llenar estadios cantando canciones para redimirse. Claudio, en cambio, habría tenido que correr riesgos y enfrentarse a su propio destino.

Este análisis psicológico –posiblemente errado– no lo hice entonces, sino mucho tiempo después, cuando Claudio era ya solo una sombra muerta. Aquella noche, en la casa de comidas, los dos creíamos que triunfaría en el mundo de la música, que The Rockets vendería millones de discos y que los fans le perseguirían por todas partes. Pero ese día tenía que estar en el futuro lejano, no en la inmediatez.

–Tengo que terminar la carrera antes –dijo Claudio para justificar su duda–. Si no, mis padres no me lo consentirían.

–Eres mayor de edad –le respondí yo, y añadí para atribuirme más convicción–: Somos mayores de edad.

–No puedo traicionar a Sebastián y a Jayden. No puedo abandonarles.

–Ellos lo entenderán. Ellos harían lo mismo.

–No, no lo harían. Son leales. The Rockets es nuestra vida.

En ese instante tuve una tentación que nunca llegué a cumplir. Yo sabía que Jayden me deseaba. Le había sorprendido varias veces mirándome a escondidas, y siempre me trataba con un cuidado especial, con galantería. Podía llamarle al regresar a Chicago, tenderle la red y acostarme con él para que Claudio comprobara su lealtad.

A pesar de todas esas excusas, no tomó la decisión de rechazar aún la oferta. Sabía que era una oportunidad para salir del sótano de ensayos y cambiar definitivamente su suerte. Subimos a la habitación, cumplimos con desgana la necesidad sexual y nos acostamos por última vez en la cama mugrienta. Claudio se tumbó boca arriba, con los ojos abiertos. Durante un rato, a oscuras, me quedé observándole. Ese día estaba desnudo, con los músculos del vientre tensados de sudor. Me excitó su tristeza y sentí remordimientos por ello.

Cuando me desperté, temprano, Claudio no estaba en la habitación. Pensé que el insomnio por las preocupaciones del día anterior le habría empujado a la calle. Esperé sin moverme, intenté dormirme de nuevo hasta que regresara. Al final me levanté y comencé a ordenar mi maleta, a recoger toda la ropa desordenada que estaba por el suelo. Una hora después, a las ocho y media de la mañana, me vestí y salí a buscarle. No habíamos hecho planes demasiado precisos para el regreso, pero queríamos llegar a Chicago antes del mediodía.

Claudio estaba en la calle, sentado en la escalera del portal que había frente al hotel. Tenía la cabeza entre las manos, miraba al suelo. Fui hasta él y le toqué la nuca. Levantó los ojos. Los tenía hinchados. Me sonrió con dulzura, como si solo hubiera cansancio. «Vamos», le dije, y él se dejó llevar. Caminamos hasta el café de la esquina y antes de entrar tiró de mi mano para detenerme.

—No tenemos dinero —dijo—. No podemos pagar.

—Solo quiero beber un café —respondí, sin entender sus palabras—. ¿Tú has desayunado?

—No tenemos dinero.

No entendí lo que quería decirme. En el bolsillo del pantalón llevaba tres dólares, se los enseñé. Entramos en el café y nos sentamos a una mesa. Él no pidió nada.

—¿Dónde has estado?

–No tenemos dinero. No podemos pagar el hotel. No podemos volver a Chicago.

Esperé a que la camarera me sirviera el café. Estaba asustada. No por lo que hubiera ocurrido: Claudio no tenía heridas ni daños. Estaba asustada por las consecuencias del amor. Por la oscuridad. Por esas arenas movedizas sobre las que se camina siempre. Conocía a Claudio desde hacía solo cuatro meses. En realidad no sabía nada de él. «Personalidad neurótica inestable. Egoísmo primario», había anotado en mi cuaderno el primer día que me acosté con él. Y aunque había ido luego descubriendo mejor sus instintos y sus flaquezas –y su extraña bondad–, no tenía ninguna certeza irrefutable.

–Lo he perdido todo –dijo sin mirarme a los ojos. Tenía en los labios una costra oscura, un resto de alcohol o de comida.

–¿Qué has perdido? –pregunté.

–Todo.

Me quedé callada. Sentí irritación por ese juego de las adivinanzas y permanecí en silencio esperando a que me explicara qué había sucedido.

–He perdido tres mil dólares jugando al póquer –dijo al cabo de un rato, cubriéndose de nuevo la cara con las manos abiertas.

Dejé la taza de café sobre la mesa y empujé mi cuerpo hacia el centro de la mesa para estar más cerca de él.

–¿Qué mierda me estás contando, Clau?

Él se puso a llorar. Trataba de contener las convulsiones del llanto, pero el cuerpo se le sacudía cada vez más y no era capaz de ahogar los sollozos mordiendo la manga de su jersey hasta rasgarlo.

Pagué el café y sin esperar el cambio nos fuimos al hotel. El anciano gordo que estaba en la recepción nos recordó que teníamos hasta las once de la mañana para abandonar la habitación sin que nos cobraran recargo.

Arriba, Claudio se tumbó en la cama con el rostro escondido entre las almohadas y siguió llorando desconsolado. Me senté junto a él. Le puse una mano en la nuca, ya sin ira, para que sintiera mi compañía. Después de unos minutos, comenzó a sosegarse y se quedó quieto, como si estuviera dormido.

—Cuéntame qué ha pasado —le pedí de nuevo.

Él repitió las mismas palabras que antes:

—He perdido todo el dinero en un boliche de póquer. No tenemos nada.

—Yo tengo cuatrocientos dólares —le dije acariciándole en el arco de la oreja, en el lóbulo—. Vámonos a casa y me cuentas todo.

—No —repitió sin moverse—. No tenemos nada.

Tardé todavía unos segundos en entender lo que quería decir. Busqué entonces dentro del bolsillo de la maleta en el que tenía los cuatrocientos dólares. Estaba vacío. Salí despacio del cuarto y bajé de nuevo a la recepción para preguntar cuánto dinero debíamos. El anciano gordo me hizo la factura. Le sonreí con cordialidad, como si no ocurriera nada, y volví a subir. Esperé en el pasillo, detrás de la puerta. Y en aquel momento —me siento orgullosa de ello— me puse a reflexionar otra vez acerca de las condiciones objetivas de la conducta humana: sobre el sentimiento del amor y sus sublimaciones; sobre el erotismo de la desdicha; sobre mis cuadernos de investigación. ¿Qué debía hacer? ¿Irme de allí y no volver a ver nunca más a Claudio? ¿Entrar en la habitación, desnudarle y vaciar sus testículos hasta que gritara? ¿Abofetearle como a un niño descubierto en falta?

Cuando por fin entré, Claudio estaba sentado en el sillón del fondo de la habitación. Solo había una lamparita encendida, de modo que su rostro quedaba en sombra, no tenía gesto.

—¿Qué piensas hacer? —le pregunté.

—Voy a llamar a Ben para pedirle dinero. Voy a decirle que les acompañaré en la gira.

Ben era el cantante de la banda, un muchacho musculoso y tatuado que en el escenario se comportaba como si acabara de tomar drogas alucinógenas, saltando de extremo a extremo y haciendo volteretas mortales incluso cuando interpretaba canciones románticas.

—Ben es un infeliz —dije yo—. No tiene dónde caerse muerto, no tendrá dinero.

—Él sabrá dónde conseguirlo. No necesitamos mucho. Para pagar el hotel y llenar el depósito del coche.

Claudio estaba avergonzado. Hablaba con una voz suave, sumisa, hecha de hilas, y aguardaba a que yo le perdonara.

—¿Tienes dinero para hacer la llamada?

Negó con la cabeza. Saqué los dos dólares que me quedaban y añadí unos centavos que tenía en otro bolsillo. Los dejé encima de la cama y le hice a Claudio un gesto autoritario. Él recogió el dinero y bajó a llamar mientras yo terminaba de empacar la ropa. Diez minutos después volvió a subir: «Ben está viniendo», dijo. Recogimos todo, sin darnos una ducha, y bajamos a esperarle a la recepción. Ben traía gafas de sol. Le dio un abrazo primero a Claudio y luego a mí. Sin decir nada, sacó un sobre con billetes, los contó y se los puso a Claudio en la mano.

—Gracias, hermano —dijo Claudio.

—No te hagas sangre, amigo —respondió Ben como si aquella cortesía fuera insignificante—. Ya me lo devolverás cuando cobres tu paga del concierto de Iowa. Y en agradecimiento me invitas a un bistec —añadió riéndose.

Nos despedimos de él, pagamos la cuenta y acarreamos todos los bultos hasta el coche. Cuando fuimos a cargarlos me di cuenta de que faltaba la guitarra.

—¿Dónde se quedó la guitarra?

—No hay guitarra —respondió Claudio—. La vendí.

Nos montamos en el coche, elegimos la ruta más rápida, que no bordeaba el lago, y regresamos a Chicago sin hablar ni una sola palabra.

Claudio había comenzado a jugar en Washington a los dieciséis años. Primero partidas sin apuestas o con apuestas simbólicas, de niños que quieren parecer viriles y organizan timbas después de las fiestas. Más tarde, partidas recreativas en las que ya había gusto por el riesgo. Un día perdió todo lo que tenía —el dinero de un billete de avión para ir a Los Ángeles de vacaciones— y uno de los timadores de la mesa le ofreció un préstamo. Claudio lo aceptó, jugó de nuevo y ganó diez veces más de lo que había perdido antes. Se fue a Los Ángeles y vivió durante una semana entre el lujo.

Ya nunca volvió a desaparecerle de la cabeza esa exaltación afiebrada y obsesiva que sentía al ver una baraja de cartas o al oler la mezcla de tabaco, whisky y plástico esterilizado que llenaba los salones de juego. Al principio jugaba poco dinero. Luego empezó a robar cantidades pequeñas a sus padres y a subir las apuestas. Al final entró en circuitos profesionales y comenzó a necesitar cantidades mayores. Por esa época ya estaba en Chicago, estudiando, y asumió que debía asociarse con algún prestamista para tener opciones reales de jugar. No quería hacerlo, pero ni siquiera llegó a plantearse otra opción.

Durante los primeros meses todo fue razonablemente

bien. Obtenía unas ganancias exiguas, pero era capaz de controlar el ritmo de su propia vida. Casi nunca pasaba una noche en vela en la timba ni acumulaba deudas importantes que le atribularan. No tenía conciencia de sufrir una adicción al juego, porque la ruleta, los dados, el blackjack o el baccarat no le interesaban en absoluto: solo le atraía el póquer. Lo consideraba únicamente un pasatiempo apasionante, como tocar la guitarra o hacer fotografías.

Un día se enamoró de Florencia, una argentina que también vivía en Washington. Ella, después de algún devaneo, le humilló, y Claudio cayó entonces en una depresión que quiso curar convirtiéndose en una leyenda. Siempre cometemos nuestros mayores errores en la convalecencia de alguna enfermedad o de otros errores.

Un mes después del abandono de Florencia, Claudio debía diez mil dólares. A partir de ese momento, nunca volvió a estar en paz consigo mismo. Llegó a tener una deuda de cincuenta mil dólares. Se financiaba con hurtos, con golpes de suerte y con sablazos ingeniosos. A sus padres les contaba historias fabulosas para que le dieran una asignación mensual mayor. Con Jayden y Sebastián, que no tenían dinero, inventaba atracos, extravíos o catástrofes para que le prestaran algunos billetes (en ocasiones llegaba a aceptar monedas).

A la vuelta del último verano, poco antes de que yo le conociera, los matones pagados por sus acreedores le habían dado una paliza. Había conseguido el dinero de sus padres con una mentira, había pagado la mayor parte de la deuda y había dejado de jugar. Enamorarse de mí –lo que nunca me había confesado hasta ese día– le dio la motivación que necesitaba para cambiar de vida, para zanjar sus ruinas del pasado y comenzar otro rumbo. Nunca se había atrevido a pedirme dinero, pero algunas veces, sin que a mí me pareciera extraño, tenía que pagar yo las cenas en restaurantes o las entradas del cine porque él no llevaba nada en la billetera.

Antes del encuentro con los matones en la calle, le habían avisado ya de que el plazo iba a cumplir y tenía que liquidar la deuda pendiente. Claudio se asustó sobre todo por mi presencia: era la primera vez que alguien cercano a él le veía en esos apuros. Se hizo de nuevo una serie de propósitos de enmienda. El primero, pagar a sus acreedores antes de que la violencia fuera en aumento, pero para ello tuvo que recurrir a otro prestamista más caro y pendenciero. El segundo, abandonar de una vez por todas el juego y emprender una vida serena junto a mí. Y el tercero, dedicar todos los esfuerzos a la música.

Las grandes tragedias y calamidades ocurren a menudo a causa de razones minúsculas. No por la flaqueza de la conciencia o por la ambición; no por la mezquindad o por la cobardía: por el azar, por la extenuación, por el olor. En los camerinos del teatro de Detroit en el que habían actuado, a Claudio le llegó el olor de las barajas recién abiertas desde el casino que había en el edificio vecino. Eran dos inmuebles diferentes, pero estaban comunicados por una puerta interior ilegal que había abierto en el pasado uno de sus dueños. Nadie podía oler, desde la distancia de los camerinos, ese aroma de billetes casi nuevos o de fichas perfumadas, pero Claudio lo hizo. Se dijo a sí mismo que su vida había cambiado, pero durante cada uno de los días que estuvo allí, sobre el escenario, no dejó de rumiar la idea de dar el último golpe. Imaginó una y otra vez un trío de ases, un póquer de cincos, una escalera de color. Trataba de concentrarse en las canciones, pero le volvía al pensamiento la imagen de los naipes. Un último golpe. Diez mil dólares y todas las deudas saldadas. Quince mil dólares y un viaje a España para sorprenderme durante el verano. Veinte mil dólares y un siguiente curso lleno de lujos y de placeres junto a mí. Eso es lo que me dijo: lo había hecho todo por amor.

Uno de los días fue al casino antes de los ensayos y se informó de los ambientes de la ciudad. Dos días después, mientras yo dormía, estuvo husmeando en alguno de los garitos medio clandestinos. «Mi vida ha cambiado», se decía a sí mismo. «Mi vida ha cambiado. Mi vida ha cambiado.» La última noche, después del final, cuando volvimos al hotel, intentó resistir una vez más la tentación, pero en cuanto me dormí se vistió sigilosamente y se marchó a jugar unas manos. Perdió todo el dinero que acababa de cobrar por los conciertos. Pidió que le guardaran el sitio, volvió al hotel, cogió la guitarra y los billetes que yo tenía guardados en la maleta y anduvo de nuevo el camino hasta la timba. Empeñó la guitarra y su reloj. Lo perdió todo. Ningún trío, ninguna escalera de color. Ya había amanecido. Se sentó frente al hotel meditando si subía a la habitación a contarme todo o si buscaba un edificio alto y se arrojaba desde la azotea.

Tenía una deuda de seis mil dólares más los intereses y debía pagarla antes de marcharse a Washington. Su madre llegaría dos días después y permanecería en Chicago con él dos o tres días, hasta la primera semana de junio. Tenía ese tiempo para resolver el embrollo en el que estaba metido y tomar luego alguna decisión si quería que su vida cambiara realmente.

Adam bebe un trago largo de vino, apoya la copa y muy ceremoniosamente saca del bolsillo interior de su chaqueta unos tarjetones impresos. Los deja sobre la mesa, al alcance de

Irene, que no se atreve a cogerlos porque teme, otra vez, que sean recuerdos.

Adam le explica con detalle qué hay en esos papeles. Son las conclusiones estadísticas de una investigación sobre conductas sexuales que ha realizado en el último año un departamento de la Universidad de Harvard. Catorce mil personas de entre dieciocho y ochenta años respondieron a un cuestionario sobre sus gustos eróticos, sus fantasías, sus hábitos y frecuencias amatorios y todo aquello que permitiera hacer un mapa completo de la sexualidad humana en las sociedades modernas. Los participantes en ese estudio residían en Estados Unidos, pero pertenecían a quince nacionalidades diferentes. Habían sido entrevistados por un equipo de trescientos psicólogos e investigadores sociales que conocían bien la metodología propuesta y que habían empleado formas de indagación indirecta para descubrir la verdad que pudiera querer ocultarse.

Irene piensa que Adam no es un hombre viejo. De repente siente admiración por él, como en los años en los que compartían el peligro.

—El informe Kinsey —dice.

—¿Sabes quién pagó el informe Kinsey? —pregunta Adam—. Rockefeller. Al viejo le interesaba la sexualidad. Seguramente quería saber lo que era normal y lo que no lo era. Todo el mundo quiere saberlo hasta el momento mismo de morirse. Todo el mundo quiere mirar por el ojo de la cerradura para estar seguro de que no es un depravado.

—¿A ti te preocupa ser un depravado?

—En algún momento de mi vida me preocupó no serlo. Me habría decepcionado saber que todos los seres humanos hacían las mismas cosas que yo. —Adam guarda silencio de nuevo y vacía la copa. Espera a que el camarero se la llene de nuevo—. Pero ahora sí, me preocupa haber sido un depravado.

116

Irene se ríe por primera vez.

—¿Has empezado a creer en el infierno?

—Algo así. El infierno es un lugar extraño. Nunca se sabe dónde está.

Adam tiene los ojos tristes: azules, brillantes, consumidos. Habla con sequedad, como si lo hiciera sin ganas. Irene se da cuenta de que se ha maquillado la cara: el cansancio o el sudor le han descolorido algunas partes de la piel.

—Este informe lo pagué yo —dice él—. Para mirar por el ojo de la cerradura.

—Sigues siendo un hombre rico.

—Mucho más rico que antes —dice sin vanidad, como si fuera un hecho irrelevante—. Y mucho más viejo.

—¿Lo hiciste por tu padre? —pregunta ella de repente, como si acabara de tener una iluminación—. ¿Para saber si había sido un hombre bondadoso?

Adam no responde. Irene siente compasión. La vida se ha ido. Nada de lo que fue importante permanece.

EXPEDIENTE C-19

Nombre del investigado: Martín Puig
Edad: 72 años
Estado civil: Casado
Localidad: Port St. Lucie (Florida)
Equipo de investigación: Vanesa Velasco; *Soporte técnico en línea*: Vilas Technology
Periodo de investigación: 95 días (30 de marzo-2 de julio de 2017)
Fecha del informe: 21 de julio de 2017
Resultado: Positivo (con dudas)

El investigado Martín Puig es profesor emérito de Ciencias Políticas en la Universidad Internacional de Florida. Está casado con Alejandro García desde hace dos años, cuando se aprobó el matrimonio igualitario en el estado de Florida, pero llevan casi veinte años juntos. Alejandro es asesor cultural en el consulado español. El investigado Martín Puig le saca quince años a Alejandro. Tienen dos galgos adoptados y viven en un pequeño chalet en un barrio residencial que Martín heredó hace muchos años de un tío suyo que había emigrado a Estados Unidos. El investigado Martín Puig imparte una clase al semestre en la universidad por la que no recibe remuneración, al estar jubilado. Lo hace por gusto, y le permite seguir en contacto con su departamento y el alumnado. El investigado Martín Puig y Alejandro García tienen contratado a un chaval joven —también hispano— llamado Rafa, que saca los perros al mediodía durante la semana, y a Camelia, una mujer de mediana edad, de origen rumano, que limpia la casa tres veces por semana. Rafa también cuida de otros perros del vecindario y Camelia trabaja en dos casas cercanas.

Se procedió a hackear el ordenador del investigado Martín Puig y no se ha encontrado nada relevante. No tiene abierta ninguna cuenta en las redes sociales. El uso que hace el investigado de internet es bastante limitado: páginas de noticias, el servidor de la universidad con artículos académicos, además de algunas páginas de medicina generalista sobre enfermedades cardiovasculares, recuperación neurológica, rehabilitaciones y deterioro mental y senil. Solo usa WhatsApp con la familia y su pareja, conversaciones de índole práctico. En su correo electrónico se encontraron algunos emails de colegas relacionados con temas de la universidad y dudas de alumnos. Solo destacan las confesiones de una colega por unas rencillas entre compañeros, pero no hay nada de índole sentimental.

Se pasó a un seguimiento exhaustivo de sus rutinas. El investigado, además de impartir el curso/seminario una vez por semana y desplazarse a la universidad en su coche, frecuenta una residencia de ancianos en la que visita a su hermana mayor, llamada Margarita, que sufre de alzhéimer. En el mes de junio quedó tres veces con Rafa (el chico que pasea los galgos) en una terraza cerca de su casa. La agente Velasco, que habla perfectamente español, pudo escuchar las conversaciones al sentarse y consumir, haciéndose pasar por cliente en la misma terraza. Rafa es el nieto de una amiga del investigado y no termina de saber lo que quiere hacer con su vida, y ella espera que el investigado le oriente. Conversaciones sobre los perros que pasea y la vida en general. Rafa pasea a un galgo del mismo grupo de perros recogidos que tiene el investigado. Su dueño se llama Patricio y tuvo un derrame cerebral que le ha limitado la movilidad y le tiene postrado. Al investigado le preocupa cómo evoluciona Patricio, pues pertenece al círculo de conocidos, y le pregunta a Rafa detalles sobre cómo se las va arreglando.

La tercera vez que coinciden, antes de que el investigado se marche aparece la novia de Rafa, se presentan brevemente y ella se queda luego en la terraza tomando algo sola con Rafa. A ella le parece un poco pedante el amigo de su abuela –el investigado–, y un poco un marrón que tenga que conversar con Rafa, cuando este no tiene ningún interés en estudiar y esas reuniones informales son por presiones familiares para que vuelva a hacerlo. De esa conversación casual se desprende un dato importante para la investigación. A Rafa le da pena el investigado, y comparte con su novia que el investigado tuvo algo con otro de los dueños de los perros que pasea. Se trata de Patricio, el que tiene otro galgo y sufrió un derrame cerebral. Al parecer, hace un año una de las veces que fue a dejar el perro les descubrió besándose. Ellos no se dieron cuenta de que Rafa los observaba. A Rafa se le hizo raro ver a dos señores viejos dándose un morreo como si fueran jóvenes. Ahora le da pena que el investigado pregunte detalles acerca de Patricio y no entiende por qué no va a verlo.

La investigadora ha tratado de buscar alguna otra huella que confirme esa relación y solo puede afirmar que los galgos pertenecen al mismo grupo de perros adoptados y que son conocidos de la zona y comparten al cuidador. También están las búsquedas de internet sobre el impacto de la enfermedad del alzhéimer y su evolución que lleva a cabo el investigado, pero no hay rastro de intercambio de mensajes entre el investigado y Patricio.

La infidelidad registrada es un beso apasionado de hace un año que presenció Rafa. Puede ser que ese beso tuviera muchísima incidencia sentimental. El investigado Martín Puig no ha visitado a Patricio ni una sola vez.

IV

Harry Morales enciende la radio para escuchar un programa de música latina que le apasiona. Lo oye a todas horas, pero en las esperas de vigilancia, sobre todo, le tranquiliza y le alivia el tedio. Cuando era adolescente y veía películas policiacas, la vida de los detectives le parecía emocionante y deseable. Luego, al comenzar a trabajar en la agencia, se dio cuenta de que la mayor parte del tiempo era monótono y fastidioso. Seguir a alguien, hacer alguna fotografía con teleobjetivo, mirar en los buzones, preguntar al conserje, buscar información del edificio en internet y esperar durante mucho tiempo. Luego volver a empezar, seguir en el momento de la salida, establecer la ruta de regreso y en ocasiones continuar esperando hasta la noche. Un esfuerzo de paciencia y de obstinación.

Morales canturrea las melodías de la radio, y cuando suenan una bachata o un merengue, que son sus bailes preferidos, mueve los pies entre los pedales del coche y piensa en el cuerpecito de su novia Magalí, que zapatea las canciones muy pegada a él.

Es el octavo día de seguimiento a Michael Hamill, uno de esos hombres maduros que no tienen correo electrónico ni redes sociales y que únicamente usan el teléfono móvil para *hacer llamadas anodinas. El primer día solo salió a pasear por el barrio y hacer unas compras. El segundo día, sin embargo, fue en el coche hasta esa misma dirección en la que Morales espera ahora. Él entró entonces en el edificio de enfrente, subió a la azotea y escudriñó desde allí. No siempre había fortuna, pero aquel día todo fue propicio: al cabo de media hora, Hamill apareció en una de las ventanas, medio desnudo, con un vaso en la mano. Morales usó el teleobjetivo y tomó varias imágenes limpias, elocuentes. El caso estaba resuelto, pero había que mantener el seguimiento durante una semana —según el protocolo de actuación— para completar los datos de frecuencia y de compromiso.*

Hamill no volvió ni el tercer ni el cuarto día. El quinto sí, y permaneció en la casa una hora y media, aproximadamente. El sexto y el séptimo tampoco salió del barrio, pero el octavo condujo de nuevo hasta allí y entró en la casa. Siempre a la misma hora de la tarde y siempre durante un periodo de tiempo parecido. Amores rituales, pensó Morales. Hábitos desapasionados.

Una hora después de que Michael Hamill entrara en el edificio, comenzaron a oírse las sirenas de una ambulancia, que enfiló hacia allí desde el fondo de la calle y se detuvo justo en el portal que Morales estaba vigilando. Tres sanitarios salieron a la carrera y se metieron dentro acarreando una camilla plegada. Morales salió del coche y se acercó hasta el portal, donde se habían parado también algunos transeúntes. Merodeó un rato, esperando. Los sanitarios salieron diez minutos después con Hamill tumbado en la camilla, inconsciente y con respiración asistida. Morales preguntó a qué hospital lo llevaban y el conductor le dijo el nombre del centro médico, a diez cuadras de allí. Se montó de nuevo en el coche y trató de seguir a la ambulancia, pero no consiguió mantener su velocidad.

Cuando llegó al hospital, le contaron que Hamill había

llegado muerto. Un ataque al corazón producido probablemente por el consumo de una dosis excesiva de sildenafilo. Se lo explicaron en la recepción sin comprobar antes si él era un familiar o alguien cercano.

Harry Morales lo puso en el informe: «Causa de la muerte: pastillas para la erección.»

La noche del día en que regresamos de Detroit abandoné a Claudio. Después de que me contara su historia, recogí las cosas que tenía en su apartamento y me fui a la residencia a dormir. Allí me dieron el mensaje que me había enviado la tía Lidia: al día siguiente estaría en Chicago para verme.

Me encerré en mi habitación y estuve mucho tiempo llorando. ¿Para qué quería conocer la naturaleza humana si era, en su esencia, un sumidero de mierda? ¿Para qué necesitaba investigar el comportamiento de los hombres y de las mujeres si en él solo había mentiras, desengaños y traiciones? Hojeé algunos de mis cuadernos y encontré en ellos sobre todo hipótesis candorosas y desafortunadas, pero de repente leí una que parecía haber sido escrita para ese momento: «Hay dos tipologías de personas claramente opuestas: las primeras, cuando tienen que comer un menú en el que hay platos exquisitos y platos nauseabundos, comienzan siempre por los exquisitos para evitar que puedan malograrse (a causa de una muerte imprevista, de la saciedad o de algún desastre); las segundas, por el contrario, empiezan por los platos repulsivos para poder regodearse luego en las delicias y quedarse al final con el gusto del placer. En estas dos actitudes puede resumirse casi todo el comportamiento humano. En el amor, en el sexo, en el ámbito profesional o en la creatividad artística. Yo pertenezco al segundo tipo de personas. Con la vida, sin embargo, esa elección es imposible: los platos malos del menú están siempre al final. No se puede disponer el orden.»

«Todas las historias de amor terminan mal», pensé aquella noche. «Las que parecen haber terminado bien es porque aún no han durado suficiente.» Tenía un sentimiento despiadado de cólera hacia Claudio. Deseaba que no encontrara dinero para pagar sus deudas y que los matones le dieran una paliza ejemplar. Deseaba verlo humillado y vencido. Apartado de cualquier esperanza, de cualquier afecto. Rendido ante su indigencia.

A pesar de que al día siguiente me di un baño de espuma durante una hora y luego me maquillé como una señorita de sociedad, usando corrector de ojeras, pintalabios, delineador de ojos y colorete suave en las mejillas, la tía Lidia descubrió enseguida mis amarguras. Tuve que explicarle lo que había ocurrido. Ella, para darme ánimo, me contó entre risas la historia de uno de sus antiguos amantes, un mexicano que jugaba en la ruleta apostando siempre al 12 y al 27. Canjeaba por fichas un fajo de billetes y lo perdía todo en menos de dos horas. Se iba cabizbajo, pero sin angustia. A la semana siguiente repetía la operación con más dinero y lo perdía de nuevo todo. Un día le detuvieron y encontraron –en el sótano de la casa en la que vivía– la imprenta con la que falsificaba los billetes. La tía Lidia no volvió a verle, pero conservaba diez mil pesos mexicanos supuestamente falsos y no se los entregó a la policía: se los gastó en caprichos de ropa y en unos zapatos muy caros que desde hacía tiempo quería comprar y para los que ahorraba.

Me llevó a comer a un restaurante en el muelle, paseamos por el parque, entramos en algunas tiendas e incluso montamos en uno de los barcos que recorrían el río. No me olvidé de Claudio, pero comencé a mirarle con cierta compasión. Mi tía me preguntó por el Petiso Orejudo y volvió a contarme sus investigaciones en las librerías de Buenos Aires. Hablamos de crímenes, de amores y de grandes viajes. Ella quería ir a Ushuaia, donde había muerto el Petiso, y quizás en su siguiente estancia en Argentina, si conseguía reunir unos días de vacaciones, lo hiciera.

Subimos a la Sears Tower, vimos Chicago iluminado, de noche, y luego la acompañé de regreso al hotel porque su vuelo salía muy temprano al día siguiente. Allí, en el vestíbulo, nos despedimos. Me dio dinero para reponer los cuatrocientos dólares robados por Claudio y me regaló un anillo de bisutería que llevaba puesto y que me había gustado mucho. Cuando se cerró la puerta de su ascensor, me quedé de nuevo aturdida, desconcertada por todo lo que había ocurrido en los últimos días. No quería regresar aún a la residencia, de modo que me senté en la barra del bar, cerca del piano, y pedí una copa de vino. Fue allí donde se me ocurrió un remedio para mi amor.

Había pensado en la prostitución muchas veces, pero nunca como un oficio apremiante, sino como una diversión antropológica con la que podría cultivar mi voluntad de conocer las motivaciones de los hombres y su modo de comportarse en situaciones extremas. Mi experiencia con Adam Galliger había sido tan extraordinaria que me quedaba un recuerdo idealizado y fantasmal de lo que era ese tipo de tratos.

No me excitaba el propósito, pero tampoco sentía repulsión. Me había acostado deliberadamente con hombres feos y mal proporcionados para averiguar cosas evanescentes, de modo que podía hacerlo también –con mayor justificación– para reunir el dinero de la deuda. Solo necesitaba conocer las reglas. No podía volver al Hotel Fairmont, sentarme en la barra del bar y esperar a que otro hombre excéntrico me ofreciera quinientos dólares por acostarme con él. Tampoco podía pedirles ayuda a mis compañeras de la universidad o de la residencia, que eran virginales, como Julie, y se habrían escandalizado. Tal vez Sebastián, Jayden o alguno de mis amigos masculinos frecuentaban los burdeles de la ciudad, pero resultaba grotesco preguntarles a ellos.

Por la mañana, temprano, compré el *Chicago Tribune,* busqué los anuncios por palabras y comencé a llamar a prostitutas que ofrecían allí sus servicios sexuales. Las tres primeras me respondieron con extrañeza y me dieron algunos consejos burlones. La cuarta me dio el teléfono de un prostíbulo y el nombre de la mujer que lo regentaba. Hasta el mediodía no conseguí hablar con ella. Me atendió con mucha amabilidad, como si estuviera acostumbrada a esa clase de llamadas, y me citó en el local una hora después.

El burdel estaba en Englewood, en una casa grande con jardín que desde fuera parecía respetable y acogedora. La señora tenía nombre de madama antigua, Mimí, pero su aspecto era tan discreto que al principio dudé si me había equivocado de dirección. Era joven –aún no había cumplido los cuarenta años– y no llevaba maquillaje. Iba vestida con una blusa blanca abotonada hasta el cuello y solo tenía un anillo pequeño de plata blanca. Las uñas, cortas, estaban pintadas con un esmalte muy suave, rosáceo.

No sentí miedo ni vergüenza. Le conté una historia que se parecía mucho a la verdad, evitando la referencia a los matones y a sus amenazas. Ella me explicó que cada semana llegaba a su puerta alguna chica que, como yo, necesitaba dinero urgente y estaba dispuesta a venderse para conseguirlo. Me aseguró que sería imposible conseguir seis mil setecientos dólares en pocos días: la casa se quedaba con la mitad de las ganancias –a veces más– y la tarifa ordinaria estaba entre trescientos y quinientos dólares. La inexperiencia, según ella, jugaba a mi favor, pues a los hombres les gustaban las chicas que todavía no se habían envilecido: ser el primero en pagar a una era casi tan valioso como desvirgarla. Podría, por lo tanto, llegar a reunir mil dólares diarios si trabajaba a destajo. Los clientes eran educados y respetuosos, pero no siempre atractivos, y yo no podía elegir: eran ellos quienes decidían. La casa garantizaba la seguridad y el anonimato absoluto de las chicas. Las habitaciones estaban arriba y contaban con todas las comodidades. Con los clientes nuevos solo se prestaban servicios allí, en la casa, pero si se trataba de clientes habituales, estaba permitido que las chicas les visitaran en los hoteles o en sus casas. Ella, Mimí, podía ofrecerme un trato de favor durante los primeros días –el mismo trato de favor que les ofrecía a todas las recién llegadas–, pero no estaba en disposición de asegurarme un mínimo de ingresos. Podía empezar cuando quisiera y terminar cuando quisiera. Si deseaba dormir allí, tenía que pagar un suplemento de cien dólares, aparte de las comisiones. Había una cocina equipada en la planta baja, pero la comida corría por mi cuenta. Por último, solo existía un requisito irrenunciable para cerrar el trato: ella necesitaba una fotocopia de mi documento de identidad o mi pasaporte. Todos esos papeles de carácter privado o precautorio se destruirían en cuanto se resolviera nuestro contrato verbal, un contrato que solo cumplía su función mientras las dos partes lo creyeran vigente. No había más compromiso. Dije que sí en ese mismo momento, aunque los cálculos mercantiles no eran tan favorables como había imaginado.

El protocolo inicial fue riguroso. Mimí llamó a un médico que me examinó desnuda y certificó mis condiciones sanitarias. Después me dio una píldora anticonceptiva y me acompañó hasta un vestidor que había en la primera planta, junto a las habitaciones, para que eligiera ropa de mi talla. Me recomendó un bustier y unas bragas de color malva y me dio consejos de actitud y comportamiento. No debía disimular mi acento español, a los hombres les excitaba el exotismo. No debía mostrarme –salvo que conociera las preferencias del cliente– ni demasiado locuaz ni excesivamente silenciosa; no debía hacer preguntas entrometidas: eran ellos quienes hablaban y quienes decidían lo que querían contar. Algunos hombres tenían más necesidad de hablar que de fornicar, de modo que las chicas que sabían alargar las conversaciones ganaban más dinero con menor esfuerzo.

–Puedo quedarme ya –le dije a Madame Mimí–. Solo necesito un cuaderno y un bolígrafo.

Los once días que permanecí en la casa de Mimí fueron sosegados y pacíficos. Los clientes del prostíbulo, como me había advertido Mimí, tenían modales afables. Salvo alguna excepción, no buscaban depravaciones, sino sexo convencional con chicas diferentes. Algunos eran muy guapos y habrían podido seducir a cualquier mujer en el mundo real, pero preferían evitar los rituales sentimentales y las ceremonias de cortejo. Tenían poco tiempo y lo empleaban con eficacia. Casi nunca hablaban.

Por las mañanas, todos y cada uno de aquellos días y de los siguientes, después incluso de regresar a España en el verano, me despertaba con la angustia de haberme convertido en una puta. Me conmovía imaginar a mi madre: la traición, la infamia. Recreaba en mi cabeza todas las figuraciones de la prostitución: el abuso, el castigo sexual, la brutalidad, la deshonra, el desprecio público, la suciedad del cuerpo. No había nada que me consolara. Trataba de pensar en Claudio y en el amor que había sentido por él para hacer eso, pero en vez de reconfortarme me humillaba más.

Luego, de repente, esa angustia desapareció. Me desperté un día, toqué los labios de mi vulva y me masturbé pensando en las habitaciones del prostíbulo o en el rostro de los hombres que habían pagado por mí. Algunos años después volví a prostituirme en Madrid y en Berlín. Lo hice siempre por morbosidad, no por penuria ni por deudas.

El primero de los días gané ochocientos dólares. El segundo gané novecientos. Madame Mimí me dio un anticipo de mil. Tenía aún, además, buena parte de los dos mil quinientos dólares que había ganado con Adam Galliger en las dos ocasiones en las que nos habíamos visto.

Fui a casa de Claudio porque necesitaba verle y pedirle perdón. «Elegir un solo hombre», repetía con remordimientos. «Elegir un solo hombre para amarlo.»

Claudio estaba metido en la cama, a oscuras. Apestaba a alcohol y a sudor agrio. En la alfombra y en el extremo de las sábanas había restos de vómito seco.

Abrí las cortinas y las ventanas para que se ventilara ese olor microbiano y para que la luz le despertara. Puse las flores en un jarrón y llené un balde de agua con detergente. Recogí las sobras de comida, las botellas vacías y la ropa tirada por el suelo. Fregué los vasos y los platos sucios, limpié el polvo y las ralladuras de los muebles, saqué brillo a los ventanales y metí por fin a Claudio bajo la ducha para poder cambiar las sábanas y perfumar con agua de colonia el dormitorio maloliente. Luego preparé café, pero Claudio no quiso tomarlo.

–Me da náuseas –dijo–. Lo vomité todo.

–Tu madre llega mañana, por si lo olvidaste.

—Nunca olvido a mi madre.

Saqué del bolso todos los dólares que había reunido y se los di. Claudio los cogió con desconfianza, esperando una explicación.

—Sé que debes mucho más, pero con eso seguramente podrás ganar un poco de tiempo. Quizá tu madre pueda darte también algo. Ahora tenemos que tratar de recuperar tu guitarra. ¿Cuánto puede costar una de segunda mano?

—¿De dónde has sacado esto? —preguntó, como si no estuviera escuchando nada de lo que yo decía.

—No lo pedí a un prestamista ni lo gané jugando al póquer, puedes estar tranquilo. Cógelo y vete a resolver tus mierdas mientras termino de convertir este apartamento en la casa de Blancanieves.

De repente me di cuenta de que había cometido un error candoroso, me levanté de un salto y le quité el dinero de las manos.

—Llévame —dije—. Yo iré contigo a devolver el dinero.

—No te fías de mí.

—¿Te fías tú de ti mismo?

—No quiero que vengas —dijo—. Pueden hacerte daño.

—Si yo no voy, no hay dinero. —Y volví a guardar los billetes en el bolso de mano.

En ese momento le dio una arcada, se le dobló el cuerpo en la cintura y comenzó a echar bilis negra por la boca. Lo llevé al baño y le sujeté la cabeza sobre el retrete hasta que paró de convulsionarse. Poco a poco recobró el aliento.

—¿Qué has tomado?

—No he tomado nada, te lo juro. Desde anoche no he bebido.

—¿Alguna droga?

Me miró aterrado.

—Jamás he tomado drogas, Irene. Jamás.

Le ayudé a ducharse, preparé una infusión, cambié las sábanas y ventilé otra vez la habitación. Luego lo metí de nuevo en la cama.

—Dame la dirección —le pedí—. Yo llevaré el dinero.

—¿Qué dirección?

—La de los prestamistas.

—No hay ninguna dirección. ¿Tú crees que es como un banco?

—Dame lo que tengas que darme. Un teléfono, un contacto, cualquier cosa.

—Estás loca, Irene. Esto no es una aventura.

—Mañana llega tu madre, Clau. Más vale que no te pase nada en los días que ella esté aquí.

Muchas veces a lo largo de mi vida, en mis devaneos sentimentales, he tenido la sensación de que no merece la pena amar a los hombres buenos (ni a las mujeres buenas). Con ellos suele estar siempre el hastío y la bruma, los días del letargo, la desgana. Es un pensamiento juvenil en el que ya no creo, pero que, en ocasiones, cuando me doy cuenta del peso que van teniendo los años, me hace feliz recordar. ¿Qué habría sido de mí si no hubiera sufrido la maldición de la belleza y no hubiera sospechado anticipadamente de quienes me cortejaban? ¿Qué habría sido de mí si Adela no hubiera tenido ese aspecto casi monstruoso y Hugo se hubiese enamorado de ella? ¿Qué habría sido de mí si nunca hubieran detenido a mi tío Jaime y me hubiera quedado en España viviendo plácidamente con mis padres? ¿Qué habría sido de mí si mi tía Lidia no hubiera escapado como lo hizo y mi madre hubiera decidido llevarme a una universidad suiza o alemana, en contra de mis deseos? ¿Qué habría sido de mí si nunca me hubiesen hablado de las ratas promiscuas o de los asesinos en serie? ¿Qué habría sido de mí, en fin, si en lugar de conocer a Claudio me hubiera enamorado de uno de esos chicos de vida amanerada y venturosa, de un médico o de un jurista con carrera?

Todo lo que he llegado a saber sobre la condición humana –esa médula de todas mis investigaciones y propósitos– no me sirve para juzgar mi propia vida o para hacer averiguaciones sobre el pasado (lo que invalida anticipadamente cualquier conclusión científica a la que haya llegado en esas investigaciones). La genética familiar, en la que creo, me empuja hacia las decisiones temerarias y hacia los compromisos románticos. Dicho en términos de causalidad: no llegué a ser la persona que soy por haber conocido a Claudio, sino que acabé conociendo a Claudio –o a otros como Claudio, con ligeras excepciones– por ser la persona que soy. Mi temperamento descompuesto en cromosomas heredados, la biografía de mis abuelos, mis padres y mis tíos, y la historia política de mi país, que en los años en los que yo crecí estaba embelesada con el peligro y gestionada mediante el lance de suerte, todos esos factores objetivos me convertían en una presa fácil para el infortunio personal y para la búsqueda entusiasta de problemas.

Conseguí a la fuerza, registrando su apartamento, que Claudio me diera el teléfono de contacto de los matones. Llamé, dije que era su novia y que queríamos saldar una parte de la deuda que él tenía. El argentinito no tiene ya permiso para saldar una parte de la deuda, me dijeron. Toda la deuda o toda la muerte. Tuve un sobresalto en el teléfono. ¿La muerte?, pregunté como si estuviera hablando con el equipo médico de una cirugía cardiaca. El hombre que había al otro lado de la línea se rió y colgó el teléfono.

Claudio me había escuchado hablar, pero no tenía fuerzas para decir nada. Nos quedamos callados un rato, mirándonos desde lejos: él estaba en el dormitorio, a oscuras, y yo en el salón. Luego se durmió y yo permanecí inmóvil. Hice la suma: dos mil quinientos, más seiscientos que me había dado la tía Lidia, más ochocientos que conservaba en mi cuenta y que tendría que justificar, más dos mil setecientos que acababa de ganar. Seis mil seiscientos dólares. La deuda, contando los intereses, era de nueve mil seiscientos. Faltaban, por lo tanto, tres mil dólares. Tres mil. El dinero que yo había ganado la noche pasada multiplicado por tres.

Llamé de nuevo al teléfono de los matones y les supliqué. Les dije que tenía una parte del dinero y que en una semana podría entregarles el resto. Me repitieron que la deuda del argentinito no podía fraccionarse. Insistí hasta que accedieron a recibirme. Al día siguiente, a media tarde, fui a la dirección que me habían dado, en South Chicago. Me recibió un hombre grande, de nariz partida, que tenía un alfiler de corbata con la bandera de los Estados Unidos. Le protegían tres muchachos muy jóvenes. Hablamos durante unos minutos y llegamos a un acuerdo: a cambio de darle todo el dinero que tenía y de hacerle una felación, él aplazaba la entrega una semana más. Los intereses seguirían sumando: la deuda se saldaría con cuatro mil dólares, no con los tres mil que faltaban por pagar. Acepté el trato.

Tengo cincuenta y cinco años. Soy, para las medidas de nuestro siglo, una mujer todavía joven. He cuidado siempre de mi cuerpo con diligencia, haciendo deporte y manteniendo una dieta sobria. Estoy delgada y tengo los senos firmes. He usado desde los veinticinco años afeites cutáneos para prevenir las arrugas de la cara, las estrías y el cuarteamiento de la piel en el dorso de las manos.

134

A pesar de todas estas precauciones, conozco ya, desde hace tiempo, la vejez sexual, ese estado de fatiga que solo puede vencerse recordando las glorias pasadas del cuerpo. Ha ido pasando con todo, con las ciudades a las que viajo, con los libros que leo, con las sinfonías y las canciones: me inspiran más hastío que exaltación. Sigo haciéndolo –viajar, leer, escuchar canciones– porque la memoria me demuestra que dan felicidad, pero ya no la siento, o la siento muy apagada.

Desde esta vejez erótica, recuerdo a menudo los excesos de mi juventud, e incluso los más desagradables o turbios –a excepción de aquella violación invisible de Hugo– me parecen deseables. No voy a decir, pretenciosamente, que de todos ellos obtuve una enseñanza, sino algo más elemental: por todos ellos me sentí capaz de seguir viva. Tocar a un hombre o ser tocada por él era un acto sagrado que me permitía creer en cosas absurdas, como la inmortalidad del alma o el amor perdurable.

Ahora los hombres no me miran, no me buscan, no me tocan. Tampoco lo hago yo, salvo en momentos excepcionales. La fatiga o la indiferencia conducen siempre a la molicie. Y la vida se va perdiendo. Cuando nadie te toca, cuando tu vagina se seca, cuando los dedos que antes masturbaban están quebrados por la artrosis, la vida se ha perdido. Y en esos instantes es doloroso recordar lo que ocurrió cuando fuiste joven. La vida recién incendiada.

Irene coge los papeles que Adam ha dejado sobre la mesa. Los ojea, primero, y comienza a leerlos con más detenimiento luego.

–Los resultados del estudio no son sorprendentes. Se parecen a los de otros estudios anteriores. La mitad de los hombres

135

asegura que nunca engañó a sus mujeres, a ninguna de sus mujeres. Ellas son aún más virtuosas: solo un cuarenta por ciento confiesa haber cometido una infidelidad. Y casi todos ellos, casi todas las mujeres y los hombres adúlteros, niegan que hubiera premeditación o voluntad. Se amparan en el azar. O en el destino.

Adam vuelve a hacer una pausa. Saca un pañuelo del bolsillo y se seca las sienes.

—¿Qué importancia tiene eso? —pregunta Irene—. Tú sabes que mienten.

—No estaba seguro de que mintieran. Quizá nosotros no éramos iguales que ellos.

—En ese caso, nos veremos en el infierno.

—Tal vez estemos en él —dice Adam mirando a su alrededor, haciendo un gesto en círculo con la mano—. Es un lugar extraño que nunca se sabe dónde está.

—¿Qué quieres de mí? Yo he cambiado, ya no soy una puta. Estoy más vieja y más cansada.

—No he acabado aún de contarte. Y tú no has acabado de ver los papeles —dice señalando los tarjetones que Irene sujeta entre las manos—. No pagué ese estudio para conocer lo que los hombres y las mujeres dicen sobre sí mismos. Todos mienten. Todos mentimos. Y ya se han hecho muchas investigaciones iguales. Mi propósito era dar otra vuelta de tuerca.

Irene lo mira con curiosidad. Sigue siendo el mismo hombre misterioso, atrevido y resuelto que conoció cuando era solo una joven inexperta.

—Tenía los nombres y las direcciones de todos ellos —continúa Adam—. Los datos completos de catorce mil ciudadanos que habían confesado sus secretos sexuales. Sus preferencias y sus miserias.

Irene trata de disimular la sorpresa. Sus uñas se clavan suavemente en la mesa y el cuerpo se eriza.

136

—Eso es ilegal –dice.

Adam la mira decepcionado. Abre los brazos con un ademán de sacerdote.

—¿Quieres beber champán? –pregunta, pero no espera a que ella responda: le hace una seña al camarero, que espera en una esquina del reservado, y le pide una botella.

—Yo busco a personas desaparecidas y a asesinos.

—Irene, dejemos de fingir. A los dos nos gusta mirar por el ojo de la cerradura.

—¿Cuál es la vuelta de tuerca?

—Comprobé si habían mentido o habían dicho la verdad –dice Adam con calma–. La ciencia no debe aceptar las opiniones y los juicios, debe contrastar los hechos y ofrecer pruebas concluyentes.

Irene siente un escalofrío en la espalda, en el cuello, y de repente, como si hubiera una reacción química de su cuerpo que ella fuera incapaz de controlar, en los ojos le aparecen lágrimas. Lágrimas pequeñas. Le pasa por la cabeza una idea que ha tenido muchas veces: con Adam habría sido feliz. Y a continuación le viene otra idea que ha tenido aún más veces: con Adam habría sido completamente infeliz.

EXPEDIENTE RM-358

Nombre del investigado: Gabriel Lesma (nacionalidad española)
Edad: 42 años
Estado civil: Casado
Localidad: Washington D. C.
Equipo de investigación: Serge O'Windmill (investigador de redes)
Periodo de investigación: 4 días (5 de febrero de 2017-8 de febrero de 2017)
Fecha del informe: 13 de febrero de 2017
Resultado: Positivo
Observaciones: Se ha remitido copia de los documentos adjuntos a la Oficina del FBI.

De: UHP Mensajeros
Para: Gabriel Lesma
Asunto: PARTE DE INCIDENCIA 153298762
5 feb 2017 15:32

Estimado/a cliente:

Nuestro servicio de reparto ha intentado entregar el envío con número de seguimiento X98HV396, pero no ha sido posible al no hallarse en la dirección del destinatario a las 11.07. Por favor, responda a este correo para contactar con su oficina local y concertar una nueva hora de entrega. No olvide indicar el número de seguimiento.

Un saludo,

Servicio de Atención al Cliente de UHP Mensajeros

De: Gabriel Lesma
Para: UHP Mensajeros
Asunto: Re: PARTE DE INCIDENCIA 153298762
5 feb 2017 16:46

Hola:

Estaré en casa toda la mañana del jueves. Si pudieran concertar una nueva entrega en ese tramo, les quedaría muy agradecido. Se trata del envío con número de seguimiento X98HV396.

Un saludo,

Gabriel Lesma

De: UHP Mensajeros
Para: Gabriel Lesma
Asunto: Re: Re: PARTE DE INCIDENCIA 153298762
5 feb 2017 17:58

Estimado cliente:

Le notificamos que el envío con número de seguimiento X98HV396 ha sido entregado esta tarde en nuestra oficina a Dña. MERCEDES DE ROJAS GARCÍA, que ha acreditado estar autorizada por el destinatario mediante la correspondiente autorización firmada.

Gracias por confiar en nuestros servicios.
Un saludo,
Servicio de Atención al Cliente de UHP Mensajeros

De: Gabriel Lesma
Para: Ana Marcos
Asunto: Joder, joder, joder
5 feb 2017 19:03

Mierda, mierda, mierda. Ana, te dije que me lo mandaras al despacho. No me haces caso nunca. ¿Sabes qué ha pasado? Que lo ha recogido Merce. Joder, es que no me lo puedo creer. Lo tiene Merce. ¿Cómo se te ocurre mandar nada a casa?

De: Ana Marcos
Para: Gabriel Lesma
Asunto: RE: Joder, joder, joder
5 feb 2017 23:14

A ver, tranquilidad. ¿Cómo va a tenerlo ella? Si te lo mando a casa es precisamente por seguridad. ¿Por cuántas manos pasa en la oficina? ¿Recibes allí muchos paquetes personales? Joder, Gabi, siempre me dices que Merce se pasa la semana fuera, que cuando no está en Nueva York está en Filadelfia. ¿Estás seguro de que lo tiene ella? ¿No la habrán cagado en la agencia?

De: Gabriel Lesma
Para: Ana Marcos
Asunto: RE: RE: Joder, joder, joder
6 feb 2017 00:21

Mira, no me escribas más. Ni me llames ni wasaps ni nada. Espera unos días. Aún no he visto a Merce, llega esta noche. Es que no sé cómo coño ha recogido el paquete, si me dijo que no estaba en Washington. Ahora resulta que ella también me miente y no puedo decirle nada. A ver qué pasa esta noche. Que sea lo que tenga que ser y te llamo yo cuando sea.

De: Ana Marcos
Para: Gabriel Lesma
Asunto: RE: RE: RE: Joder, joder, joder
7 feb 2017 08:11

Gabi, perdona, pero ha pasado algo. Me ha escrito. Te lo reboto:

> De: Mercedes de Rojas
> Para: Ana Marcos
> Asunto: RV: Un paquete
> 7 feb 2017 03:33
>
> Estimada señora Marcos:
> Tengo en mi poder algo que sin duda le pertenece. O que pertenece a mi marido, puesto que venía en un paquete dirigido a él que me he permitido abrir. Me costó mucho decidirme, pues no acostumbro a violar la correspondencia de mi marido, pero al final pudo más el corazón que la cabeza, no sé si me entiende. El caso es que lo tengo aquí (bueno, aquí es un decir, lo tengo en el maletero del coche, no he creído oportuno llevármelo a casa) y no sé muy bien qué hacer con ello. Entregárselo a mi marido está ya fuera de lugar, y a mí no me sirve de nada. Creo que

141

lo mejor para todos sería que se lo devolviera a usted. Por eso quería preguntarle: ¿la dirección del remitente es válida? ¿Se lo puedo facturar allí?

Sin otro particular, reciba un saludo,
Mercedes de Rojas

De: Gabriel Lesma
Para: Ana Marcos
Asunto: No entiendo nada
7 feb 2017 09:06

No entiendo nada, Ana. De verdad que no. Acaba de irse a trabajar. He esperado a verla salir del portal antes de escribirte. No he pegado ojo, he leído tu correo y el suyo no sé cuántas veces esta noche, y luego volvía a la cama, y allí estaba ella, tan pancha. Ha dormido como nunca. Ni un cuarto de pastilla se ha tomado. Y esta mañana cantaba en la ducha y me ha hecho café. Joder, que me ha llevado un capuchino a la cama, con su espumita y todo. Y todo sonrisas y me ha dicho de reservar este finde en el restaurante de los gallegos. Que le apetece salir conmigo, que nos tenemos muy abandonados, me dice.

Llegó tarde, como a las nueve, y antes me wasapeó para decirme que no preparara cena, que subía ella sushi, que tenía antojo. Entró como si nada. Bueno, no, como si nada, no: entró encantadora. Me dio un beso, se quitó los zapatos, que la estaban matando, y se cambió de ropa. Prepara el sushi, saca palillos y unas cervecitas, me dijo. Y yo como un gilipollas, buscando los palillos. Tenemos cientos de palillos chinos y no los encuentro nunca. Al final tuve que preguntarle dónde estaban. En el segundo cajón, me dijo. Y me tenías que ver en mitad de la cocina, con los palillos y el abrebotellas, pasmao. Hasta me daba asco el puto sushi, de cerrado que tenía el estómago. Hasta que salió del dormitorio. Llevaba una camiseta vieja mía y los pantalones del pijama. Va, que me muero de hambre, decía. Y no me preguntes cómo, pero ahí nos sentamos en el sofá, zampando sushi mientras ella me contaba su semana en Maryland y sus líos de trabajo y cotilleos de la oficina y que el tío de al lado en el avión se tiraba pedos. Y luego puso un capítulo de *The Good Fight,* se lavó los dientes y dijo que estaba muy cansada y que hasta mañana.

Ni una palabra, Ana. Y por la noche me encuentro tu email y yo no sé qué coño hacer. A qué juega. Pero va lista si cree que voy a decir algo. Es que no puedo decir nada. ¿Qué hacemos?

De: Ana Marcos
Para: Gabriel Lesma
Asunto: RE: No entiendo nada
7 feb 2017 16:14

Está en Baltimore, Gabi. Me está siguiendo. Estaba en la terraza de la plaza cuando he bajado, y me la he encontrado en la puerta del hospital y me ha saludado con la mano cuando he vuelto a casa, ahí seguía, en la plaza. Está ahí ahora mismo. Sentada, sola, leyendo un libro. Joder, Gabi, estoy por llamar a la policía. Llámame, te he dejado mensajes y no contestas. Mira el teléfono, joder, que no sé qué hacer. Tu mujer está loca, tío, está como unas maracas. Llámame, hostias.

De: Mercedes de Rojas
Para: Gabriel Lesma
Asunto: Desde Baltimore, con amor
8 feb 2017 12:28

Hola, mi amor:

No sé si estoy sorprendida o feliz de que mis prejuicios se confirmen. En cierto modo, me habría decepcionado mucho encontrar una casa bien decorada, con muebles buenos y algo parecido a la elegancia. La casa de Ana parece un piso de estudiantes. Y qué mal gusto literario, hijo. Que si Benedetti, que si Neruda... Ni que tuviera quince años. Porque esa es otra, que ni siquiera está buena, y yo diría que tiene lo menos cinco años más que yo, así a ojo. ¿Has estado en su casa? No creo, seguro que no has venido por aquí. Habréis tirado de hoteles. No aguantarías en esta comuna hippie ni dos minutos. ¿Sabes que tiene una litografía del Cristo de Dalí en el dormitorio? Y toda la decoración es como de mercadillo. Tiene un par de sillas de enea que me gustan, porque la enea siempre vuelve, pero las ha colocado con muy mal gusto, y no estaría de más pintarlas. Lo dicho: aún no he decidido si me gusta que sea una cutre o me decepciona porque esperaba una mujer más mujer, más como yo. Tengo tiempo de decidirlo hasta que ella salga del turno. Le quedan un par de horas. Me prepararía una copa, pero aquí solo hay licor de hierbas Ruavieja que se habrá traído de España. La esperaré sobria, mejor para ella.

Un beso muy gordo, mi amor. Cuídate, que vuelvo mañana a casa,

Merce

V

Clover Hernández llega a casa a las siete de la tarde. Está extenuada por el día de trabajo: seis reuniones, una comida con el director financiero y una última cita social con uno de los mejores clientes de la compañía. «Mike», grita desde el vestíbulo. Las luces están apagadas. Mike no ha llegado.

Se desnuda despacio en el dormitorio, se entretiene luego en el cuarto de baño con cremas hidratantes para diferentes pieles y se sienta por fin en el salón a beber una copa de vino. Le gusta esa soledad inesperada. Nunca tiene tiempo de pensar con sosiego en las cosas importantes, en todas las incertidumbres con las que ha tenido que vivir en los últimos meses.

Con la segunda copa de vino, comienza a preparar la cena. Arroz, pollo troceado, curry, sal de almendras. A las nueve menos cuarto está a punto de terminar y Mike no ha llegado aún. Se preocupa por él. No suele retrasarse tanto. Va hasta el vestíbulo y busca el teléfono móvil para llamarle. No lo encuentra. Rebusca en el bolso, lo vuelca encima de la mesa: no está. En los bolsillos del abrigo solo hay un guante desemparejado y unas entradas antiguas de teatro. Clover trata de recordar la última vez que lo usó. Antes de llegar al bar del hotel en el que se había citado con el cliente, recibió un men-

saje de Garret y lo contestó; luego no recibió llamadas ni llamó a nadie. Quizá lo puso sobre la mesa del bar, no lo recuerda. En el taxi no lo sacó, y en casa, al llegar, tampoco.

En ese momento oye la puerta de la entrada y la voz de Mike saludando. Sale a su encuentro y lo besa. «Es muy tarde», le dice, «¿dónde estabas?» Él se ríe. «Te llamé para avisarte y me respondió un hombre.» A Clover se le cierra el corazón durante un instante, pero enseguida comprende que no hay sospecha ni malicia. Mike alarga la mano y le da el teléfono. «Lo perdiste en el bar de un hotel, al parecer. Espero que no estuvieras con un amante.» Clover responde ahora con aplomo: «Sí, se llama Garret.» Los dos se ríen.

Cinco semanas después, mientras Clover y Garret están tumbados en la cama, a oscuras, él coge de la mesilla su teléfono móvil y la llama a ella, que está a su lado. Clover primero se asusta, pero luego, al ver en la pantalla el nombre de él —el nombre femenino con que le tiene registrado para evitar indiscreciones de su marido—, suspira relajada. «¿Me estás llamando?», le pregunta desconcertada. «Responde y quédate en silencio», dice él. «¿Para qué?», vuelve a preguntar ella. Garret hace un gesto autoritario, desabrido, y Clover, entonces, le obedece y desliza su dedo por la superficie del teléfono para abrir la línea. Garret se queda en silencio durante un instante y luego habla: «¿No has oído nada?» Clover se incorpora, se sienta sobre la cama. «¿Qué quieres que haya oído? No has dicho ni una palabra.» Los dos tienen el teléfono puesto en la oreja, como si la conversación fuera lejana. «Es un ruido casi inaudible, un clic seco que se oye al inicio de la llamada», explica, y a continuación le quita su teléfono a Clover y le entrega el suyo. «Llámame tú», le pide. Clover marca con el teléfono de Garret y el nombre falso aparece de nuevo en la pantalla iluminada. Garret descuelga —un verbo viejo que ya no sirve— sin separar el auricular de la oreja, haciendo un enredo con *los brazos. «Sí», dice para sí mismo, «aquí también se oye. Clic.»*

Clover, que hace un momento estaba adormeciéndose, calmada, se encuentra ahora muy nerviosa. No entiende lo que Garret quiere decir, pero sabe que no es tranquilizador. «Alguien nos ha pinchado el teléfono», insinúa por fin él. Ella reacciona con irritación: «¡Qué disparate! ¿Quién podría hacer algo así?» Pero antes de terminar de hacer esa pregunta se acuerda de que, hace pocos meses, Mike, su marido, le contó que su jefe acababa de divorciarse porque un detective privado que había contratado para espiar a su esposa, de la que tenía sospechas, había descubierto que estaba viéndose con un hombre. Los dos habían estado riéndose de su jefe, que era poco agraciado físicamente, y Clover no había sentido ninguna amenaza en aquella conversación. Pero ahora, con el recelo de Garret, se estremece. La piel de los muslos —se avergüenza de la celulitis al mirarla— se le hincha por el vello erizado. «Prueba otra vez», le pide a Garret, y se coloca el teléfono en la oreja. Garret marca de nuevo. El gesto de Clover es revelador: ha oído el clic. Se levanta de la cama aterrada y comienza a vestirse. «Ha sido Mike, estoy segura», dice. Recoge todos los objetos que tiene desperdigados en la habitación, se calza a trompicones y se atusa el pelo en el espejo que hay en el armario. Garret no sabe qué decir. La acompaña hasta la puerta, todavía desnudo, y la despide con unas palabras que ella no escucha.

En la calle toma un taxi y le ruega que vaya deprisa. Mira insistentemente la hora: no es tarde, pero ahora que cree que Mike la vigila, le parece una imprudencia. En el ascensor, vuelve a repasar su pelo, se examina los dientes, se huele las manos y alisa toda su ropa.

Mike acaba de llegar y está colocando las compras en la despensa. La saluda con un beso y le cuenta que se acordó de coger mostaza para la salsa de la carne. Clover busca indicios

147

*de desconfianza o de doblez en su rostro, pero no encuentra
nada. Se sirven una copa de vino. Mike empieza a sacar todos
los ingredientes para cocinar la cena mientras habla de una
reunión fatigosa que tuvo por la tarde con el comité de dirección. Clover, impulsiva, le pregunta entonces por su jefe. «Pobre hombre», dice Mike. «No levanta cabeza.»*

Graciela Guzmán, la madre de Claudio, tenía un aspecto estrafalario. Su apariencia de señora burguesa –sus
collares de perlas con dos vueltas, sus zapatos de tacón alto,
sus uñas de manicura– estaba entretejida con otros rasgos
juveniles o contraculturales que disonaban: un pañuelo
mugroso alrededor del cuello, unos pendientes de artesanía
hippie y un perfume que parecía incienso o sahumerio de
resinas. Imaginé que intentaba vestirse como creía que debían hacerlo los escritores, pero sin renunciar al oropel femenino de su posición social.

Nos conocimos en el apartamento de Claudio, impre-
vistamente. Yo fui allí al salir de mi reunión con el prestamista porque quería contarle lo que había ocurrido. Me
había olvidado por completo de que su madre ya había llegado y me abrió ella misma la puerta.

Claudio nos presentó con apuro. Yo tartamudeé y dije
alguna cortesía gastada. Graciela reaccionó como si no supiera bien quién era yo, e incluso me pareció ver en sus
gestos –luego supe que era verdad– una señal de inquietud
o una preocupación.

–Un gusto –dijo en español, tendiéndome la mano
con blandura–. Vine a recoger a Claudio. Al parecer no se
encuentra muy bien.

–Ella ya sabe, mamá –le explicó Claudio–. Estábamos
juntos cuando me enfermé las últimas veces.

Graciela me examinó sin impertinencia. Dobló una blusa que tenía en las manos y la puso, en una pila con otras prendas, sobre el alféizar de la ventana.

—Estábamos por ir a almorzar —dijo—. Yo madrugué hoy y me entró hambre.

No supe si era una invitación a acompañarles o una despedida. Miré a Claudio, pero él bajó los ojos para no comprometerse. Volví a preguntarme, en ese momento, si lo amaba. Llevaba varios días enredada en ese laberinto. Me había acostado con veinte hombres para pagar sus deudas, pero ni siquiera ese hecho me daba certidumbres, porque siempre me había tenido a mí misma por una persona compasiva y tal vez habría sido capaz de hacer ese mismo sacrificio por alguien en peligro de muerte a quien no amara. Trataba de medir mis sentimientos con formulaciones casi matemáticas de la ausencia, del deseo o de la ternura, pero tampoco de eso podía sacar conclusiones definitivas: durante un instante imaginaba el verano lejos de Claudio como un tormento y a continuación, en el instante siguiente, encontraba paz en la idea de estar sola en Madrid, apartada de todas esas tentaciones del caos.

—¿Puedo ir con vosotros? —pregunté avergonzada, y, dirigiéndome directamente a Graciela, añadí—: Quizá Claudio le dijo ya que tenía muchas ganas de conocerla para poder hablar de su novela. Admiro mucho a los escritores.

Graciela Guzmán tensó el cuello como un animal en peligro. Sus pupilas —llevaba gafas— se dilataron en el contraluz desde el que me miraba. Tal vez apretó las yemas de los dedos —unos contra otros— y movió la comisura de los labios, que estaban pintados de rojo carmín. Muchas veces, luego, en las investigaciones criminales, en los interrogatorios con testigos o con sospechosos, han alabado mi capacidad de detectar esas reacciones invisibles. No sé si en aquella ocasión lo hice con tanta precisión como refiero ahora, pero me di cuenta de que algo extraño estaba ocurriendo.

–¿Ya le contaste? –le preguntó Graciela a Claudio. Y casi sin pausa, dirigiéndose a mí–: ¿Qué te contó exactamente, querida?

Yo no estaba preparada para hacer una representación teatral.

–Me habló de su novela sobre el Petiso Orejudo –respondí–. Me encantaría leerla. Me interesan mucho los psicópatas. Estoy estudiando psicología, y creo que me especializaré en criminología forense.

Ella pareció sorprendida, pero cambió enseguida de conversación.

–Ya hice la reserva en el restaurante, y me gustaría poder estar a solas un rato con Claudio –dijo sin miramientos–. Estoy segura de que lo entiendes.

Estaba sonriendo, no parecía desconsiderada ni antipática.

–Claro, lo entiendo –acepté–. ¿Podemos vernos luego un rato, Clau? A la hora que te convenga.

–A las seis está bien –dijo Graciela antes de que él pudiera responder–. A las seis saldré a hacer unas compras y podés venir para vigilarle mientras yo no esté. –Y añadió, con complicidad–: No me quedo muy tranquila con esa salud que tiene ahora.

Nos despedimos rápidamente y salí a la calle desconcertada. Anduve sin rumbo durante varios minutos, dando vueltas a las manzanas de alrededor. Desde una cabina callejera llamé a Madame Mimí y le dije que ese día no podría ir a trabajar. En realidad había tomado la decisión de no volver nunca más, pero necesitaba hablar con Claudio antes de comunicárselo a ella.

Sentía otra vez ira hacia Claudio. Me avergonzaba de haber estado haciendo felaciones y abriendo las piernas a hombres desconocidos para pagar sus errores de adolescente caprichoso. Me avergonzaba de ser frágil y sumisa, de tener abnegación, de renunciar a la dignidad para poder ser querida.

En esos días en el prostíbulo, me di cuenta de lo fácil que es para una mujer hacer creer a los hombres que tiene sentimientos que no tiene: que le dan placer, que los admira, que la conmueven. Pero solo a aquellos hombres a los que no ama. Cuando hay amor, el orden del corazón se invierte: es el hombre el que tiene fácil el engaño o el fingimiento.

Fui a la residencia y dormí durante varias horas. Después me di una ducha, tomé un taxi para no retrasarme y volví al apartamento de Claudio. Su madre estaba esperando a que yo llegara para marcharse. Me dio las instrucciones, como si la intrusa en aquel espacio fuera yo, y luego nos dejó solos.

–Perdóname, Irene –dijo Claudio en cuanto se fue su madre–. Perdóname.

Estaba tumbado en el sofá de la sala, arropado con una manta de cuadros. Tenía la piel blanca, empalidecida, y en las manos sujetaba un libro cerrado.

–He pagado una parte de tu deuda esta mañana –le expliqué, sin dar los detalles más sórdidos–. Quedan cuatro mil dólares pendientes. –Hice una pausa, dudé una última vez y luego dije–: Creo que deberíamos separarnos.

Siguió un silencio muy largo. Claudio miró fijamente a la luz del techo para no llorar, pero los ojos se le llenaron de lágrimas. Al final volvió el rostro, lo escondió contra el respaldo del sofá y aflojó el llanto. Era el primer hombre al que había amado de verdad y aquel era el acto final. Sentí una tristeza más intensa –o eso creí yo entonces– que la del abandono: a la soledad le añadía la culpa de haber tomado esa decisión.

–Vas a estar mejor sin mí, Claudio –dije acercándome para besarle la mano. De todas las mentiras que he dicho a los hombres para apartarme de ellos, esa fue la más dolorosa y la más absurda.

De repente, volvió la cabeza, me miró a los ojos sin parpadear y apretó mi mano.

–No me llamo Claudio –dijo. Y repitió dos veces más–: No me llamo Claudio. No me llamo Claudio. Mi nombre es Mateo. –Hizo un esfuerzo para contener los sollozos y clavó las uñas en la palma de mi mano, en mis dedos–. No quiero que te vayas, Irene. Perdóname todo.

Pensé que era una broma o un juego: ese juego que emplean algunas personas para representar su metamorfosis. Cambian de nombre, se bautizan de nuevo, arrancan a vivir con una identidad distinta.

–No he tenido una vida fácil –siguió diciendo para tapar mi silencio–. No me dejes ahora. Una vez me dijiste que no ibas a abandonarme.

Me acordé de aquella conversación. «La piel tiene dos lados, el de fuera y el de dentro. Por eso acariciar no es siempre un acto de ternura: a veces es desollamiento.» Me acerqué un poco más a él, me arrodillé junto al sofá para poder besarle. ¿El deseo sexual que viene a deshora es siempre sucio?

–No te vayas, no me dejes ahora.

Le toqué el cuerpo por debajo de la manta, pero no me atreví a llegar a su verga. Sentí vergüenza. Apoyé la mejilla en su vientre y dejé que me abrazara mientras volvía a llorar.

Gastón Fernández había nacido en los años treinta del siglo pasado en un pueblecito de Santa Fe, cerca de Rosario. No le interesaba nada la política, pero a los veinte años había conocido a Domingo Perón y se había transformado completamente. En una fiesta municipal, en la que él había ido a acompañar a la hija del alcalde, que por entonces era su novia, el general se había acercado para hablarle. «¿A qué te dedicás vos, muchacho?», le había preguntado, y él, sin azorarse, le había contado que mezclaba fertilizantes para alimentar cada tierra como se requería. El general le había escuchado con atención, como si fuera un ministro, y luego había sacado una libretita del bolsillo de su chaqueta para anotar alguna cosa. Le despidió estrechando su mano y dijo que Argentina necesitaba hombres como él. Una hora después, Gastón escuchó el discurso que dio el general en la municipalidad, y al día siguiente, temprano, viajó a Rosario para afiliarse a las juventudes peronistas.

Se casó con la hija del alcalde, que no era Graciela, y al cabo de un año, con un préstamo de su suegro y una gratificación industrial de los sindicatos, fundó una pequeña empresa de abonos agrícolas particularizados que comenzó a extenderse por todo el país. A partir de ese momento, en los años sesenta, todo ocurrió muy deprisa: en 1960 murió su primera mujer, en 1961 se mudó a Buenos Aires, donde conoció a Graciela, y en 1963 nació Claudio, al que en la pila bautismal llamaron Mateo.

Gastón comenzó a desplegar sus habilidades políticas en la capital. Mantuvo relaciones discretas con el peronismo en el exilio, con el peronismo interior y con las fuerzas gubernamentales del general Aramburu, obteniendo de cada uno de ellos lo mejor para sus intereses. En 1964 se vio implicado accidentalmente en la riña de Olivos en la que murió un marine estadounidense. En ese incidente conoció a Rodolfo Eduardo Almirón y, más tarde, a través de él, a José López Rega.

Graciela –cuyo nombre real era Susana– escribía en algunos periódicos sindicales y daba clases de inglés en una academia de Belgrano. Soñaba con ser escritora y asistía a uno de los talleres más frecuentados de Buenos Aires. Susana, como Gastón, tenía una ideología resbaladiza, pero repetía siempre una sentencia: «No hay una sociedad digna sin dignidad para los trabajadores.»

Durante el gobierno del extraño peronista Arturo Frondizi (ganó la presidencia liderando la Unión Cívica Radical frente a los peronistas, pero después de alcanzar un acuerdo secreto con Juan Domingo Perón), Gastón Fernández llegó a ser su consejero personal en los asuntos relacionados con la industria petroquímica, una de las que más resurgieron en la época. Defendió algunas medidas económicas para estabilizar los precios y se enfrentó a varios líderes sindicales poderosos. Su empresa –sus empresas, en realidad– siguió expandiéndose, a pesar de los altibajos de la producción del mercado y de la demanda exterior.

Gastón y Susana se repartieron bien los papeles de actuación. Él mantenía las relaciones sociales importantes al precio que fuera y se ocupaba también de los asuntos no clasificables, entre los que solían estar secuestros, chantajes y la supervisión de algún asesinato cometido por sicarios. Susana, por su parte, atendía a los artistas y participaba muy activamente en la redacción de cualquier manifiesto progubernamental.

Pero también se ocupaba de ciertas infraestructuras de caridad. Se hacía cargo, a través de una agrupación benéfica, de dar sepultura a los obreros desaparecidos y proteger a sus familias. Organizaba cuestaciones para recaudar donativos que pagaran la educación de los huérfanos. Y obligaba a Gastón a ofrecer trabajo a las viudas.

Claudio recordaba especialmente el caso de un niño de su edad –a los siete o los ocho años– al que acogieron en su casa cuando sus dos padres desaparecieron. Se llamaba Gabriel y tenía una leve cojera que atraía hacia él las burlas de los niños de la escuela, de las que Claudio le defendía. Se criaron como hermanos durante casi un año. Susana llegó a plantearse solicitar la adopción legal, a pesar de la reputación subversiva de sus padres y de lo que ello podía suponer para la carrera de Gastón. Al final, el padre fue liberado y se llevó a Gabriel lejos de Buenos Aires. La madre nunca apareció.

Con el regreso de Perón a la presidencia, en 1973, Gastón tuvo nuevas responsabilidades y aumentó su influencia en los círculos de gobierno. Había intentado mantenerse siempre en buenas relaciones con todos los sectores enfrentados del poder, pero incluso así tenía una larga lista de enemigos silenciosos.

La siguiente batalla volvió a ganarla: tras el golpe de Estado de la Junta Militar, consiguió ser promovido a un puesto ejecutivo en la reorganización sindical, a través del cual añadió más fortuna a su fortuna. Durante esos años ocupó también un cargo en el Banco Central y gestionó fondos destinados al desarrollo agrario del país.

En 1982, al final de la Guerra de las Malvinas, dos personas de sectores políticos enfrentados le pidieron a Gastón que intercediera ante el presidente Bignone en uno de los nombramientos diplomáticos que debían hacerse. Una de esas dos personas era Rodolfo Almirón, que desde hacía muchos años se había exiliado en España y era ahora el jefe de seguridad de Manuel Fraga Iribarne. Almirón pedía apoyo para un candidato por el que Gastón Fernández

155

tenía pocas simpatías, de modo que acabó recomendando a su adversario. Se había visto numerosas veces en esa obligación de decidir entre dos lealtades. Volvió a hacerlo en esta ocasión sin sospechar los desastres que le acarrearía.

En 1983, antes de que se celebraran las elecciones democráticas que llevaron a Raúl Alfonsín al poder, Gastón fue cesado de todos sus cargos públicos. Ante el temor de los cambios que ya se intuían, vendió las participaciones de sus empresas y se fue con su familia a San Juan de Puerto Rico.

La mayoría de los detalles de esta historia no me los contó Claudio, que los desconocía. Pero sí fue él quien me habló de un hecho –irrelevante en el relato– que me complace especialmente, porque demuestra una vez más hasta qué punto las ratas poseen nuestro destino: se instalaron en San Juan porque allí había una puta a la que Gastón frecuentaba en sus viajes al país y con la que –sin amor– estaba obsesionado. Susana se enteró, y, a través de ella, que amenazó con abandonarle, se enteró también Claudio. Fue en ese momento, pocos meses después de abandonar Argentina, cuando Gastón sufrió el atentado: un pistolero se acercó al coche en el que acababa de montarse, le dijo que actuaba en nombre de Almirón y le disparó a la cabeza. La bala rozó el filo del vidrio blindado de la ventanilla, a medio subir, y se desvió ligeramente. Partió el cráneo en la zona de la nuca, pero no hizo herida profunda. Gastón apenas pasó dos días en el hospital.

La semana siguiente se fueron de San Juan con rumbo a Washington, donde Gastón conservaba algunas relaciones influyentes. Cambiaron de identidad y de vida. Inventaron biografías nuevas. Gastón Fernández comenzó a llamarse Carlos Silvela. Creó una falsa empresa de componentes químicos en la que ficticiamente estaba empleado. Susana se convirtió en escritora y publicó –costeando ella la edición– dos libros de poemas. Claudio necesitó terapia psicológica y estuvo casi un año encerrado en casa, recibiendo clases particulares y protegido por un guardaespaldas. Después le enviaron a Chicago a estudiar en la Escuela de Negocios, como se había previsto cuando tenía trece años y estaba destinado aún a heredar las empresas familiares. Allí, en Chicago, lejos de sus padres, comenzó por primera vez en su vida a tener sosiego. Avivó su afición por la música y entró en contacto con los ambientes *underground* de la ciudad. En esos ambientes conoció a Sebastián y a Jayden, a los que nunca les contó que había vivido un tiempo en su país, en Puerto Rico. Más tarde me conoció a mí y trató de seguir rigurosamente las instrucciones de seguridad que le habían dado: mentir sin excepciones; mentir incluso a quien se amaba.

La orden de detención emitida por el gobierno argentino de Alfonsín no inquietaba demasiado a Carlos Silvela. Él no tenía delitos de sangre denunciados, y sus abusos de poder o sus infracciones financieras, en comparación con los de sus superiores, eran insignificantes. En el peor de los casos, además, acabaría en la cárcel, pero no muerto. Lo que le aterraba era la amenaza de Almirón. Conocía bien sus métodos y su fanatismo. Estaba seguro de que si daba con su paradero no volvería a fallar, y temía, incluso, que prefiriera secuestrar a Claudio y hacerle desaparecer para causarle un daño más doloroso. Intentó ponerse en contacto con él a través de intermediarios –incluido López Rega, que en esa época residía en Miami con identidad también falsa–, pero no consiguió firmar la paz. Ni siquiera logró enterarse de cuál era en realidad el motivo de la persecución, pues resultaba evidente que no podía deberse solo al ruego no cumplido.

Claudio nunca llegó a saber que su padre había contratado a un detective privado en Chicago para que le protegiera. Y su padre, por su parte, nunca llegó a saber que él se había metido en líos turbios con prestamistas, lo que prueba que el detective no hacía bien su trabajo.

–Mi mamá empezó a escribir una novela sobre el Petiso Orejudo –me dijo en aquella tarde de confesiones–. Ya la va a terminar y la podrás leer.

Graciela Guzmán había ido a recogerle a Chicago no solo por su enfermedad, sino porque tenían sospechas paranoicas de que Almirón podía estar cerca de descubrirles. Había solo dos indicios minúsculos: un zumbido extraño que sonaba siempre al descolgar el teléfono y una denuncia policial que había hecho el conserje del edificio después de encontrar varias veces a un individuo desconocido merodeando por la escalera. Gastón Fernández había vuelto a cambiar su identidad y la de su familia y se disponía a mudarse a una ciudad que a Claudio aún no le habían revelado. Esa tarde, antes de que regresara su madre, no solo me dijo que en realidad se llamaba Mateo: me dijo también que a partir de entonces, según su nuevo pasaporte, se llamaría Benjamín.

Regresé a España cuatro días después de que Claudio se marchara. Estaba aterrada de no volver a verle, de perder al amor de mi vida de una forma tan novelesca. Él se había comprometido a escribirme cada día –cada hora–, pero yo no tenía ninguna dirección en la que corresponderle. Recuerdo que durante el vuelo, cruzando de noche el océano, deseé melodramáticamente que el avión se estrellara y que todo aquel dolor que sentía se disolviese para siempre.

Hace varios años llegué a trabar una cierta amistad con

la parricida Ana Galíndez, a quien se había condenado en buena medida gracias a mis investigaciones sobre su crimen. Me escribió desde la cárcel para agradecerme unas declaraciones comprensivas que yo había hecho a la prensa. Le respondí, con curiosidad, y después de un intercambio de cartas fui a visitarla a la prisión de Yeserías. Esa relación se mantuvo, después de su liberación, hasta que murió en un accidente en 2013. A pesar de mi profesión y de mi fascinación clínica por los crímenes brutales, Ana Galíndez es la única asesina con la que he tenido un vínculo personal intenso y con la que he podido conversar, sin abstracciones, de la pulsión de matar.

Fue ella la primera que me habló de la cronofobia, una fobia extraña que consiste en temer el paso del tiempo. No la edad, la vejez o la muerte, sino el paso del tiempo. El curso de los minutos, de los segundos. El movimiento continuo de la vida. El trastorno, en efecto, aparecía en el informe psiquiátrico de Galíndez, que padecía una enfermedad mental psicótica; y, aunque en la cárcel estaba medicada, la cronofobia se le había agravado, pues el encierro aviva la percepción del tiempo. «Es como tener delante de los ojos un reloj de arena que nunca se detiene», me dijo un día. «Ni siquiera cuando duermo se detiene.»

Aquella primera semana que pasé en Madrid sentí algo parecido a eso. Miraba el dorso de mis manos y veía el movimiento de las células destruyéndose en la piel, en la carne y en los huesos. No podía apartar de mi pensamiento el paso del tiempo en que estaba sin Claudio, las transformaciones que se producían —en mí, en mi cuerpo, en el cuerpo de él— sin que supiéramos nada el uno del otro. Le robé a mi madre somníferos para poder dormir durante el día y la noche. Hasta que recibí una carta de Claudio, que llevaba en el remite el nombre de Benjamín Ruiz Flores (los apellidos vulgares eran necesarios en estas operaciones de cambio de identidad, me había explicado, porque de ese modo se dificultaba el rastreo).

La carta estaba fechada en Nashville, en el estado de Tennessee, y comenzaba explicándome que al menos durante dos semanas vivirían allí, en un apartamento alquilado poco confortable. Después elegirían un destino ya definitivo, aunque era previsible que se tratara de una ciudad provinciana, apartada, en la que ningún sicario pudiera imaginar que estaban.

A lo largo de tres páginas (que conservo, como todas sus cartas, escritas con una caligrafía puntiaguda y torcida hacia abajo) me hablaba de amor y de la necesidad que tenía de abrazarme. De dormir conmigo. De respirar el aire que yo respirara. Aunque nos habíamos reconciliado apasionadamente en Chicago, volvió a pedirme que no le abandonara nunca.

Su segunda carta me llegó al día siguiente; la tercera, dos días más tarde; la cuarta, el sexto día. Todas eran largas y minuciosas. Me hacía declaraciones sentimentales empalagosas, me contaba historias de asesinos en serie –que en la mayoría de los casos se inventaba– y me detallaba los pormenores de su vida cotidiana: el aspecto de un vecino al que veía cortando el césped, los ruidos de las cañerías de la casa, las cosas que había tenido que dejar en Washington por la precipitación de la huida o la dieta que estaba siguiendo para mejorar la salud de su estómago.

En cada una de las cartas me mandaba letras de canciones que componía en los días interminables que tenía que pasar encerrado en su habitación. Algunas noches le dejaban salir a pasear durante un rato por el barrio, como si fuera un presidiario con su hora de recreo. Él no entendía esa precaución absurda, porque si los sicarios les encontraban y querían matarlos, subirían al piso para hacerlo sin más espera; pero obedecía disciplinadamente. El reposo, además, le estaba ayudando a restablecer la energía perdida en las últimas semanas.

Por las noches, yo releía las cartas una y otra vez, buscando códigos secretos o mensajes cifrados. Matones, sicarios, torturadores, prestamistas, identidades falsas. A veces me ponía a imaginar que era todo mentira, que Claudio había inventado esas aventuras para enamorarme. *«Whisper in my ear, baby, words I want to hear. Put your head in my shoulder.»* Y me masturbaba pensando en él, en un héroe joven que vencía todos los peligros y las amenazas que se le cruzaban en el camino, para acabar logrando conquistar a la dama que esperaba en su ventana a que algo importante ocurriera.

Los fines de semana no había reparto de correo. El primer sábado y domingo los pasé angustiada, concibiendo apocalípticamente la idea de que nunca volvería a saber nada de Claudio y que no tendría ninguna forma de averiguar su paradero. Estaba extraviado en el mundo, escondido. Si de repente desaparecía, yo no sabría jamás la causa. No sabría si le habían asesinado, si había perdido el interés por mí o si le había seducido alguna chica más cercana a su nueva vida. La hipótesis de no recibir ninguna otra carta suya me atormentaba con un romanticismo cándido e irritante.

El lunes se reanudó la llegada de cartas, y el jueves recibí una en la que me explicaba que todo el enredo de la huida había sido al parecer un gran malentendido: el desconocido que merodeaba por la escalera era el exmarido celoso de una mujer que acababa de mudarse al edificio; y el ruido del teléfono estaba relacionado con los cambios de equipamientos en los sistemas de telecomunicaciones de la zona. Era muy probable, por tanto, que regresaran a Washington.

Tres cartas después, me lo confirmó, pero me rogó que no le escribiera a su dirección postal, sino a una lista de correos en la que él podría recoger –sin riesgo, con su tercer pasaporte, a nombre de Benjamín Ruiz Flores– las cartas que yo enviara. Me puse a hacerlo inmediatamente, con el mismo desvelo con el que él me había escrito esos días. Cartas de varias páginas en las que le contaba la historia entera del universo: mis pensamientos metafísicos, los libros que había leído, las simplezas que decía mi madre o el color de la luz en Madrid.

Claudio empezó a recibir mis cartas y a responderlas, aunque, como siempre ocurría en la correspondencia epistolar asidua antes de la era electrónica, los pensamientos y los sucesos iban mucho más deprisa que el correo. Al terminar de leer una de sus cartas, yo me preguntaba si Claudio seguiría pensando todavía lo mismo que había escrito, si duraría su amor.

A finales del mes de julio me llegó la carta en la que me contaba que finalmente sus padres se quedarían a vivir en Washington y que él regresaría el próximo curso –de nuevo Claudio Silvela– a la Escuela de Negocios de Chicago. Aquel día sentí esa felicidad que a partir de los treinta años se deja de sentir para siempre, sea cual sea la biografía de cada uno: la felicidad de creer que la vida está empezando.

Adela había sido mi mejor amiga desde los cinco años. Teníamos afinidad absoluta en casi todos los asuntos importantes de la vida. Nos gustaba el mismo tipo de chicos, las dos queríamos estudiar Ciencias Sociales y veíamos todas las películas policiacas que estrenaban en los cines o en la televisión. Irene y Adela, las amigas siamesas.

Cuando comenzaron los cambios hormonales y los primeros instintos amorosos, la relación se volvió más conflictiva y dolorosa. Ella sintió celos de Hugo. El amor dejó de ser un juego social y se convirtió en un torneo de guerra en el que no se respetaban las lealtades ni las jerarquías. Adela se había transformado en una jovencita gorda y con la piel llena de escamas. Los carrillos le caían blandos sobre la mandíbula, y los molledos de los brazos y las piernas, blancuzcos, se le escurrían sin consistencia. Incongruentemente, era corpulenta en todo menos en el pecho: tenía unos senos pequeños, casi masculinos.

Además del asunto de Hugo, yo tenía siempre un remolino de pretendientes y ella, en cambio, solo recibía burlas y ofensas. No llegamos a pelear, pero nuestro trato cotidiano se infectó. Adela sentía resentimiento hacia la vida y yo era la persona que la encarnaba. Tal vez si le hubiera contado que la belleza me había vuelto tan insegura como a ella la fealdad (aunque no podría habérselo contado porque en aquel tiempo no era capaz de formularlo de este modo tan racional), habríamos seguido siendo amigas siamesas. Pero yo me escondí en mi concha de perla y ella en su concha de molusco hinchado. Nunca nos atrevimos a hablar de eso.

La malquerencia se envenenó aún más en el último curso colegial. Ella, antes aún que yo, quería estudiar Psicología, y había estado averiguando durante varios meses en qué universidades importantes se impartía. Eligió Chicago por la reputación de un profesor que al parecer era prominente en la materia en la que Adela quería especializarse. Fue ella, por tanto, quien me habló por primera vez de la Universidad de Chicago, y –a pesar del distanciamiento de los últimos años– nos pareció emocionante y aventurero irnos juntas a estudiar tan lejos. A mí me admitieron y a Adela la rechazaron. Se quedó un año en Madrid, sin planes, curando su depresión, y luego se marchó a una universidad de París, donde no llegó a terminar ni un curso. Sus padres, como los míos, tenían dinero suficiente para proteger cualquier fracaso, de modo que Adela se encerró en sí misma y se dedicó a leer libros de todo tipo para convertirse en sabia.

Desde que me fui a Estados Unidos empezamos a escribirnos. Primero con frialdad y luego, poco a poco, con la intimidad que habíamos tenido de niñas. Yo, sin embargo, nunca me atreví a hablarle con detalle de mis éxitos para no avivar su frustración. Pintaba la vida universitaria de Chicago con colores grises y nunca mencionaba a los chicos con los que me acostaba –de vez en cuando inventaba a alguno para que ella no sospechase– ni las maravillas que encontraba en la ciudad o en las clases de Psicología.

En ninguna de mis cartas le había hablado de Claudio, pero en esas primeras semanas atormentadas del verano necesitaba hacerlo. Solo Adela podría entender lo que me estaba ocurriendo. Solo con ella tenía la confianza suficiente para mostrar mis dudas o para llorar. Solo de sus consejos sabría fiarme.

Cuando la llamé, noté la sorpresa en su voz. En los últimos veranos nos habíamos visto poco, accidentalmente, y nunca habíamos llegado a encontrar un gesto de confianza o de intimidad. Nos hablábamos como si todo el pasado estuviera perdido. Yo seguía sintiendo algún tipo de culpabilidad hacia ella y pensaba que me detestaba. No me había atrevido a buscarla, pero tampoco había sentido la necesidad de hacerlo en los veranos anteriores, más plácidos y confiados.

Aquel año, sin embargo, me di cuenta de repente de que estaba sola, de que mi vida de sociedad y mis conquistas académicas no me servían de mucho en los momentos de dolor, y le pregunté a mi madre –con desinterés fingido– si tenía alguna noticia de la familia de Adela.

Quedé con ella en una cafetería que frecuentábamos cuando aún éramos amigas inseparables e hice algo que no podría haber hecho con nadie más: le leí la primera carta de Claudio sin advertirle de nada y le conté a continuación toda la historia, evitando en lo posible los detalles sexuales y omitiendo por completo el episodio del burdel. Adela me escuchó con una mirada triste que no supe si era de compasión o de envidia. Respiraba haciendo ruido por la nariz y tenía las dos manos entrecruzadas sobre el pecho, como si rezara.

–¿Y qué tipo de canciones escribe? –me preguntó al final–. ¿Qué voz tiene?

Sentí decepción, pero le sonreí con ternura y le hablé de Paul Anka, de Jayden y de Sebastián.

Volvimos a vernos casi todos los días, a pasear por el centro de Madrid, a ir al cine para ver películas policiacas o a jugar partidas de ajedrez juntas. Adela me preguntaba por Claudio con desgana y yo le contaba las novedades que había habido en la carta de ese día, pero enseguida cambiábamos de asunto. Ella en realidad no quería saber nada y yo me sentía humillada forzándola a escucharme.

Adela se convirtió en una especie de espejo deformado de mi propia vida. A través de ella imaginé cómo sería ir envejeciendo sin nadie al lado, encerrada en manías y en recuerdos inventados. No me atrevía a preguntarle por su vida sexual, pero me la figuraba tumbada a oscuras en la cama, masturbándose con las fotografías de una revista pornográfica o con los recuerdos de alguno de los dos chicos a los que había llegado a besar en la adolescencia. ¿Qué pensamientos podía tener una persona que nunca se había acostado con nadie y que miraba el futuro sin esperanzas de hacerlo? ¿Cuál era el nervio de su cuerpo, la raíz sobre la que se sostenía?

En estos últimos años de vejez erótica, me he acordado a menudo de Adela por esa causa. No soy capaz de imaginar cómo es la castidad. No soy capaz de entender qué razón queda para vivir cuando el cuerpo ya no sirve o no les sirve a los otros, cuando el deseo se convierte únicamente en una idealización intelectual. Mis fundamentos existenciales no han sido Sigmund Freud o William Shakespeare, sino los pezones, la espiral de las orejas, los tobillos, el clítoris, las encías o la boca del ano. Mi espíritu se ha manifestado a través del flujo vaginal y no de la oración o de la poesía.

Durante aquel verano en Madrid solo me acosté con un hombre. El amor hacia Claudio –esta vez sí– me apartó de la promiscuidad, pero uno de esos días en los que sentí piedad por Adela y me puse a imaginar su piel mal tocada, su vagina vacía o sus lóbulos sin morder, salí de casa aturdida, busqué una discoteca de moda y elegí un chico para desahogar mi miedo. Nos acostamos en el sótano de su casa, en el suelo. Él intentó ser dulce, pero yo me empeñé en buscar la brutalidad. Antes de que amaneciera me acompañó a la parada de taxis y quiso besarme. Yo no separé los labios. Mientras volvía a casa me di cuenta de que en el fondo no había tanta diferencia entre la vida de Adela y la mía. Ese pensamiento era absurdo, pero contenía una revelación sincera: la de que ninguna vida merece la pena ser vivida.

En ese verano –el mismo día, el 11 de julio– ocurrieron otros dos hechos importantes: a las ocho de la mañana, mi tío Jaime salió de la cárcel para pasar su primer permiso penitenciario; a las doce del mediodía, un repartidor llevó a mi casa doscientas rosas rojas con una nota, a mi nombre, que decía: «Tal vez no es tan difícil elegir una sola mujer para amarla.» No quise permitir que mi madre leyera aquella nota. La quemé. Había un remite y un teléfono estadounidense que yo ya tenía anotado en mi agenda.

Mi tío se fugó del país. El lunes no regresó a la cárcel y desapareció de su casa. La tía Carolina, su exmujer, no había llegado a verle en esos días, y Jacobo, su hijo, estaba de viaje por Europa. La policía lo buscó sin éxito. Interrogaron también a mi padre, que no sabía nada, y a algunos familiares cercanos que podrían haberle ayudado a escapar. La prensa dedicó mucho espacio a la noticia. Se recuperaron crónicas del caso y volvieron a verse en televisión las imágenes del juicio.

El tío Jaime, el hermano pequeño de mi padre, había sido condenado por fraude patrimonial en cinco sociedades mercantiles y por alzamiento de bienes. Su caso fue utilizado por los periodistas y por algunos políticos para representar la corrupción económica del franquismo. Se le impuso una condena ejemplar, pero los beneficios penitenciarios y el espíritu de conciliación de la nueva época permitieron la indulgencia.

A mi padre, que ya había sufrido en la época las consecuencias de la fechoría familiar, la fuga del tío Jaime le amedrentó. Permaneció varios días sin salir de su habitación, medicado con drogas sedativas, y no quiso hablar con ninguno de los reporteros que llamaban para entrevistarle.

Para mí el tío Jaime –como la tía Lidia, aunque por distintas razones– había sido providencial. El escándalo había estallado cuando yo anuncié que quería ir a estudiar a la Universidad de Chicago, y eso facilitó que mi madre se mostrara comprensiva. En aquellos meses, llevar nuestro apellido en España era un oprobio, de modo que la marcha a Estados Unidos me aliviaría según ella del griterío público.

Las doscientas rosas, por su parte, provocaron una conmoción familiar. Amalia, la criada, las repartió en jarrones por toda la casa, pero mi padre dio órdenes enseguida de que las llevasen al cuarto de la plancha o las tiraran a la basura. Mi madre, perturbada, quiso saber quién me las había enviado. Se metió en mi habitación, cerró con llave y empezó a preguntar como si fuera un inspector de policía. Repetí una y otra vez que no sabía nada, que el envío no traía remite y que en Chicago no tenía ningún novio que pudiera hacer una locura así.

La única información que yo le había dado a Adam Galliger era el nombre de la residencia en la que vivía, donde me había telefoneado la última vez. Solo existía, por tanto, un hilo posible: había vuelto a llamar allí y le habían facilitado mi dirección de Madrid. Esa misma noche, a escondidas, le escribí a la dirección que aparecía en el remite pidiéndole explicaciones por su envío y rogándole que por discreción no me respondiera a mí, sino a Adela, cuya dirección le adjuntaba.

El día en que llegaron las rosas me olvidé completamente de Claudio. Una semana antes, una de las amigas de mi madre, que vivía cerca de nuestra casa y que venía a menudo de visita, me había contado que los papagayos —ella acababa de comprarse un macho y una hembra— eran una de las pocas especies zoológicas que practicaban la monogamia. Cuando uno de los dos miembros de la pareja moría, el otro languidecía hasta morir también.

Yo había ido enseguida a la Biblioteca Nacional y había pasado allí una mañana entera investigando acerca de la fidelidad sexual de los animales. La promiscuidad de las ratas no era una excepción. La mayoría de las especies copulaban sin reticencia con varias parejas distintas, y aunque los machos lo hacían con mayor frecuencia por razones biológicas –la producción de espermatozoides es más abundante que la de óvulos–, las hembras tampoco respetaban la monogamia, porque la variedad genética resulta positiva para la supervivencia de la especie al aumentar la probabilidad de que alguna de las crías se perpetúe.

La amiga de mi madre decía, bromeando, que los seres humanos son, como los papagayos de Guayaquil, los únicos que creen en el amor verdadero. Pero si yo hubiera sabido que Adam Galliger estaba en Madrid esa noche, habría corrido a su habitación y me habría desnudado ante él. Sin dejar de renovar mi promesa de amor a Claudio.

Adam me respondió en pocos días. Dentro del sobre había cinco billetes de cien dólares y una nota más concisa que la anterior. En un tarjetón blanco había escrito: «Por adelantado.» Nada más. Debería haberme sentido humillada, pero no fue así. Tuve, al contrario, un sentimiento de soberbia y de felicidad por haber sido capaz de inspirar en él el placer suficiente como para que me recordara. Porque yo también le recordaba a él. Y quizá, sin habernos dado cuenta, teníamos cuentas que saldar.

Todos aquellos acontecimientos, separados por muy pocos días, forzaron el adelanto de mi viaje de regreso a Chicago. Yo estaba impaciente por volver a ver cara a cara a Claudio, pero también me avivaba el deseo de encontrarme en un hotel con Galliger y pasar la noche y la madrugada fornicando con él como mamíferos o como aves. Las aves, en una alta proporción, son monógamas socialmente; es decir, tienen una pareja con la que procrean y con la que comparten las migraciones y la vida. Sin embargo, solo un porcentaje insignificante de ellas son monógamas sexualmente. Mantienen relaciones *adúlteras* con otros miembros de su especie. Hacen compatible la estabilidad sentimental con la fecundación promiscua. Exactamente lo que yo soñaba para mí misma.

Los camareros de los restaurantes de lujo están adiestrados, como los esclavos romanos, para no ver ni escuchar, pero a pesar de ello Irene le hace una seña al camarero del Santo Mauro para que les deje solos. Tiene miedo de lo que Adam va a decir.

—Seis mil setecientos hombres y mujeres dijeron que nunca engañaban a sus esposas o a sus maridos —dice Adam, con la copa ligeramente levantada de la mesa—. Había que averiguar si mentían o decían la verdad.

—Seis mil setecientos —repite Irene, asombrada. No es una pregunta, no tiene dudas de lo que ha escuchado.

—Seis mil setecientos.

—¿Qué hiciste para averiguar si mentían? —pregunta ella con un tono de voz que parece burla o recriminación.

Adam tal vez está empezando a sentir la ebriedad. Sus ojos no están tan abiertos como al principio de la noche.

—Tú sabes lo que se hace para averiguar eso —dice—. Te dedicas a ello.

—Yo busco a personas desaparecidas y a asesinos —repite Irene.

—El trabajo es el mismo: se investiga, se buscan documentos, se pregunta a testigos, se siguen pistas. —Adam hace una pausa y mira al vacío. Sus labios están cerrados—. Es un proce-

170

dimiento fácil. Y ahora, en la era digital, puede hacerse sin salir de casa.

—¿Investigaste a todos?

—A todos. Uno por uno. A algunos dos veces para resolver las dudas. En esos papeles tienes las conclusiones.

—Prefiero que me las cuentes tú. Estoy segura de que sabrás elegir las mejores palabras.

—Éramos como todos, Irene —afirma Adam con resolución, expulsando con un ademán los remordimientos de la melancolía—. Quizá más guapos que ellos, quizá más ricos o más perversos, pero hacíamos lo que todos los hombres y todas las mujeres hacen cuando tienen ocasión: follar con otros, revolcarse en semen y aplastar glándulas placenteras.

Irene lee los papeles para comprender esa moraleja, pero Adam la cuenta antes de que ella la encuentre.

—De esos seis mil setecientos sujetos investigados, tres mil novecientos dieciséis no habían dicho la verdad. Se hacían pasar por personas fieles, pero eran adúlteros. Ese dato, unido al de los individuos que libremente confesaban su infidelidad, resulta devastador: más del ochenta por ciento de los seres humanos que viven en pareja estable, casados o no, no cumplen con el mandamiento.

—¿Por qué dices que es un dato devastador? A mí me parece hermoso. La naturaleza se impone siempre a la ley.

Adam vuelve a un estado melancólico. No responde. Permanece en silencio mientras Irene, hipnotizada, analiza los tarjetones con los datos del estudio. En las cifras solo ve la imagen de parejas fornicando. Un gran hangar lleno de mujeres y hombres desnudos que engarzan los penes, las vaginas y las bocas sin ninguna compostura.

EXPEDIENTE RN-901

Nombre del investigado: Bart Jenner
Edad: 43 años
Estado civil: Casado
Localidad: Nueva York
Equipo de investigación: Lara Brown (detective) y Patricia
(prostituta)
Periodo de investigación: 21 días (3-23 de marzo de 2017)
Fecha del informe: 24 de marzo de 2017
Resultado: Positivo

El investigado se la ha encontrado pocas veces al llegar
a la oficina. Él va siempre justo de tiempo, no puede entre-
tenerse. Suele llegar agarrado a su café largo en vaso de cartón, que acaba de beberse al alcanzar el señorial portal de la
céntrica avenida donde trabaja. Apura las últimas gotas,
posiblemente aún calientes, y luego saca de su mochila una
pequeña bolsa de papel y mete el vaso de cartón dentro.
Quizás en su casa, por la noche, ejecutará el método de re-
ciclaje, que consiste en sumergir en agua el vaso, durante

unas horas, para poder separar así el plástico que recubre el interior del cartón y desechar el material en el compartimento correspondiente.

No es que la busque, a esas horas de la mañana. Va justo de tiempo. Nunca llega tarde, pero no le sobra ni un minuto. A las ocho en punto está fichando. Estará sentado frente a su pantalla, ejerciendo la actividad por la que le pagan, hasta las once de la mañana, cuando se permite un descanso. Los demás salen a las diez y media a desayunar, pero él no los acompaña, prefiere bajar solo, un poco más tarde.

Su aspecto podría parecer el mismo que al llegar y sin embargo algo ha cambiado, se deja el abrigo abierto, camina con más ligereza. Una vez la vio, justo a esa hora. Estaba en la calle de siempre, ese callejón que sale de una de las perpendiculares a la gran avenida. Las once de la mañana no es la hora habitual de pasearse, de pararse en ese recodo o en esa esquina, a veces el peso del cuerpo descansando sobre la cadera izquierda, a veces sobre la derecha, caminar a pasos altos, como saltando un obstáculo en medio de un baile. Ella suele salir más tarde. En invierno se hace pronto de noche. A las once de la mañana, él ya ha descargado su obligación durante tres horas. Es como si sintiera que ha cumplido con lo suyo. En esas tres primeras horas concentra toda su productividad. El resto de la jornada laboral lo atraviesa como un fraude, una desesperación lo va incomodando y relajando a partes iguales. Lo incomoda, porque significa que se acaban sus horas en la calle, que pronto tendrá que volver a casa. Lo relaja, lo vuelve ligeramente indómito, cuanto más aprieta la correa más babea el perro.

Entra en la cafetería a por otro café, lo pide para llevar, paga con tarjeta, sale, se aposta de espaldas a la cristalera del comercio y chupa del borde del vaso de cartón; aunque se quema, disimula, bebe. Luego ronda la cuadra, escudriña, se le ve alterado, deseando una sorpresa, no la encuentra. Ha terminado el café, pero, una vez más, no tira el vaso en la papelera que hay junto a la puerta de su edificio. Lo guardará arriba en la mochila, junto al otro. Quizás al llegar a casa tenga tres. En la oficina, utiliza una taza, que friega con escrúpulo antes de irse, en la cocina, y guarda al fondo del armario, para que nadie la toque en un descuido.

Todavía bajará una vez más, tras el almuerzo. Sin éxito tampoco. Será decisivo cuando se haga de noche y su tiempo de trabajo haya terminado. Recicla con esmero, pero, durante las últimas horas de oficina, engulle sándwiches de máquina y algún que otro dulce plastificado. Bascula entre ambos extremos, sin personalidad. Lo único que puede verse en sus ojos es un ansia marchita. Llega puntual al trabajo, pero se demora mucho en salir de la oficina y mucho más en volver a casa. No tiene el valor de meterse en un bar solo y beber, de llamar a alguien para quedar, a quien sea, un viejo amigo, una joven promesa, no le interesan el cine o el teatro, no sabe tampoco deambular. Por eso desea encontrársela, de sopetón. Desea que sea inevitable. Se engaña pensando que ella lo busca a él, y no al revés. Si no la ve en los alrededores, arrastrará los pies hacia su casa, no cogerá ni tren, ni metro, ni autobús. Casi al borde de la hora de la cena, encajará la llave en la cerradura, dirá hola con voz metálica, colgará el abrigo del perchero, cuidando de que no queden marcas en las hombreras o el cuello, se quitará los zapatos y entrará en el salón. Su mujer lo mirará como cada noche, sin interrogantes. Ni siquiera una súplica. Siéntate, le dirá, traes ojeras, come un poco, que se está enfriando. Él se limita a obedecer.

El sábado es diferente. Le toca guardia un sábado cada dos meses. No siempre tiene suerte, y valor casi nunca, pero si algo puede ocurrirle en la vida, es un sábado de esos, y, aunque la semana estaba pareciendo agónica, termina en sábado de guardia. No está obligado a vestirse con pantalones de pinza como los días de entre semana, puede ir en vaqueros, con un jersey grueso y la cazadora. Sale de casa como si se dirigiera a jugar a los bolos con una pandilla de amigotes. Su mujer, que no tiene trabajo desde hace dos años, se esmera en contribuir. Le prepara el almuerzo y se lo empaqueta con cuidado; él lo olvida sobre la encimera de la cocina o lo coge, si no tiene más remedio, y luego lo come delante de la pantalla: ahora sí puede comer con desprecio. Los sábados de guardia trabaja doce horas, de diez a diez. La horquilla le parece eterna, llena de posibilidades, así que no exprime su productividad en el primer tramo. Está solo en la oficina, prácticamente en el edificio. No le molesta nadie, no tiene que fingir. Trabaja a ratos cortos y espaciados y se asoma a los ventanales, desde donde mira la calle mientras engulle comida basura. Patatas fritas con sabor a cualquier cosa. Dónuts. Bebidas energizantes. Se asoma a la calle a menudo y a menudo baja, ya sin excusa. La busca.

Sobre las seis de la tarde, la encuentra. En esa zona no solo hay edificios de oficinas, también hay comercios, tiendas de cadenas de ropa y de cosméticos. Salas de juegos, un par de teatros donde ponen musicales. Ni un solo rincón acogedor. Los sábados el bullicio de sus calles es otro. Pero en un cruce de callejones, en la trasera de un edificio, apoyada en la puerta metálica de un garaje, la ve. Ella lleva un abrigo muy corto de pelo verde sintético y los labios pintados de rosa. Él se pone nervioso y por un momento se queda parado, desde la acera de enfrente, como si fuera a huir, incluso mira a un lado y a otro, por si acaso alguien lo descubre. Luego no sabe qué hacer. No parece la misma persona que llega cada mañana puntual al trabajo, encogido como un ratón, sorbiendo café en un vaso que luego intentará reciclar con método y sin éxito. Delante de ella, durante unos instantes parece un niño, ilusionado ante un escaparate lleno de luces, frustrado ante la enorme tristeza de lo inaccesible. Pero rápido se compone, situándose, aunque sea de forma forzada, en la casilla que le corresponde. Ella no le quita los ojos de encima, no le hace falta ni moverse, no tiene que hacer nada. Él cruza la estrecha calle con paso tibio y se le pone delante. Está todavía a una distancia prudencial de ella, alguien podría pasar entre los dos sin darse cuenta de que rompe un hilo conductor. Entonces ella acomete el tiro de gracia, solo sonríe con sus labios hinchados y le enseña los dientes, unos dientes grandes, extrañamente brillantes, encajados con firmeza en su mandíbula cuadrada. Lo atrae hacia sí, más cerca, solo con la sonrisa, ahora ya nadie podría pasar en medio de ellos, y le ofrece un cigarro. Por supuesto, él no fuma. No fuma mientras no lo obliguen a hacerlo. Es un alivio, porque así tiene en qué ocupar sus manos nerviosas, a punto de sudarle. Luego tose, quizá sea la excusa perfecta para decirle algo al oído, para proponerle que se vaya con él. Entonces ella se mueve del lugar, se desprende de la puerta metálica del garaje donde apoyaba la espalda y camina delante de él. Sabe perfectamente adónde va.

Ahí les pierdo la pista. En sábado, y ya de noche, no es tan fácil colarse en el edificio de las oficinas donde él trabaja. Tengo ya lo que necesito, podría irme, pero decido esperar. Veinte minutos más tarde, ella baja sola y sale del portal. Los pantalones de cuero ceñidísimos convierten en elegante su culo respingón mientras camina sobre unas botas negras de plataforma. Apenas son las siete de la tarde, queda mucho sábado para ella. La acompaño un rato, deambulo a su lado por las calles adyacentes, un whisky con hielo en una coctelería vieja, veinte dólares y no se deja un detalle, aunque a mí no me hagan falta.

La llevó hasta los cuartos de baño de su oficina, siempre hace lo mismo. Podría usar cualquier otro sitio, podrían haber follado en el despacho de la directora o contra los grandes ventanales que dan a la avenida, pero él prefiere el baño. En el ascensor ya estaba empalmado. Todo es bastante sencillo, no cuesta nada. Él se desnuda por completo, parece que solo en ese lugar, en ese cuarto de baño aséptico, usado por todos y limpiado por tantas, solo con ella mientras nada de aquello existe, es un hombre fuerte y decidido. También dócil. Fácil, repite ella muchas veces, y limpio. Siempre está limpio. Es fácil penetrarlo y es fácil que se corra mientras la penetra él a ella. Nunca ha hecho el amago siquiera de querer follar sin condón. No le interesan sus tetas, aunque las amasa. Jamás las chupa. Tampoco es demasiado violento, aunque le gusta que ella le dé duro. Es atlético y tiene las nalgas redondas como melocotones. Cuando terminan con las penetraciones, él le pide que le deje chupársela. Ahí sí le hace trampa, porque es un tacaño. Pero ella se mantiene firme y sube el precio: quince dólares más por la mamada. Y él se arrodilla, voraz, y se concentra. Se emplea en ello como si fuera la última cosa que fuera a hacer en su vida. Esto me sorprende, y se lo digo. Ella fuma en la puerta de la sucia coctelería, con el whisky ya calentándole el estómago. No te sorprendas, cari, es lo que en realidad quieren todos, comérsela.

VI

La primera vez que escucha su voz, en las grabaciones del robot doméstico, Annabelle siente una especie de aturdimiento. Ha oído hablar muchas veces del amor que nace solo del sonido, y una tía abuela suya estuvo casada con un locutor de radio al que llegó a venerar, gracias a la gravedad delicada de su voz, mucho antes de conocerle físicamente. Annabelle, sin embargo, cree que esas historias son mitológicas. Está segura de que una persona no puede enamorarse de ese modo.

Se llama Daniel Leadfries, vive en San Francisco y es ingeniero en materiales de construcción. Le gustan Madonna, Oasis, Aerosmith y Michael Nyman, y asiste a muchos conciertos musicales en salas pequeñas de la ciudad. Tiene un grupo de amigos de su época de juventud (sobre todo compañeros de universidad) y otro grupo de aficionados a las motos con los que comparte excursiones los fines de semana, lo que a Annabelle, que se acaba de comprar una Harley Davidson con el primer pago de El Halcón, la vuelve loca.

Daniel tiene tres cuentas de correo electrónico, dos de ellas con nombres falsos, y usa una aplicación móvil de contactos sexuales. Está casado con una chica que, a diferencia de él,

tiene una voz irritante y aflautada. Se acuesta con otras muje-
res con bastante frecuencia, y comparte con uno de sus amigos,
Andy Gantz, fotos de ellas.

Annabelle había entregado un informe en el que ocultaba
sus infidelidades. Como no estaba segura del buen uso que se
iba a hacer de toda la información que estaba proporcionando
a cambio de dinero, no quería perjudicar a Daniel. Era ab-
surdo, pero sentía hacia él un instinto de protección que se
parecía al afecto. Había seguido espiándole ya sin justifica-
ción, obsesivamente, y un día había decidido por fin acercarse
a él. Ya había visto fotos suyas en los perfiles de las redes socia-
les: era un hombre muy guapo, moreno, con el pelo alborotado
y una sonrisa cautivadora. Tenía el cuerpo musculado, cu-
bierto de vello muy corto.

Annabelle se crea una cuenta en la misma aplicación de
contactos sexuales que él usa y le escribe a través de ella. Da-
niel le responde dos horas después y le pide fotografías eróticas.
Ella se las envía. Él la corresponde con varias imágenes de su
pene en erección. Se citan para el día siguiente. Daniel no
menciona que está casado (en su perfil tampoco lo dice): le
cuenta que su madre está viviendo temporalmente con él y que
por lo tanto no tiene sitio de encuentros. Annabelle ofrece su
apartamento. Daniel llega puntual. Cuando la saluda, An-
nabelle le dice que tiene una voz preciosa.

Regresé a Chicago, vía Nueva York, el 13 de agosto,
tres días antes que Claudio. Al llegar a la residencia, con
una ansiedad excesiva, pregunté si había algún mensaje o
alguna carta a mi nombre, pero no había recibido nada.
Confiaba en poder ver a Adam Galliger antes de la llegada
de Claudio para cumplir con el servicio que me había pagado por anticipado. Confiaba en encerrarme con él en la

habitación del hotel y dejar correr las horas sin salir de allí, desnuda, desbocada. No me telefoneó, sin embargo, hasta el mismo día en que Claudio llegaba. Fui a verle casi sin tiempo, sintiéndome otra vez como una puta entregada, como una mujer trastornada por la sexualidad. Él me abrió la puerta con la verga en la mano, masturbándose. Estuvimos juntos menos de media hora, porque yo tenía que ir al aeropuerto a buscar a Claudio, que había viajado desde Washington solo, pero a pesar de la fugacidad volví a experimentar alucinaciones sensuales que me parecían místicas. Se dice a menudo que las sensaciones eróticas son más intensas cuando hay una unión espiritual, pero no es cierto. Hay amores felices que nunca tuvieron un coito memorable; y hay orgasmos mitológicos que fueron engendrados en lugares oscuros, sin saber a veces con quién. La sexualidad humana, como el amor, es un ejercicio de invención. Solo depende de la fantasía.

Llegué al aeropuerto de Chicago con aprensión. Me había duchado en la habitación de Adam y, precavidamente, llevaba en mi bolso un frasquito de perfume para ponérmelo luego. Pero a pesar de eso tenía miedo de que Claudio pudiera oler sus huellas, su semen o el humo de sus cigarrillos en mi cuerpo. Lo vi salir entre los pasajeros y me puse a llorar de alegría. Estaba muy delgado, se había dejado barba y llevaba unas gafas con montura gruesa y oscura. Nos abrazamos durante mucho tiempo sin decir nada, entre la baraúnda de la gente. Él me tocó los labios con la punta de sus dedos. Me besó en el pelo. Sopló sobre mis ojos cerrados. Entonces sentí que aquel instante era una tregua entre dos guerras, entre dos tinieblas, y que la paz que me daba Claudio no podía ser comparada con ninguna otra emoción. Solo algunas drogas analgésicas han podido calmarme luego con la misma intensidad que aquel encuentro. A Claudio le ocurrió algo parecido, porque al cabo de un rato, sin hablar aún, comenzamos a caminar juntos hacia la salida, y al ir a montar en el taxi nos dimos cuenta de que habíamos olvidado en el vestíbulo –terrenal, humano– las dos maletas que traía.

A través de un abogado, su madre había alquilado para él un apartamento distinto al anterior. Estaba más al norte, en Gold Coast, y tenía vigilancia las veinticuatro horas del día. Los muebles eran nuevos y completamente blancos: incluso de noche las habitaciones parecían luminosas. Estaba compuesto por un salón, al que se entraba directamente, un dormitorio, separado por un pequeño pasillo, y una cocina grande con *office*. Desde el salón podían verse los ventanales del edificio de enfrente, muchos de ellos iluminados y mal protegidos de las miradas privadas: hombres y mujeres desnudos, chiquillos corriendo, parejas fornicando en la cama o en los corredores. Un panóptico también carcelario: celdas sin barrotes, laberinto sin puertas ni muros, como aquel desierto de Borges en el que el rey de los árabes encerró al rey babilonio.

Claudio apagó nuestra luz, me llevó al dormitorio y me tumbó encima del colchón, que no tenía sábanas. Estuvimos tocándonos sin desnudarnos hasta que yo le ayudé a desabrocharse la bragueta y puse su verga entre mis piernas. Fue casi como el día que nos conocimos: él sacudió el cuerpo durante unos instantes, dobló el cuello hacia arriba y eyaculó apretando los labios para no gritar. Luego cayó sobre mi cuerpo. Le abracé. Una tregua entre dos guerras: el tiempo que queda atrás y el que está por venir. Permanecimos en silencio porque los dos teníamos miedo de hablar. Yo no quería preguntarle por los asuntos dolorosos y él no quería oír mis preguntas. El amor es siempre más perfecto si no hay palabras.

181

Claudio no había vuelto a sentarse a una mesa de póquer desde la noche de Detroit. No había vuelto a apostar en ningún juego. Me contó que no había sentido ninguna tentación de hacerlo: la vigilancia de sus padres, el temor al secuestro y el propósito de enmienda le habían paralizado completamente durante aquellas semanas. Todo lo que me contaba en las cartas –dijo– era cierto: me amaba y deseaba empezar de nuevo junto a mí. Deseaba olvidarse de Mateo, de Claudio y de todas sus vidas anteriores.

–Elige un nombre para mí –dijo.

Por la mañana deshicimos sus maletas, vestimos con sábanas la cama y buscamos un supermercado en el barrio para comprar provisiones. Yo no dejé de pensar en ningún momento –con remordimientos– en Adam Galliger, que estaría en Chicago aún hasta el día siguiente.

–Tienes que descansar –le dije a Claudio al mediodía, mientras terminábamos de comer en un restaurante italiano que había al lado de su casa–. Yo iré a la residencia a cambiarme de ropa y volveré por la noche. Puedo sacar entradas para el cine, si quieres.

–No te vayas –respondió–. No te vayas.

Tenía un aspecto abatido, anémico: los ojos hundidos con el cerco violáceo, los labios de color cárdeno, muy secos. Apenas había comido nada, tenía el plato todavía lleno con el tomate y la mozzarella. Se quejaba de los mismos síntomas digestivos que lo enfermaron antes del verano.

–Han sido unos meses horribles –decía apoyando la cabeza sobre el puño–. Los matones de Jarvis, la ansiedad de los exámenes, la amenaza de Almirón, las casas vacías, el miedo a perderte. Ahora todo va a ser distinto y volveré a sentirme bien.

Subimos a casa, me tumbé con él y esperé a que se

durmiera. Luego le escribí una nota y salí sigilosamente hacia el hotel de Galliger. No me detuve a mirar su sueño, no le besé para evitar que se despertara. Fue la última vez que lo vi. Ni siquiera llegué a despedirme de él.

No recuerdo de qué hablé con Claudio en el rato en que estuvimos abrazados en la cama, mientras se dormía, pero recuerdo a la perfección la conversación que tuve con Adam Galliger después de follar con él durante casi una hora. La recuerdo porque fui yo quien le conté ese día mis dudas morales sobre la sexualidad.

–Tengo un novio del que estoy enamorada. Acabo de reencontrarme con él ayer, después de todo el verano. Y sin embargo estoy aquí, contigo, follando.

Adam se había sentado sobre la almohada, con la espalda recostada en el cabecero. Tenía aún el semen en el vientre y su verga no había perdido del todo la erección.

–Yo tengo una esposa a la que amo.

–Harriet –dije.

–Harriet –repitió él.

–Siento remordimientos.

–¿Por qué? –preguntó–. Le amas.

«¿Por qué? Le amas», dijo. «¿Por qué? Le amas.» Después recordé esas palabras a menudo, hasta que un día, muchos años más tarde, cuando yo ya vivía en Madrid, se las repetí a un muchacho joven que me acababa de preguntar, en la cama, resollando aún, si no me sentía como una puta acostándome con otros hombres sin que mi marido lo supiera.

–¿Por qué? –respondí–. Le amo.

No era una repetición de las palabras de Adam, sino mis propias palabras. En aquel momento amaba realmente a Gonzalo, habría dado la vida por él. El chico insignificante que me había hecho la pregunta, sin embargo, lo único que podía ofrecerme era la musculatura de un cuerpo y la viveza sexual de su juventud. No había competencia ni conflicto.

—A veces tengo miedo de no saber bien lo que es el amor —le dije a Adam con demasiada sinceridad—. Tal vez no quiera a Claudio como creo que le quiero. Tal vez les pongo nombres equivocados a las cosas.

Adam se rió. Con un extremo de la sábana se limpió el vientre y luego se tumbó boca abajo, mirándome.

—Yo amo a Harriet —dijo—. Y también tengo remordimientos.

—Me dijiste que es muy difícil elegir a una sola mujer para amarla.

Sonrió, cerró los ojos.

—Yo también pongo nombres equivocados a las cosas.

—¿Todo el mundo es como nosotros, Adam?

Él se rió. Había comenzado a oscurecer. Me levanté y empecé a vestirme para regresar a tiempo al apartamento de Claudio. Adam se dio la vuelta. Tenía de nuevo una erección.

—No te vayas aún —dijo—. El amor nunca es eterno.

Me quité la ropa y me tumbé a su lado.

Llegué al apartamento de Claudio a las ocho de la tarde. Llevaba un bolso grande con algo de ropa, un libro y un neceser de aseo. El conserje, que no era el del día anterior ni el de la mañana, me preguntó adónde iba, anotó mi nombre en un registro y me dejó entrar.

Claudio no estaba en casa. Esperé durante dos o tres minutos, tocando el timbre, pero no acudió a abrirme. Volví a bajar y entré otra vez en el restaurante italiano en el que habíamos comido. Estaba vacío. Me senté a una de las mesas y pedí un refresco para hacer tiempo. Treinta minutos después, fui de nuevo al edificio. El conserje me informó de que Claudio no había regresado. Le pedí que, cuando lo hiciera, le diese el recado de que estaba esperándole en el restaurante. Volví al restaurante, me senté a la misma mesa y me puse a cenar sin prisa. La ausencia de Claudio solo me inspiró una suave extrañeza, pues no habíamos acordado nada concreto y era normal que él actuara con libertad. Quizá se había despertado con energía y había decidido salir a dar un paseo o a comprar algo.

Terminé la cena sin que Claudio hubiera llegado y tomé dos cafés para alargar la espera. En el restaurante solo había otra mesa ocupada por un hombre anciano que llevaba gabardina, a pesar de la temperatura, y comía con ella puesta. A las diez de la noche pagué la cuenta y anduve de nuevo hacia el edificio de Claudio. El conserje me aseguró que Claudio no había entrado ni salido en ese lapso, pero me autorizó a subir para comprobarlo. Toqué el timbre una vez más durante un minuto. Apoyé la oreja en la puerta y traté de distinguir algún ruido, alguna voz. Al cabo de un rato me marché y le dejé a Claudio otro mensaje en la conserjería, pidiéndole que me telefoneara a la mañana siguiente a la residencia.

Al salir a la calle tuve la tentación de montarme en un taxi y pedirle al taxista que me llevara al hotel de Adam. Tenía mi ropa limpia, mi cepillo de dientes, mi perfume. Pero de repente sentí repulsión por ese pensamiento: ¿en qué tipo de persona me había convertido, qué monstruo me estaba devorando por dentro?

Caminé hasta el metro y llegué a la residencia antes de que cerraran. Abrí un cuaderno nuevo que había traído de Madrid, pero al final no anoté nada en él. En el cajón de mi mesa tenía un papel de cartas especial, verjurado, con mis iniciales impresas en una esquina. Comencé a escribirle una carta a Adela en la que le hablaba de mis conflictos amorosos, de mi sentimiento de culpa y de mi falta de escrúpulos en asuntos sexuales. Le contaba más detalles de mi relación con Adam –en Madrid solo le había explicado que era «el hombre de las rosas» para que entendiera que no podía recibir sus cartas en mi casa– y de mis infidelidades anteriores. Y mientras escribía de estas cosas me vino de improviso una idea paranoica: Claudio me había seguido hasta el hotel de Adam y había descubierto mi traición. Por eso no quería volver a verme. Por eso se había marchado de casa o se negaba a abrirme la puerta. Por eso había decidido dejar de amarme.

La ocurrencia era disparatada, porque yo misma había dejado a Claudio durmiendo en su cama, rendido, y porque al hotel había entrado discretamente. Pero a pesar de ello me corrió un hilo de hielo por el espinazo. ¿Conocía Claudio mi promiscuidad? ¿Se había enterado de alguna forma de mis encuentros con Adam o con otros hombres? ¿Iba a desaparecer de mi vida sin darme al menos la posibilidad de explicarle mis sentimientos?

Me acosté sin terminar la carta y dormí sobresaltada, entre pesadillas. A las ocho de la mañana me despertó la hermana Clare Marie para decirme que un inspector de policía estaba esperándome abajo, en la recepción. Durante un instante creí que era la continuidad del sueño, los trazos deformes de la pesadilla, pero la hermana Clare Marie, que siempre sonreía, me sacó de la confusión.

Me vestí deprisa, sin ducharme, y revisé la habitación por si había algo que debía hacer desaparecer. No era la primera vez que la policía me interrogaba, lo había hecho ya en dos ocasiones para preguntarme sobre el tío Jaime, y yo conocía bien, además, las penurias inquisitoriales de mi padre, que había sufrido sospechas sin fundamento en esa investigación.

−¿Habla usted inglés? −me preguntó el inspector, que era muy joven y llevaba una indumentaria moderna poco policial.

−Perfectamente −le respondí en inglés, esmerando mi pronunciación.

−Claudio Silvela ha sido asesinado −dijo a bocajarro−. Creo que era su amigo.

La noticia me produjo un alivio abominable: lo primero que pensé es que Claudio no sabía nada de mis encuentros con Adam, que había desaparecido por otra causa. Luego fui consciente de lo que acababan de comunicarme realmente y sentí un mareo.

−¿Qué quiere decir que le han asesinado? −pregunté.

−¿Era su amigo? −insistió el inspector.

No entendí el sentido exacto que quería darle en aquel contexto a la palabra «amigo», pero le respondí sin ambigüedad:

−Éramos novios. Estábamos juntos. Él vivía en Washington y yo en Madrid, acabábamos de reencontrarnos después del verano.

−¿Le vio ayer?

−Sí. Pasé la noche en su casa y luego salimos a hacer unas compras y comimos juntos. Le dejé durmiendo, y más tarde, cuando volví, ya no me abrió la puerta −le expliqué sin titubeos−. Pero mi familia no puede saber nada de todo esto.

El inspector estaba acompañado de otro hombre que permanecía detrás de él, callado. La hermana Clare Marie se había retirado.

—¿Notó ayer algo raro en su comportamiento?

Hice una pausa para pensar lo que debía responder. La historia de Claudio era demasiado convulsa como para esconderla entera, pero nadie sabía cuánto sabía yo de ella exactamente. A pesar de eso, decidí contarle al inspector una parte de la verdad: la ludopatía de Claudio y las deudas con los prestamistas. Solo oculté, a este respecto, mi encuentro en South Chicago con el hombre de la nariz partida y el acuerdo al que habíamos llegado.

Cuando acabé mi relato, el inspector sonrió y anotó un par de cosas en una libreta. Me miraba como si no creyera ni una palabra de lo que acababa de contarle.

—Mark —dijo dirigiéndose al otro hombre—, al chico lo mató Al Capone. Caso resuelto.

Me ofendió esa burla inoportuna y poco ingeniosa, pero no dije nada.

—¿Y ayer? —volvió a preguntar el inspector—. ¿Vio algo extraño? ¿Le contó él algo sospechoso?

—No —respondí—. Hablamos de planes para el futuro. Él había compuesto este verano muchas canciones y quería llevarlas a una compañía discográfica. Hablamos también de su adicción al juego. Me juró que se había curado.

—¿A qué hora se separaron?

—Después de comer —afiné el recuerdo para ser más precisa—: A las dos de la tarde.

—Cuando se separaron, ¿usted adónde fue?

—¿Creen que le maté yo? —pregunté asustada.

—Nunca creemos nada.

—¿Cómo le mataron?

El inspector se encogió de hombros y sonrió de nuevo, esta vez con amabilidad.

—No puedo responderle a eso.

—¿Fue en el apartamento?

–No puedo responderle a eso –repitió–. Lo siento. ¿Adónde fue usted cuando se separaron?

A lo largo de mi vida profesional como investigadora privada he ido aprendiendo que los interrogatorios simples son los más eficaces: a través de ellos se descubren las contradicciones, los miedos y los secretos inconfesables. A veces ofrecen pistas falsas y convierten en sospechoso a un inocente, pero los inocentes siempre acaban salvándose.

–Vine caminando despacio hasta aquí –dije–. Pasé por el Navy Pier.

–En el Navy Pier no hay nada interesante ahora.

–A mí me gusta. Me gustan los lugares decadentes.

El inspector se levantó de la silla y guardó la libreta en el bolsillo trasero de sus pantalones. Intercambió una seña con el otro hombre, que asintió.

–Debo pedirle que permanezca en Chicago durante los próximos días.

–Soy sospechosa, entonces –dije–. ¿Cree que tengo que buscar un abogado?

El inspector me miró con complicidad.

–Yo sospecho más de Al Capone –dijo–, pero un abogado siempre es una buena idea.

Cuando se fueron, subí a la habitación, cerré la puerta con llave y me tumbé en la cama a llorar. Mordí un pañuelo para evitar que se oyeran mis sollozos. Claudio estaba muerto.

Hice lo que la tradición dice que hay que hacer cuando se siente una piedra dentro del corazón o una rata en el pecho devorándolo: bebí hasta perder el conocimiento, hice planes para suicidarme y me entregué luego a un hombre que conocí en un bar cabaret de la ciudad al que no había ido nunca antes. No recuerdo nada de aquel hombre. Ni su rostro, ni su casa, ni lo que hizo conmigo. Le pedí que me diera drogas, pero él, como yo, nunca había tomado nada y no tenía el teléfono de ningún camello. Seguí bebiendo: mezcal, vodka, ron cubano.

El día antes le había dicho a Adam, mientras estábamos en la cama, que tenía miedo de no saber bien lo que era el amor. Ahora ya lo sabía. Le había dicho que tal vez le ponía un nombre equivocado a lo que sentía por Claudio. Ahora ya sabía que le ponía el nombre exacto. Cuando he oído luego a alguien mostrar dudas acerca de sus propios sentimientos, le he dado un consejo: «Piensa que esa persona a la que amas está muerta. Piensa que mañana estará muerta. Que no la volverás a ver.» Esa prueba siempre sirve para resolver la duda.

Rompí la carta que había empezado a escribirle a Adela y empecé otra en la que le contaba todo. Le hablaba de Hugo, de mi juventud malaventurada, de mis experimentos sexuales y de cómo la muerte de Claudio había puesto fin a todo eso.

Durante una semana estuve escribiéndole cartas larguísimas que enseguida metía en un sobre y le enviaba. En ellas estaba toda mi vida. Adela nunca me contestó.

A la mañana siguiente, en cuanto me desperté, llamé a la tía Lidia y le pedí que viajara a Chicago para acompañarme. Busqué a Jayden y a Sebastián, que no sabían nada de la muerte de Claudio, y les conté sin dejar de llorar toda la peripecia. Me ofendió que la primera reacción de Jayden fuera de agasajo sexual, de abuso. Los hombres se comportan a menudo como gorilas sin sentimientos y sin sentido ceremonial. Y sin instinto utilitario, porque si Jayden había tenido posibilidades de acostarse conmigo alguna vez, las perdió todas en ese momento.

—¿Vosotros conocíais su adicción? —les pregunté.

Sebastián hizo una mueca con los labios y separó las manos.

—No con demasiado detalle —dijo—, pero era imposible no saberlo. Al principio nos invitaba a algunas timbas. Luego ya se dio cuenta de que no era nuestro estilo y de que no teníamos dinero para esos lujos.

—¿Qué vas a hacer ahora? —preguntó Jayden.

No entendí lo que quería decir. Quizá seguía cortejándome.

—Obedecer a la policía. Esperar.

La tía Lidia llegó esa misma noche y reservó una habitación doble para que estuviéramos juntas. En cuanto me abracé a ella, volví a llorar sin consuelo. Sentí la piedra en el corazón, la rata devorándolo.

Después, para distraerme del dolor, me habló de otros males. Me contó que el tío Jaime seguía fugado de la justicia y que en la prensa española continuaba el escándalo, porque al parecer se había descubierto la complicidad de un exministro en la huida. Mi madre se había refugiado en la casa de Cádiz hasta que pasara la tormenta.

Me hizo repetirle toda la historia punto por punto.

—¿Fue él quien te envió las flores?

Mi madre se lo había contado y le había pedido que me vigilara para averiguar algo. Tuve que mentirle:

—No. Las flores me las envió un loco al que me presentaron en una fiesta. Uno de esos millonarios caprichosos que se creen dueños de todo.

—He hablado con un abogado de la ciudad que me han

recomendado –dijo ella–. Tenemos cita mañana a primera hora.

–El inspector también me recomendó que hablara con un abogado.

–En este país conviene estar prevenido.

–Tía, tú no pensarás que lo he matado yo, ¿verdad?

La tía Lidia se echó a reír.

–No creo que fueras capaz de matar a nadie. Pero como te interesan tanto los asesinos en serie y los locos de todas las calañas, no lo descarto.

Esa noche tomé un somnífero que me dio la tía Lidia, pero a pesar de ello no pude dormir. Me quedé encogida en la cama, llorando sin hacer ruido y tratando de borrar de mi cabeza las imágenes tétricas de Claudio. Dicen los científicos que el cerebro permanece activo después de la muerte. Es decir, que una persona que ya no está viva tiene tiempo aún –a veces más de una hora– para pensar. Para recordar. Para imaginar. Alguien que acaba de ser asesinado puede pasar sus últimos minutos de consciencia tratando de averiguar quién lo hizo. Tal vez los asesinos deberían hablarles a los muertos para tranquilizarles, para que se marcharan sin incertidumbres, porque la incertidumbre, en la eternidad, puede ser devastadora.

¿En qué pensó Claudio durante esos minutos? ¿Se acordó de mí, de las canciones que había escrito para hablar de nuestra vida juntos? ¿Se arrepintió de algo, sintió compasión de mi suerte? Nadie sabe nunca en qué piensan los muertos. Pero nadie sabe tampoco realmente en qué piensan los vivos.

A Claudio lo habían matado en la cama, de un balazo en el corazón, con una pistola sofisticada –de fabricación soviética– que disparaba proyectiles muy pequeños pero letales. Era un arma de espías y de asesinos a sueldo, según la policía. En el apartamento no había ningún signo de violencia. Solo encontraron las huellas de la mujer de la limpieza, las de Claudio y las mías. El inspector volvió a interrogarme hasta tres veces. El abogado –y la presencia de la tía Lidia los primeros días– evitó que telefonearan a mis padres para informarles y para recabar información: yo era mayor de edad y plenamente responsable de mis actos.

En los interrogatorios mantuve siempre con minuciosidad la misma versión. Conté que conocía los problemas de Claudio con el juego, pero no expliqué que yo misma había visitado a sus acreedores y había pagado una parte de la deuda. No dije tampoco nada acerca de la identidad falsa y de la persecución política de Gastón Fernández. Y mantuve silencio sobre mi encuentro con Adam Galliger en esas horas en las que Claudio había sido asesinado.

La hora del fallecimiento señalada por los forenses –entre la una de la tarde y las ocho de la noche– no me exculpaba definitivamente, pero limitaba mucho las posibilidades de mi culpabilidad. El conserje había registrado con exactitud mis horarios y mis recados, de los que dio testimonio ante la policía. También declaró que en el edificio, que contaba con ciento cincuenta y ocho apartamentos, no había entrado ninguna persona sospechosa durante esas horas: muchos de los vecinos estaban aún de vacaciones y había sido una tarde tranquila.

El segundo día coincidí con Graciela Guzmán en la oficina de policía y me acerqué a hablar con ella. Se echó a llorar antes de que pudiéramos saludarnos. Yo, contagiada, comencé a llorar también. «Lo siento», me dijo. «Le quise mucho», dije yo, como si fuera una disculpa o una justificación. Quería preguntarle quién le había matado, qué sabía ella del asesinato, pero no me atreví.

–¿Qué van a hacer con el cadáver? –pregunté–. ¿Podré llevarle flores alguna vez?

Me acordé entonces de Adam Galliger e imaginé una tumba cubierta de rosas rojas.

–No habrá tumba –dijo Graciela secándose las lágrimas con la punta de un pañuelo que llevaba en la mano–. En cuanto nos entreguen el cuerpo lo incineraremos. Ya no hay tierra para nosotros –añadió enigmáticamente, y enseguida explicó el sentido–: Ya no tenemos tierra donde morir.

Deduje de aquellas palabras que Claudio le había contado que yo estaba al corriente de sus secretos. Pero tal vez era solo la abdicación que trae el dolor, el desistimiento. No le pedí su dirección ni le di la mía.

Cuando la policía me autorizó a abandonar Chicago, me fui a Atlanta con la tía Lidia a esperar que comenzara el curso. Intenté distraerme con las atracciones de la ciudad, leyendo libros insustanciales y viendo por las noches los programas de televisión más frívolos de la época. Llegué incluso a acompañar a la tía Lidia en un viaje a Río de Janeiro, donde me acosté con dos hombres para tratar de recobrar el deseo erótico. Pero no había nada que me librara de la tristeza. Estaba segura de haber perdido la única oportunidad de ser feliz en la vida. El desamor, en la juventud, tiene siempre ese dramatismo novelesco.

En Chicago empecé a acudir a la consulta de un psicólogo que alguien le había recomendado a la tía Lidia y que pagaba ella para evitar que mis padres se enteraran de mis desventuras. Es la única vez en mi vida que he estado en terapia, y solo me sirvió para decidir que nunca ejercería

194

profesionalmente como psicóloga clínica. El terapeuta, que no estaba adscrito a ninguna corriente teórica, era un pobre hombre que repetía sin sentido dictámenes y admoniciones acerca de la conducta y del control del pensamiento. Su consejo más insistente era que dejase de pensar en Claudio y buscara a otro chico del que enamorarme. Al cabo de dos meses, fingí que estaba curada de mi melancolía para que me diera el alta con el permiso de la tía Lidia. Pasaba las noches llorando y recordando a Claudio. Dejé de ir a la biblioteca, de investigar sobre experimentos psicológicos o sobre asesinos y de estudiar los temarios del curso. Suspendí –también por primera vez en mi vida– tres asignaturas. Agrié mis relaciones sociales: abandoné a algunos amigos y comencé a comportarme con antipatía en las reuniones y en las sesiones académicas. Le escribía cartas de compromiso a mi madre y cartas más sinceras a Adela, que casi nunca me contestaba (luego supe que fue en esa época cuando empezó a pincharse heroína y a desentenderse del mundo anterior).

A finales de noviembre recibí en la residencia una rosa roja de tallo largo sin remitente. Desde el viaje a Río de Janeiro no me había acostado con ningún hombre ni tenía la tentación de hacerlo, pero el recuerdo de Adam me reavivó las glándulas sexuales muertas. Pasé dos horas en mi habitación deliberando si debía ir al hotel a verle. Mi ánimo, como en cada uno de los días de las últimas semanas, era áspero y huidizo, pero a pesar de eso tomé la decisión –medicinal– de acudir al encuentro de Adam. En las situaciones de depresión, el contacto sexual actúa siempre como desbloqueante, incluso en los casos en los que el desempeño erótico es funesto.

Esta vez, Adam me esperaba vestido: traje de tres piezas, corbata, gemelos de joyería, zapatos relucientes.

—Es la hora de la cena —dijo—. Tenemos mesa en el Montecarlo. En un reservado en el que no nos verá nadie, puedes estar tranquila.

Me gustó esa cautela excesiva e innecesaria. Yo no tenía ya ningún reparo en que me vieran en público con él, no le debía lealtad a nadie. Me gustó también —aquel día— que no buscara mi cuerpo, que cogiera mi mano como si fuera únicamente un gesto afectuoso.

—Claudio ha muerto —le dije.

Él se quedó quieto. Sostuvo mi mano y ladeó un poco la cabeza, sin afectación. Dejó que el silencio se alargara. Luego me besó en la frente, como si fuéramos hermanos o viejos amigos.

—¿Quieres que nos quedemos aquí? —preguntó.

Negué con la cabeza. De repente me sentí confiada, invulnerable.

Estuvimos en el reservado del Montecarlo hasta la madrugada, y allí le conté a Adam toda la historia de Claudio. No tuve miedo de llorar delante de él, de desmoronarme. Era la primera persona a la que podía confesarle las partes oscuras, los días del burdel, las miserias. Siempre he tenido más intimidad con mis amantes que con los hombres a los que he amado. Es más fácil hablar con un extraño del que no se espera nada.

Fue Adam, aquella noche, quien me animó a investigar el asesinato de Claudio. «Estás deseando buscar al asesino, pero no te atreves a hacerlo», me dijo. De repente me di cuenta de algo que me atormentó: me interesaba más el criminal que la víctima. Claudio estaba muerto, ningún acto iba a devolverle la vida, no había venganza ni retorno posible. Era la primera vez, sin embargo, que yo tenía cerca a un asesino real. La primera vez que podía aproximarme a la mente del monstruo y entrar en ella.

En esa muerte –en todas las muertes violentas– estaba la verdadera conducta humana que yo soñaba con desentrañar.

–No puedo buscar al asesino. Quizás está muy lejos –dije pensando en Almirón, que vivía en España–. O si está aquí, en Chicago, podría matarme también a mí.

–¿Tú de quién sospechas? –preguntó Adam, como si fuera una conversación intrascendente. Recordé las especulaciones criminológicas que hacíamos Claudio y yo cuando nos poníamos a estudiar algún caso policial sin resolver, y me imaginé cómo habría sido una charla con él sobre su asesinato.

–Creo que le mataron los argentinos.

–¿Qué argentinos? –preguntó Adam–. ¿Los buenos o los malos?

Lo miré con extrañeza.

–¿Quiénes son los buenos y quiénes son los malos?

–Quizás es difícil saber quiénes son los buenos –respondió–, pero es muy fácil saber quiénes son los malos.

–Le mataron los argentinos malos –dije–. Los hijos de puta.

Yo había fingido ser comunista a los quince o a los dieciséis años para irritar a mis padres. Había llegado a afiliarme a una organización obrera, leninista, que perseguía la destrucción del capitalismo y ensalzaba la lucha armada de los hombres y las mujeres libres. En esa época ya era solo una pequeñoburguesa con conciencia y sentimiento de culpa. Adam era algo parecido. Apoyaba todas las causas del Partido Demócrata y de vez en cuando renegaba retóricamente de su clase social.

Sin entrar en consideraciones ideológicas, comenzamos a destripar los hechos o las hipótesis. Claudio se había marchado de Chicago antes del verano apresuradamente y había estado oculto en ciudades extrañas hasta su regreso. Era improbable –era imposible– que los prestamistas hubieran tenido conocimiento de su ubicación, y cuando le mataron estaba recién llegado a la ciudad. No había dado tiempo a ninguna pesquisa. Sus métodos, por otra parte, no eran tan refinados. ¿Cómo habían entrado en la casa sin dejar ninguna señal de asalto ni de violencia? ¿Cómo habían conseguido esa pistola rara, sofisticada? Mi razonamiento era candoroso, porque las mafias de Chicago eran mucho más cosmopolitas de lo que yo imaginaba, pero había algo de lógica en él.

Los argentinos gubernamentales de Raúl Alfonsín –los argentinos buenos– no habrían sido capaces de ejecutar un crimen disparatado como aquel. En primer lugar, porque a quien buscaban era a Gastón Fernández, no a su hijo; y en segundo lugar porque no me cabía ninguna duda de que jamás se habrían atrevido a cometer un asesinato en territorio de Estados Unidos.

Rodolfo Almirón, en cambio, no tenía escrúpulos ni ley que respetar. Su propósito era la venganza. Pero tampoco era fácil comprender cómo había localizado a Claudio. Si habían seguido a la familia desde su huida de Washington, ¿por qué elegir a Claudio y no al propio Gastón, que era a quien se le debía la muerte? ¿Por qué esperar hasta su regreso a Chicago y no dispararle en cualquiera de las ciudades en las que habían estado? Y aún más dudas: ¿cómo habían conseguido entrar en la casa sin que les viera el portero y sin dejar rastro?

Ninguna de las tres presunciones era razonable, pero, de las tres, la que tenía menos adivinanzas –y por lo tanto menos inconsistencias– era la de Almirón. Había una cuarta posibilidad inquietante: que Claudio me hubiera mentido y hubiese estado participando en timbas secretas durante el verano. En Nashville o en Washington, antes de volver a Chicago. Quizás había contraído nuevas deudas y sus acreedores le habían seguido el rastro hasta que, apartado por fin de la seguridad de sus padres, habían podido matarle con facilidad. Pero también había muchas incoherencias que convertían esa hipótesis en inverosímil: ¿unos prestamistas matan a un deudor tan atropelladamente, sin darle tiempo a reunir el dinero, sin asustarle antes con una paliza o una amenaza seria? Y de nuevo la incógnita del apartamento: ¿cómo habían conseguido entrar sin ser vistos y sin dejar huella?

–La clave del misterio está en el apartamento. Si la policía consigue averiguar cómo entraron allí sin que nadie los viera, se resolverá el caso.

–En realidad la principal sospechosa eres tú –dijo Adam, con ironía–. Estuviste con él en su apartamento a una hora en la que pudieron matarlo, y no tienes coartada para las horas siguientes.

–Sí tengo coartada. Estuve contigo en el hotel.

–Tal vez cuando llegaste al hotel le habías matado ya. Fuiste tú la única que pudo entrar en el apartamento sin levantar sospechas.

–Es posible que tengas razón –dije bromeando entre la tristeza–. ¿Sabes que hay crímenes en los que el asesino no recuerda nada? En los años cincuenta, en París, una mujer fue asesinada en su casa. La policía hizo pesquisas, pero no descubrió ninguna pista y cerró el caso al cabo de unos meses. Su marido, sin embargo, contrató a un detective para que siguiera investigando. La amaba tanto que no se resignaba a que su muerte quedara sin culpable.

–Y el culpable era él –adivinó Adam.

–Exactamente. Es uno de mis casos criminales favoritos. Se llamaba Jean-Paul Michelet. Lo mejor de la historia es que nunca consiguió recordar por qué la había matado.

Estábamos en el reservado. Ya habíamos acabado de cenar hacía mucho rato y teníamos en una hielera una botella de champán de la que íbamos sirviendo las copas cuando se vaciaban. Los camareros nos habían dejado solos. Adam dijo entonces algo que cambió mi vida.

—Solo tú puedes descubrir quién mató a Claudio. La policía nunca va a hacerlo.

Era una afirmación arbitraria y sin sentido, pero por un instante la creí. Adam lo había dicho —como decía tantas otras cosas— para agradarme o para resultar ingenioso. No lo pensaba realmente. Sin embargo, logró que durante un relámpago de tiempo yo sintiera que para mí era un deber investigar la muerte de Claudio.

—¿Tú crees que hay otra vida? —le pregunté. Adam se encogió de hombros y bebió de la copa. Luego asintió—. ¿Y crees que los muertos nos siguen viendo?

—Es posible —dijo, con una modulación de ebriedad—. Si no, no tendría sentido esa nueva vida.

—Yo amaba a Claudio. ¿Crees que podrá perdonarme que esté hoy aquí contigo? ¿Podrá perdonarme que me haya acostado con otros hombres?

Adam se rió y apuró la copa. Se levantó de la silla, rodeó la mesa y se puso detrás de mí. Acarició mi esternón y después metió los dedos en el sujetador hasta llegar a los pezones. Yo miré hacia la puerta, que estaba cerrada. Me moví en la silla, pero él me sujetó y me besó en la nuca.

—Justo ahora Claudio no te está viendo —dijo a mi oído, susurrando.

Cerré los ojos y separé suavemente las piernas. La voluntad del cuerpo acaba venciendo siempre a la voluntad del corazón. Por eso el corazón también forma parte del cuerpo. La vagina llega hasta él.

Al día siguiente, temprano, fui a la oficina de policía y pedí cita con el inspector, que me recibió sorprendido. Le expliqué que quería saber cómo marchaban las investigaciones.

–¿Y por qué quiere saberlo? –preguntó.

–Claudio era mi novio –respondí casi ofendida.

El inspector me miró con curiosidad. Después se levantó, cogió una gorra de béisbol que tenía colgada de un clavo de la pared y me pidió que le acompañara. Caminamos tres manzanas hasta un bar vacío, cerrado aún al público, en el que el encargado estaba limpiando el suelo de madera. El inspector y él se saludaron y luego pasamos al fondo, a una sala pequeña donde estábamos solos.

–Es mi oficina secreta –dijo el inspector.

–Me gusta.

–Usted sigue siendo la única persona que pudo matar a Claudio –dijo sin preámbulos–. No está detenida porque sé que no lo hizo. Hemos estado husmeando en su vida y no creo que sea capaz ni de saber dónde está el gatillo de una pistola. Además, es la única que no tiene un móvil convincente. Y, por último, mi intuición me asegura que no es usted. Hay asesinos exhibicionistas que vuelven inmediatamente al lugar del crimen, que se ofrecen a la policía para investigar y que se ponen en el centro de todas las miradas, como ha estado haciendo usted desde el principio. Pero no creo que sea de esa clase de personas.

–¿No soy sospechosa, entonces?

El inspector negó con la cabeza.

–Más de la mitad de los casos de asesinato quedan sin resolver –dijo–. Me temo que este será uno más de ellos. Es imposible comprender cómo pudieron entrar en la casa; es imposible rastrear un arma tan extraña; y es imposible identificar a todas las personas que tenían razones para matar a Claudio: los prestamistas de South Chicago, los enemigos que tenía en todos los garitos de juego de la ciudad o los argentinos que habían amenazado a sus padres.

—¿Qué argentinos? —dije fingiendo desconcierto—. Él nunca me habló de eso.

—Es una historia complicada. No tiene mucho sentido. Es mucho más probable que lo hicieran los chicos de Al Capone. Al parecer era un tramposo profesional. Un fullero.

—Los tramposos nunca pierden.

Al inspector le gustó mi observación. La aprobó con un gesto.

—Debía de ser un tramposo inexperto —dijo—. Un bisoño.

—¿Cree que lo mató uno de ellos?

—Sinceramente, no —respondió sin vacilar—. Tampoco lo creo. Ese tipo de enemigos pueden pegarte una paliza o darte un navajazo en una timba, pero no tienen la habilidad de entrar en tu casa y dispararte en el corazón con silenciador. Es un trabajo de profesionales.

—¿Hay algo que yo pueda hacer para ayudarles?

El inspector negó.

—Solo si recuerda algo que hubiera olvidado cuando declaró. Cualquier cosa, por insignificante que le parezca, puede servir de indicio.

—¿Es cierto que más de la mitad de los asesinatos que se comenten quedan sin resolver?

—Sí. Matar es demasiado fácil.

—Yo quiero que este se resuelva —dije con soberbia.

El inspector se rió entonces a carcajadas. Me hizo un gesto que podía ser de ternura o de burla.

—A la orden —dijo.

El champán se ha acabado y Adam llama de nuevo al camarero para que traiga más. Irene mueve la silla para estar más cerca de él, para hablar en voz baja.

—¿Por qué, Mister Cary Grant? —pregunta.

Adam sonríe ligeramente, y, al hacerlo, los pliegues de la vejez que siempre manchan el labio superior desaparecen.

—Ya te lo dije antes: la vida nos vuelve feroces y vulnerables.

Irene permanece inmóvil. Sabe que, si espera, Adam continuará hablando. Él tiene los ojos húmedos, la mira fijamente.

—Yo te quise mucho —afirma—. Lo sabes, ¿no? Estuve enamorado de ti. Eras la mujer más hermosa de la Tierra.

Irene no se atreve a interrumpirle. No cree que lo que Adam está diciendo sea cierto, pero ella nunca lo amó de esa manera y no puede competir en esos requiebros.

—Me enamoré de ti y años más tarde me enamoré de otra mujer en Nueva York —continúa—. La segunda mujer más hermosa de la Tierra. Me acosté con centenares de mujeres. Con putas, con catedráticas de filosofía, con astronautas e incluso con la esposa de un presidente de los Estados Unidos.

—Uno de mis profesores solía decir que la promiscuidad es sabiduría —bromea Irene, pero adivina enseguida el rumbo hacia el que va todo—: Te acostaste con todas las mujeres del planeta, pero siempre te quedaste al lado de Harriet.

—Sigues siendo la mejor detective del mundo —dice Adam con aprobación—. Siempre me quedé al lado de Harriet. Y ahora, con los años, no estoy seguro de que Harriet se haya quedado a mi lado todo este tiempo.

—¿Qué quieres decir? —pregunta Irene—. Sigue en tu casa, contigo.

—Sí, eso lo sé. Pero si más de un ochenta por ciento de los seres humanos han traicionado a quienes amaban, tal vez Harriet también lo hizo.

Irene lo mira con estupor y vuelve a acercar la silla más hacia su lado. Sirve champán en las copas vacías.

—¿Es eso lo que te preocupa? ¿Que Harriet te haya engañado a ti?

Adam pide perdón con los ojos. Irene suelta entonces una carcajada operística, y el camarero, que ha vuelto a ocupar su lugar en un rincón de la sala, junto a la puerta, pierde un poco la compostura.

—No es por la razón que piensas —se defiende Adam—. No es por orgullo herido. No es por celos. —Hace una pausa. Irene espera, no aparta la mirada de él—. Se trata de todo lo contrario. De miedo. Es únicamente miedo.

Irene entiende lo que quiere decir, pero a pesar de ello le pregunta:

—¿Qué quieres decir?

—Me asusta la idea de haber pasado toda la vida al lado de una mujer que hubiera dejado de amarme —dice—. Me asusta que no me ame ahora, que recuerde a otro hombre y tenga la duda de si debió abandonarme para marcharse con él.

—¿Como hiciste tú con otras mujeres?

Adam la mira con mansedumbre.

—Contigo —dice—. Ella lo sabe, se lo dije un día. Habíamos discutido por una cosa sin importancia. Ella estaba acusándome de que me había comportado con grosería al saludar a la mujer de un embajador en una fiesta y yo se lo rebatí. Harriet insistió y me puso más ejemplos de descortesías parecidas que yo había cometido en las últimas semanas. Yo le repliqué que ojalá ella tuviera alguna vez una descortesía, porque su conducta pública era más fría que el hielo. Fuimos agrandando las acusaciones y el tono de voz, y al final, encolerizado, le dije que tenía que haberme ido contigo. Le dije que eras la mujer que yo necesitaba realmente. —Adam hace una pausa larga. Bebe de la copa, que está casi llena. Aunque es el final

de la noche, la mesa está ordenada, casi limpia. *Irene continúa inmóvil*—. Se marchó de casa llorando. No volvió en toda la noche, nunca había hecho algo así. Yo me asusté mucho, pero no me atreví a llamar a la policía. Salí a buscarla con el coche. Lloré como un niño. Harriet regresó al día siguiente. No dijo nada. Yo tampoco. La besé, nos abrazamos. Durante varios meses, yo dejé de ver a otras mujeres. Luego empecé a hacerlo de nuevo, pero nunca volví a pensar en abandonar a Harriet.

Adam se calla. Cierra los ojos un instante.

EXPEDIENTE M-33-R

Nombre del investigado: Eliza Lockets
Edad: 41 años
Estado civil: Casada
Localidad: Portland (Oregón)
Equipo de investigación: Joseph Sheepdog (detective)
Periodo de investigación: 105 días (1 de febrero de 2017-
16 de mayo de 2017)
Fecha del informe: 3 de junio de 2017
Resultado: Positivo, a la espera de confirmación

Eliza (apellido de soltera Sánchez), la investigada, tiene cuarenta y un años, hispana, casada con un hombre, Don, de cincuenta y tres, caucásico. No tienen hijos en común, pero él tiene uno, Robin, veinticinco años, del primero de sus dos matrimonios anteriores. El contrato matrimonial, firmado el 28 de marzo de 2014 ante un notario de Filadelfia, contempla la separación de bienes. Don tiene un patrimonio valorado aproximadamente en dos millones y medio de dólares entre inmuebles, acciones y efectivo. El patrimonio personal de Eliza no llega a los quince mil dólares, doce mil de los cuales se encuentran en un depósito a plazo fijo en Wells Fargo & Company. Viven en un condo de 1.800 ft^2, en Washington Square West, propiedad del padre de Don (viudo), que vive en el condo contiguo.

Durante toda la duración del seguimiento, el hijo no los ha visitado ninguna vez, aunque está alojado, solo, en un estudio en Beaverton, apenas a una hora a pie. Sí se encuentra en alguna ocasión con su abuelo para almorzar –paga el abuelo; a pesar de las escuchas, no se ha obtenido ninguna información significativa, el joven habla poco, es sobre todo el abuelo quien cuenta historias siempre presuntuosas de su pasado, la mayoría de cuando vivió en Francia y Alemania–. Robin acude una vez a la semana a una sesión de psicoterapia con una terapeuta afroamericana (hippie trasnochada, lesbiana, activista LGTBIQ, con antecedentes por ocupación ilegal y resistencia a la autoridad) que ha rechazado con desconfianza manifiesta nuestros intentos de acercamiento. Decidimos suspender provisionalmente el seguimiento de Robin y concentrarnos en vías más prometedoras para acceder a la intimidad de la familia.

Don es ejecutivo en un consorcio especializado en superconductores. Viaja con regularidad a otros estados. Sus infidelidades son frecuentes (aunque no eran objeto de nuestra investigación, podemos atestiguar dos seguras y una probable en el tiempo de nuestros seguimientos).

Eliza –o Liz, como la llama su marido– es licenciada en Historia del Arte. Ha trabajado de secretaria en una galería, de relaciones públicas en otra, y encadena trabajos temporales, desde dependienta en una tienda de decoración a asistente de un diseñador de muebles. Actualmente no tiene trabajo.

207

Eliza hace *jogging* todas las mañanas; no se encuentra con nadie. Después regresa a casa, se arregla y saca a pasear al perro, un cocker spaniel de edad avanzada. El recorrido es siempre el mismo, alrededor de la cuadra; tampoco establece contacto con otras personas. Tiene una vida social activa, en la que su marido apenas participa. Los lunes se reúne a las seis de la tarde con su club de lectura (una de nuestras empleadas se unió al grupo; todos los miembros son mujeres, salvo un señor que nunca abre la boca ni interactúa con las demás). Los martes cena con tres amigas, siempre las mismas, a las que conoce de la facultad. Los jueves visita a su hermana, obligada a usar silla de ruedas debido a una enfermedad degenerativa.

Don y ella tienen una relación afable pero no apasionada; de vez en cuando salen a cenar con amigos. Las fotografías (adjuntas) muestran sonrisas entre ellos pero ningún contacto físico. Como el seguimiento tradicional no arrojaba nada interesante —ni una reunión a solas con un hombre o una mujer, ningún encuentro sospechoso—, en la agencia decidimos dar un paso más y comenzar a investigar lo que sucede en el interior de su vivienda. Nuestra unidad de seguimiento informático se apoderó de la pantalla del ordenador de Eliza y hackeó la cámara. La protección del sistema era casi inexistente, sin encriptado y con *firewall* desactivado. La contraseña de su correo electrónico está guardada, de forma que cualquiera podría acceder a él, lo que indica que no contiene nada que le preocupe que sea descubierto.

Si hasta ese momento habíamos tenido la impresión de encontrarnos con una mujer equilibrada, de vida y hábitos sociales saludables, la imagen al entrar en su intimidad comenzó a cambiar.

A través de la cámara pudimos ver que, después del *jog-*

ging y de asearse, Eliza limpia la casa –ya sabíamos que el matrimonio no tiene servicio doméstico– y se sienta al ordenador. Lo habitual es que consulte el correo electrónico –de contenido banal– y envíe solicitudes de empleo. Después suele quedarse sentada ante el ordenador sin realizar ninguna actividad. Durante horas. No juega con el perro. Por la tarde, salvo que salga del apartamento, vuelve a sentarse ante el ordenador, contemplando la pantalla con la mirada perdida, a veces volviendo la cabeza hacia la puerta como si esperase la llegada de alguien, aunque durante días el único que llega es su marido (la saluda, no se acerca a besarla, ella no se levanta), después cenan (suelen encargar la comida), ven una serie, mantienen conversaciones inocuas, se acuestan en dormitorios separados. El de Eliza es también su despacho. Duerme mal. Consulta la hora varias veces cada noche. Toma Orfidal, pero no parece servirle de mucho.

Este detective debe confesar que en ninguno de sus seguimientos se había encontrado con alguien tan activo fuera de casa y tan abúlico en el interior. Durante tres semanas asistimos a ese no hacer nada horas y horas. A la imagen de ese rostro inexpresivo. Aunque accedimos a su historial clínico, no descubrimos indicaciones de depresión. Tampoco se medica, aparte de los somníferos.

También confesaré que estábamos a punto de suspender la investigación cuando una mañana Eliza se quedó mirando la puerta con expresión asustada. Empezó a llorar en silencio antes de que supiésemos por qué.

«No te vas a quedar ahí, ¿no?», dijo, fuera de cámara, su suegro.

«Se lo voy a contar todo a Don» (ella).

El suegro: «No le vas a contar nada, te quedarías en la mierda, en la más absoluta mierda. Venga, levántate.»

A continuación asistimos a un coito áspero. Ella se baja los pantalones, el anciano (ahora sí lo vemos) la penetra por detrás sin una palabra o una caricia. Termina. Ella se sube los pantalones y se queda mirando el ordenador con expresión tan vacía como un rato antes.

«No puedo más» (ella). «Es asqueroso.»

El suegro: «Habértelo pensado antes de tirarte a Robin.»

Ella: «No fue así.»

El suegro: «No fue así pero te lo tiraste.»

Ella: «Estaba mal.»

El suegro: «¿Él o tú?»

Ella: «No puedo más.»

El suegro: «Claro que puedes. No te hagas la santa. Y podrías poner algo más de tu parte cuando te visito.»

El suegro sale de la habitación. Ella llora.

Decidimos interrumpir nuestro trabajo. No sabemos si ustedes considerarán infidelidad lo que sucede entre suegro y nuera. Quizás entre en esa categoría lo que hubo entre Robin y Eliza. Esperamos instrucciones para continuar la investigación por ese camino o cerrar el expediente.

VII

La reunión, por prudencia, se celebra en una sala de convenciones de un hotel de Miami. Asisten Adam Galliger, Rod Ortiz, Russell Cotrell, Linda Villafania, El Halcón, Fred Astaire y Amos Lowery, el director del proyecto. Todos acaban de llegar a la ciudad, salvo Galliger, que ha pasado allí una semana —en otro hotel, en Mid-Beach— con Harriet. El orden del día es muy breve: Lowery, que ya tiene los documentos completos que los demás le han entregado, expondrá las conclusiones. El resto de los asistentes puntualizarán lo que crean necesario y responderán a las cuestiones que les sean planteadas.

Lowery comienza dando las cifras frías. Se ha investigado a seis mil setecientos individuos. A cinco mil ochocientos diez, mediante espionaje informático, empleando tecnologías de inteligencia artificial, hackeo, geolocalización y control de redes. Al resto, ochocientos noventa, a través de métodos tradicionales de vigilancia, seguimiento e interrogatorio. Tres mil doscientos setenta y ocho son hombres y tres mil cuatrocientos veintidós son mujeres. Todos habían participado antes en un estudio sexológico dirigido por él mismo, Amos Lowery, al frente de un equipo académico de la Universidad de Harvard.

211

Habían respondido a una entrevista en profundidad en la que se les garantizaba falsamente el anonimato. Durante esa entrevista, realizada por profesores de doce universidades distintas de los Estados Unidos, todos habían asegurado por dos veces, en dos preguntas diferentes, ser monógamos; es decir, mantener relaciones sexuales únicamente con su cónyuge o con su pareja.

De los seis mil setecientos casos —continúa Lowery—, se ha llegado a conclusiones categóricas en seis mil trescientos veintitrés, más de un noventa y cuatro por ciento. Y, de esos seis mil trescientos veintitrés, la investigación llevada a cabo demuestra que solo dos mil setecientos treinta y dos habían dicho la verdad en la entrevista. Los demás, que habían asegurado ser monógamos y fieles, en realidad tenían otras parejas sexuales, ocasionales o permanentes.

En este punto, Adam Galliger, con un gesto crispado, interrumpe al profesor Lowery y asegura que toda esa parte de conclusiones no tiene ningún interés para el resto de los presentes. Se han citado allí para analizar el funcionamiento del proceso, los casos de conflicto, la fiabilidad de los datos y la confidencialidad debida.

Lowery, con las gafas en mitad de la nariz, caídas por el sudor, balbucea algo que no se entiende. El Halcón toma entonces la palabra para hacer un repaso de lo que Galliger acaba de señalar. Pregunta a los presentes por qué hay trescientos setenta y siete casos en los que no se ha llegado a conclusiones terminantes. Responde Fred Astaire, que es quien acumula más informes de este tipo, y explica que esos individuos —la gran mayoría mujeres— no han tenido relaciones sexuales con personas diferentes a sus parejas durante el periodo investigado, pero tampoco hay testimonios rotundos de que no las hayan tenido antes o no estén dispuestos a tenerlas en el futuro. Únicamente se han computado como casos cerrados, conclu-

212

yentes, aquellos en los que hay datos positivos o negativos que responden a la cuestión planteada.

Rod Ortiz interviene para asegurar que él y su equipo se han encargado de esos casos. Explica, pedagógicamente, que algunos de los individuos que son monógamos no lo son por convicción o virtud, sino por pereza o por incapacidad para seducir (feos, tímidos, inseguros). Lo que se necesita es que todos ellos tengan una oportunidad fácil, al alcance de la mano, para comprobar si caen en la tentación o la resisten.

Ortiz ha trabajado con un equipo de prostitutas y prostitutos expertos en seducción que —fingiendo atracción sexual— se han ofrecido a cada uno de los trescientos setenta y siete individuos sin clasificar. Se ha empleado un procedimiento que, en la jerga detectivesca, se llama «de verosimilitud»: las prostitutas y prostitutos tenían edades y apariencias razonablemente afines a las personas a las que trataban de hacer caer en la trampa.

El resultado de esta parte de la investigación —la última— había arrojado un resultado sorprendente: solo cincuenta y dos individuos habían rechazado las proposiciones sexuales. Eso demostraba que un porcentaje muy alto de los hombres y las mujeres monógamos no lo eran por determinación propia, sino por azar. Por incapacidad para dejar de serlo. Por simple desconocimiento o desinterés.

A continuación, todos los responsables de equipo explican los incidentes que se han producido en el transcurso de la investigación. El único suceso importante lo había protagonizado una de las empleadas de Google reclutadas. El Halcón, encargado de su captación, contó lo que había ocurrido: Annabelle García se había enamorado de Daniel Leadfries, se había acostado con él y había terminado confesándole todos los detalles de la investigación (o todos los detalles que ella conocía, que no eran demasiados). Leadfries había denunciado el hecho

ante la policía de Jacksonville y se había abierto un expedien-
te. Ante el peligro de que la información adquiriera trascen-
dencia, El Halcón había decidido cortar el problema de raíz.
No explicó el método que había usado para hacerlo.

Adam Galliger preguntó si alguien más tenía algo que
decir. Nadie habló. Levantaron la sesión una hora y diez mi-
nutos después de haberla comenzado.

El duelo nunca dura tanto como creemos al principio.
Se convierte poco a poco en éter y apacigua el dolor. Es
otro principio darwinista de supervivencia. Otra prueba de
que la voluntad del cuerpo es superior a la voluntad del
corazón.

Cuando viajé a Madrid para pasar las Navidades, me
enteré –mi madre me lo había ocultado hasta entonces– de
que Adela había empezado a pincharse heroína. Sus padres
la habían ingresado en una de las clínicas de rehabilitación
que por entonces comenzaban a extenderse por todo el
país, pero ella se había fugado al cabo de dos semanas.
Cuando la encontraron dormía en la calle y tenía ya los
dos brazos llenos de picaduras negras. Fui a verla, pero no
quiso recibirme. La cuidaba un enfermero durante las
veinticuatro horas del día.

En esas semanas perdí la contención amorosa que por
discreción familiar siempre había mostrado en Madrid.
Me acosté con un chico diferente cada día, y en la Nochevieja participé en mi primera orgía sexual. Compartí la
cama con cinco hombres –todos jóvenes, casi adolescentes– y seis mujeres. Quizá llegó alguien más sin que yo lo
distinguiera; quizá fuimos veinte, cien. En contra de lo que
suele ser común, sentí paz de espíritu y satisfacción moral.
Nunca antes había lamido una vulva, nunca me habían pe-

214

netrado tres hombres a la vez, nunca había estado inconsciente –embriagada– mientras a mi alrededor todos copulaban. Aunque han pasado muchos años, recuerdo todavía el olor agrio y caliginoso de la felicidad. Estábamos en una casa antigua del centro de Madrid. Me quedé dormida entre tres cuerpos que seguían fornicando. Cuando desperté había silencio. Pensé antes que nada en Claudio, en los planes que habíamos hecho –el mismo día en que lo mataron– para pasar la Nochevieja juntos en alguna parte, en Madrid o en Times Square o en Toronto. Estaba sucia, sudorienta, manchada de esperma y de secreciones, pero me sentía como los que acaban de ser bautizados. Tenía veintiún años. La vida estaba comenzando. Aquellos cuerpos caídos que había a mi lado se irían pudriendo, como mi propio cuerpo, pero mientras eso ocurría había que cerrar los ojos y seguir errando. Me vestí sin despertar a nadie, tomé un café que me ofreció un chico medio desnudo en la cocina y me fui caminando hasta la casa de mis padres, que estaba a una hora de distancia. Aquel recorrido por Madrid, con traje de fiesta y zapatos de tacón alto, pisando entre la basura y los vómitos de la noche, fue como el de Orfeo saliendo del infierno. Sin volver la cabeza.

Cuando regresé a Chicago, comencé de nuevo a leer libros con avidez y a estudiar día y noche para recuperar el tiempo perdido. Me interesaba cada vez más el tema de la crueldad humana deliberada. Leí algunos ensayos académicos recién aparecidos sobre la violencia sexual en Auschwitz y en otros campos de concentración nazis. Y volví a indagar con entusiasmo en la historia de David Reimer, el niño castrado y convertido en mujer por John Money. Averigüé que John Money –que por aquellas fechas tenía algo más de sesenta años– daba clases de psicología médica en una universidad de Baltimore, y le escribí una carta haciendo algunas reflexiones pretenciosas sobre la identidad de género y pidiéndole una entrevista personal para profundizar en ciertas áreas de la sexología que me interesaba desarrollar –le decía– en mi próxima tesis doctoral. Money me respondió cortésmente a vuelta de correo disculpándose con amabilidad por no poder recibirme, a causa de los excesivos compromisos ya contraídos. No hacía ningún comentario sobre mis apreciaciones científicas.

A finales de febrero conocí a Martín, que dos años después se convertiría en mi primer marido. Martín era español y estaba trabajando en Chicago en una empresa de telecomunicaciones. Nuestra primera cita, en una fiesta universitaria, fue calamitosa: discutimos con aspereza de política y tuvimos luego un encuentro sexual deslucido en la escalera de servicio. Nunca habría vuelto a llamarle, pero nos cruzamos por casualidad en una tienda de discos, comenzamos a hablar de música y acabamos de nuevo en la cama, esa vez en su casa y con mayor sosiego.

Martín era el tipo de chico agradable y vulgar del que yo creí que nunca podría enamorarme. Llegué a burlarme de él, de sus costumbres conservadoras, de su forma de vestir, de su automatismo erótico. Poco a poco, sin embargo, me dejé ofuscar por esa mediocridad mansa y bondadosa. Con Martín todo era sencillo: me recogía en su coche, reservaba los restaurantes, aceptaba mis cambios de humor y se esforzaba en darme placer. Me halagaba continuamente con elogios y con pequeños regalos que fabricaba él. Se interesaba con sinceridad en mis investigaciones. Y mostraba un afecto –o una devoción– que no era nunca fastidioso ni porfiado, sino servicial. Fue uno de esos amores fríos, impasibles, que se van posando sin pasión en las costumbres diarias. Al principio nos veíamos con poca frecuencia, como si fuéramos únicamente amigos de alcoba que se desahogan a deshoras. Después comenzamos a encontrarnos con regularidad. Y casi sin darnos cuenta –o sin darme cuenta– acabamos teniendo una relación cotidiana: él me recogía algunos días en la universidad y comíamos juntos o le recogía yo por la tarde en su empresa e íbamos a su casa.

Yo nunca dejé de acostarme con otros hombres. Martín ni siquiera me inspiró remordimientos. Incluso cuando más le amé –mucho después de aquel invierno en que nos conocimos– me sentí liberada de esa obligación. A menudo he tenido la idea de que la infidelidad es una virtud conyugal, una ley de la naturaleza que contribuye a avivar el amor o a protegerlo. No me he atrevido nunca a defender abiertamente esa postura porque parece una justificación intelectual de un comportamiento primario, pero a medida que fui cumpliendo años –y teniendo amores– me di cuenta de que, como decía Adam en esas conversaciones coitales que teníamos, no había nadie que conservara la pureza. O aún peor: quienes lo hacían eran los más impuros.

A los cuarenta años, cuando mi experiencia de vida comenzó a convertirse en fatiga, hice un cálculo teórico que luego fui afinando con entrevistas personales y lecturas sexológicas: el amor erótico entre dos personas dura como máximo cien coitos. Cien encuentros. Cien noches. A partir de esa cifra, todo es previsible y ordinario. No desaparece el deseo, pero sí la perturbación. No desaparece el placer, pero sí el asombro.

Mis citas con Adam también se volvieron habituales. Cuando pasaba tiempo sin viajar a Chicago por sus negocios, viajaba solo para verme. Me avisaba antes por teléfono y yo acudía al hotel a la hora acordada. Si tenía algún otro compromiso anterior, me inventaba una razón académica para cancelarlo y pasaba la noche con él. Aunque gastábamos mucho tiempo hablando, siempre estábamos desnudos, lo que impedía que hubiera ambigüedad en nuestra relación. Jamás existió confusión sentimental o duda, y eso nos unió más. Los vínculos humanos que no están tocados por el amor –el más destructivo de los sentimientos– son más íntegros y perdurables.

El cumpleaños de Martín era el 27 de abril, y dos días antes fui a una librería en la que tenían literatura internacional para comprarle *El amor en los tiempos del cólera,* la novela de Gabriel García Márquez que se acababa de publicar en el diciembre anterior y que yo había leído con exaltación en Madrid durante las vacaciones de Navidad. A pesar de que la lectura de ese libro podía crearle expectativas extrañas, mi placer al leerlo había sido tan grande que decidí regalárselo.

Mientras buscaba en las mesas de literatura en español, vi de repente un libro que me paralizó. Se titulaba *Entre las piedras,* y en su portada estaba la fotografía de Graciela Guzmán, que ahora se llamaba Sofía Gabinski. Era un poemario pequeño, mal editado. Lo hojeé un poco allí mismo y lo compré luego para poder leerlo con calma.

La imagen de Graciela –que posaba seria, majestuosa, con una mueca de artista– me trajo enseguida a la memoria todos los días con Claudio. No había dejado de pensar en él ni un solo momento, pero los recuerdos se habían ido apaciguando, no eran ya crueles. Aquel día, sin embargo, al llegar a la residencia y empezar a leer los poemas de su madre, volví a sentir las agujas del corazón. Me tumbé en la cama, con la lamparilla del cabecero encendida, y estuve llorando y leyendo hasta la madrugada. Tuve de nuevo la necesidad de quedar en paz con Claudio.

A la mañana siguiente me levanté con una determinación firme y lo primero que hice, antes de bajar al comedor para el desayuno, fue buscar en mis cuadernos y en mi agenda el número de teléfono de los matones que me habían conducido hasta el prestamista mafioso. Los llamé desde la cabina de la residencia hasta que conseguí hablar con ellos. Como sabía que no iban a aceptar recibirme con facilidad, inventé una patraña: les dije que tenía noticias de que la policía los estaba investigando por el asesinato de Claudio y que necesitaba hablar con ellos. El hombre que me atendió mostró dudas y me pidió que telefoneara dos horas más tarde. Cuando volví a llamar, me dio una cita para ese mismo día en un sitio diferente al de la otra vez.

Creo que he sido siempre una mujer valiente. Temeraria. Confiada. Pero en aquella ocasión –más que en ninguna otra después, cuando perseguí a asesinos sanguinarios o estuve cerca de psicópatas– me comporté con irresponsabilidad. Entré en la boca afilada del lobo sin tener un plan establecido para salir de ella.

Me recibió el mismo hombre de nariz partida en un restaurante de comida griega que aún no había abierto. Un muchacho vestido de cocinero estaba colocando los manteles y los cubiertos en las mesas, y otros dos muy jóvenes hacían de guardaespaldas. En cuanto me senté, frente a él, alargó una mano y sobó mis pechos mientras sonreía.

–Todavía me acuerdo de ti. Fuiste una putita muy buena.

Me separé sin brusquedad y cerré mi blusa.

–La policía está a punto de detenerle –dije sin prolegómenos.

El hombre se miró las uñas y se arrancó un pellejo de un dedo. Vi que llevaba el mismo alfiler de corbata con la bandera de los Estados Unidos.

—La policía no es capaz de detenerme –respondió con arrogancia.

En realidad, yo no estaba segura de qué información estaba buscando allí. Quería que aquel hombre me confesara que había mandado asesinar a Claudio por la deuda de cuatro mil dólares que tenía pendiente, pero estaba casi segura de que él no lo había hecho, y, en todo caso, de que no había ninguna razón para que me lo contara a mí.

—Saben que ordenó matar a Claudio –dije con aplomo–. Tienen pruebas.

El hombre se rió a carcajadas.

—Sería gracioso que me detuvieran justamente por algo que no he hecho.

—Sí lo hizo –insistí.

Se puso serio de repente y echó el cuerpo hacia delante. A mi espalda oí como alguno de los esbirros se movía.

—¿A qué has venido? –preguntó.

—A prevenirle –respondí sin titubear.

—¿Por qué tendrías tú que prevenirme?

No tenía respuesta para esa pregunta. Me tembló un labio, junté los pies: las alteraciones físicas repentinas siempre señalan la culpabilidad. No dije nada, permanecí en silencio.

—¿Te manda la policía? ¿Tienes un micrófono?

Con un gesto de autoridad llamó a los guardaespaldas y les ordenó que me registraran. Al principio traté de resistirme, pero era imposible. Me desnudaron sin miramiento, rompiendo la ropa cuando me resistía. Luego revisaron las prendas una a una en busca de alguna prueba de mi conspiración.

—Las bragas están mojadas –dijo uno de los muchachos, y rieron todos.

—A lo mejor era a eso a lo que venía –dijo el hombre,

satisfecho de su ingenio. Los otros le rieron la gracia con servilismo.

Yo estaba asustada. El cocinero se había parado en una esquina de la sala, en la puerta que conducía al interior, y miraba la escena divertido.

—Solo he venido a avisaros —dije con desesperación.

Uno de los dos guardaespaldas —alto, mulato, con los dientes amarillos y desalineados— me apartó las manos con las que me cubría el sexo y me obligó luego a separar las piernas para poder explorarme la vagina. Hizo lo mismo con el ano.

—No hay nada, jefe —confirmó.

—¿Te gusta la puta? —preguntó el de la nariz partida.

El muchacho dio una risotada infantil y asintió con la cabeza. El hombre se puso en pie despacio, recogió las cosas que tenía sobre la mesa y se colgó del cuello una bufanda para irse. Cuando pasó a mi lado, se detuvo y me habló cerca de la cara. Le apestaba el aliento.

—Dile a quien tengas que decírselo que el argentinito nos sigue debiendo cuatro mil dólares. Cuatro mil.

Antes de que él terminara de salir del restaurante, el muchacho me había empujado al suelo y estaba quitándose el pantalón. Sin embargo, no fue capaz de tener una erección y, después de unos minutos, avergonzado, me dejó marchar.

Tardé dos días en ir a ver al inspector, que me recordaba bien.

—Vengo a saber algo de Claudio.

Era cerca del mediodía y la central estaba llena de ruido: interrogatorios cruzados, risas, máquinas de escribir y puertas batientes. El inspector se puso su chaqueta de cuero y me invitó a seguirle hasta la calle. Habían comenzado ya los días de sol y había mucha gente paseando por Chicago.

—El caso está cerrado —me dijo—. No hay nada más que podamos hacer.

Sentí de nuevo la deuda con Claudio: un cadáver invisible, un ovillo de cenizas que no tendrían descanso. Recordé su voz sobre la de Paul Anka: *«People say that love's a game. A game you just can't win.»*

No me dio muchas explicaciones, pero tuve la sensación de que la muerte de Claudio no le importaba nada. Tenía decenas de muertes iguales. Solo me hacía caso porque quería acostarse conmigo o porque, al menos, le gustaba fantasear con la idea. Durante un instante —era un hombre atractivo— consideré la posibilidad de hacerlo si de ese modo obtenía alguna información confidencial, pero enseguida me di cuenta de que él no sabía nada más que lo que ya me había contado. Entonces me despedí con brusquedad y volví a la residencia para planear la pesquisa.

A pesar de los exámenes en los que debía concentrarme, comencé nuevamente a hacer cronogramas, esquemas situacionales, perfiles de sospechosos y árboles de actuación. Compré hojas desplegables que podía pegar en las paredes de la habitación para tratar de comprender visualmente todas las variables que intervenían en el crimen.

Había varias preguntas que responder. La principal seguía siendo cómo había accedido el asesino a la casa, y esa cuestión se dividía a su vez en otras dos: cómo había cruzado la recepción sin ser visto y cómo había entrado luego en el apartamento sin forzar la cerradura. La primera de ellas solo podía tener dos respuestas lógicas: o el asesino había aprovechado un descuido del conserje para entrar y otro para salir –lo que exigía mucha paciencia y profesionalidad–, o en realidad sí había sido visto, pero no identificado como extraño y por lo tanto como sospechoso. El edificio estaba lleno de residentes ocasionales –ejecutivos que pasaban temporadas breves en Chicago, estudiantes de buenas familias, políticos en tránsito–, y alguno de ellos podría haber matado a Claudio.

Si descartábamos la primera hipótesis –la del descuido doble del conserje– y aceptábamos esta, quedaba por resolver aún el enigma de cómo habían entrado en el apartamento. En este asunto, la lógica ofrecía tres posibilidades: 1) el asesino forzó la cerradura con algún método artesanal, 2) el asesino tenía una copia de la llave, y 3) el asesino llamó al timbre y Claudio le franqueó el paso. La primera había sido descartada por la policía porque el tipo de cerradura del apartamento exigía haber usado herramientas que dejaran rastro. La tercera parecía descartada por la propia lógica, puesto que Claudio había muerto en la cama, tumbado, sin signos de ansiedad ni de violencia, lo que indicaba que había sido sorprendido en el sueño. La segunda posibilidad parecía absurda, pero era la más razonable: las llaves pasan por muchas manos.

Si el asesino vivía en el edificio y tenía una copia de la llave, era evidente que estaba relacionado con la pista argentina. El prestamista de Chicago no podía saber que Claudio iba a regresar ni dónde iba a alojarse. Los argentinos de una u otra facción, en cambio, podrían haber espiado a Gastón Fernández –quizás interceptando sus comunicaciones telefónicas, por complejo que fuera– para averiguar los datos de Claudio.

Pero en ese punto el razonamiento se volvía de nuevo extravagante y ridículo: si tenían localizado a Gastón Fernández, ¿por qué habrían de matar a su hijo, que era inocente y ajeno a todo lo que había ocurrido? ¿Por qué no lo habían matado a él, como intentaron la primera vez en Puerto Rico?

Los que querían matar realmente a Claudio eran los prestamistas, pero ellos no podían haber sabido tan rápidamente que se alojaba allí y haber preparado el asalto invisible a la casa. Los argentinos, en cambio, sí podrían haberlo hecho —aunque con muchos interrogantes operativos por resolver—, pero ellos querían asesinar a Gastón Fernández, no a Claudio. Es cierto que amenazaron con matar a cualquier miembro de la familia que se pusiera en la línea de tiro. Sin embargo, cuando los tenían a todos al alcance de un disparo, resultaba inverosímil que hubieran elegido a Claudio.

En aquel jeroglífico había una clave que permanecía en la oscuridad. Yo miraba las hojas de papel llenas de anotaciones en las paredes de mi habitación y veía la salida del laberinto, pero no sabía llegar hasta ella. La solución al enigma estaba allí, en aquellos trazos de letras, en las flechas que iban de un hecho a otro, en el cruce de fechas y de horarios. Solo faltaba una revelación, un advenimiento. Los grandes hallazgos son siempre así: están ahí presentes, delante de los ojos, pero los cubre el extravío.

Con Martín no podía hablar de nada de esto, de modo que en aquellos días traté de verlo lo menos posible con la excusa de los exámenes. Llamé a Adam al teléfono de emergencia que me había dado y le dejé un mensaje cifrado para que se pusiera en contacto conmigo. Lo hizo enseguida. Le conté las novedades del caso (ninguna, en realidad) y me prometió que viajaría a Chicago en dos o tres días, en cuanto liquidara unos asuntos urgentes que no podía abandonar.

Aquello me dio ánimo en la investigación, aunque tal

vez ese ánimo —equívoco— solo se debiera a que estaba deseando follar de nuevo con Adam después de tanto tiempo.

Esa misma tarde volví al lugar del crimen para hablar con el conserje que había dado testimonio ante la policía. Tuve que esperar una hora a que llegara, pues aún no había comenzado su turno. Se acordaba bien de mí y agrió la expresión al verme. Escuchó mis preguntas con desconfianza.

—Necesito saber si hay un registro de residentes —le pedí—. ¿Quién es el dueño de la finca, quién gestiona los arrendamientos?

—¿Para qué quieres esa información?

Le conté con franqueza mi propósito, mi deuda de amor con Claudio. Le dije que no me resignaba a que su asesino siguiera viviendo con impunidad y que estaba decepcionada con la actitud de la policía. Debí de resultar persuasiva, porque el hombre se compadeció de mí.

—El edificio no pertenece a una sola empresa, hay muchas personas que son dueñas de su propia vivienda. Pero la compañía Calvin & Weston tiene la propiedad de más de la mitad de los apartamentos. Lo gestiona un despacho de abogados que lleva un registro completo de los alquileres. Nosotros tenemos un registro informal en los directorios de residentes, pero habría que reconstruir datos dispersos.

Se quedó callado, mirándome. Su actitud, ahora, era de colaboración, como si compartiese mi empeño.

—¿Es posible hacerlo? —pregunté.

Él asintió sin demasiado convencimiento. Miró a un lado y a otro para asegurarse de que nadie estaba escuchando.

—Puedo tenerlo para mañana —dijo en voz baja—. Para pasado mañana en el peor de los casos. ¿Qué es lo que necesitas exactamente?

–Los nombres de los vecinos que alquilaron un apartamento desde un mes antes del crimen y lo abandonaron poco después –le expliqué–. ¿Pueden ser muchos?

El conserje dudó, hizo un cálculo mental.

–Quizá. Hay más de ciento cincuenta apartamentos en el edificio y los cambios son muy frecuentes. Pero no puedo saberlo hasta que mire los registros. Tardaré al menos dos días en comprobarlo. –Tuvo un momento de indecisión y al final dijo–: Pero esto es algo para lo que no estoy autorizado.

Tardé unos segundos en comprender que no me estaba pidiendo un soborno, sino únicamente discreción. Asentí con atolondramiento y puse las palmas abiertas de mis manos frente a él, como si ese gesto fuera una garantía de mi mutismo cauteloso. Aprovechando su bondad, le pedí que me permitiera explorar el edificio. Volvió a flaquear, pero al final me dejó hacerlo.

–Diez minutos, no más –dijo.

Subí deprisa en ascensor hasta el último piso, el decimoséptimo, y busqué el tramo de escalera que llegaba hasta la azotea. Desde allí fui bajando en zigzag por la escalera principal y por la de servicio. No había nada extraordinario: un vestíbulo pequeño en cada planta del que salían dos pasillos largos en direcciones opuestas. En todo el recorrido, desde arriba hasta abajo, me crucé solo con dos personas. Un ejecutivo que llevaba sombrero –lo que en aquellos años ya no era muy común– y una chica de mi edad que mascaba chicle y leía una revista de moda. Ninguno de los dos me prestó atención. Me detuve durante un instante más largo en la planta en la que Claudio había vivido sus últimas horas y la recorrí de un extremo a otro. Sabía el número exacto del apartamento porque lo había anotado en mis apuntes, porque lo había hablado con el inspector en el interrogatorio y porque acababa de repetirlo en mi conversación con el conserje, pero mis recuerdos eran muy imprecisos. No se me había ocurrido preguntar quién vivía allí ahora. Tal vez el apartamento estuviera vacío: las casas en las que ha muerto alguien se condenan, se cierran, se abandonan a los fantasmas. Toqué el timbre sin deliberación y esperé a que alguien saliera. Volví a tocarlo, pero nadie abrió. Terminé entonces de bajar todos los pisos y me despedí del conserje.

–Volveré mañana –le dije–. Y pasado mañana. Y al día siguiente. Tómese el tiempo que necesite para encontrar los datos.

El hombre asintió, conforme, y me alargó la mano enguantada para que se la estrechara en símbolo de lealtad y camaradería. Al salir fui al restaurante italiano, me senté a la misma mesa que la última vez y pedí unos espaguetis con verduras. No había nadie. Cené pensando en la muerte de Claudio. Desmenucé otra vez todas las posibilidades. Repasé uno a uno los días que habíamos pasado juntos. Y cuando estaba acabando de comer, mirando el fondo del plato, me vino a la cabeza una hipótesis que hasta ese momento no había considerado. Aquella noche me convertí definitivamente en policía.

Al día siguiente, como había prometido, volví al edificio a la hora en que el conserje comenzaba su turno. Me explicó que había avanzado en el trabajo, pero que aún no había podido concluirlo. Me dio una lista de once nombres con las fechas en las que alquilaron el apartamento y en las que lo abandonaron luego. En el registro figuraban también otros datos de identificación que yo no encontraba de utilidad: el número de la licencia de conducción o del pasaporte, la fecha de nacimiento y un teléfono de contacto.

Adam llegó a Chicago por la noche. Le pedí que me llevara al reservado de la última vez y allí le conté mi nueva teoría sobre el crimen.

—Los argentinos y los mafiosos no sabían dónde iba a vivir Claudio. Era casi imposible. Fue una decisión muy apresurada, tres semanas antes no estaba seguro ni siquiera de regresar a Chicago. Me lo contó con detalle en sus cartas, las releí anoche. Muy pocas personas sabían que Claudio iba a volver y dónde iba a vivir. —Hice una pausa dramática para permitirle que interviniera, pero Adam me pidió con un gesto que continuara—. Solo tres: sus padres y el abogado al que encargaron que alquilara el apartamento en su nombre.

—No puedes tener la certeza de que Claudio no escribiera a otras personas para contárselo —dijo.

—No puedo tener la certeza, pero es muy improbable. Ni Jayden ni Sebastián lo sabían, y ellos eran sus verdaderos amigos. Yo tampoco lo sabía. En realidad, ni siquiera el propio Claudio supo hasta dos días antes de viajar cuál sería su nueva dirección.

—¿Quién lo mató, entonces?

Teníamos la comida en la mesa, enfriándose. Adam me miraba con verdadera curiosidad. Me pregunté fugazmente cómo era su relación con Harriet, si jugaban juntos a resolver crímenes durante las cenas. Lo menos extraordinario del adulterio —y lo menos aborrecible— es la intimidad sexual.

—No sé quién lo mató, pero fue el abogado quien le facilitó el acceso. Seguramente mañana podré comprobarlo.

—Eso nos llevaría de nuevo al mismo punto de partida —dijo Adam con un cierto fastidio por el serpenteo argumental–. Lo único que hemos averiguado es que el abogado fue cómplice de los argentinos o de los mafiosos. Nada más.

–Quizás hayamos averiguado más cosas –aseguré sin tener muy claras las ideas–. Claudio había estado vigilado por un detective privado durante todo el curso anterior, cuando la amenaza de los argentinos era casi insignificante. Se lo confesó su madre y él me lo contó también en una carta. ¿Cómo es posible que, habiendo tenido esas precauciones cuando nada hacía pensar que hubiera una amenaza real, las abandonaran en el momento en que él regresó a Chicago?

–Estaba recién llegado, quizá no les dio tiempo a organizar la protección.

–No tiene sentido –negué con rotundidad–. Estaban muy asustados, tenían miedo de lo que pudiera ocurrirle. Habrían preparado eso antes que nada.

Adam se quedó callado, pensativo. Hundió el tenedor en el plato, movió la comida.

–¿Quién lo mató? –preguntó a bocajarro.

–No lo sé. Pero el abogado sí lo sabe. Estoy segura.

–¿Tienes el nombre del abogado?

–No. Mañana lo tendré. ¿Cuántos días te quedarás?

–Depende de ti –respondió con una sonrisa de galán–. Puedo irme mañana o quedarme un par de días más.

Aparté el plato de mi lado casi sin tocar, bebí de la copa y raspé luego con la uña el carmín del cristal.

–Esta noche necesito dinero –dije.

–¿Quinientos dólares?

–Al menos quinientos dólares. Tal vez mil.

Adam se levantó. Yo lo seguí.

Encontrar el dato clave fue más fácil de lo que yo había imaginado. La carta en la que Claudio me contaba que volvería a Chicago después del verano para estudiar en la Escuela de Negocios estaba fechada el 3 de agosto. El día antes, el 2 de agosto, me había escrito también y aún no sabía nada. Sus padres, por lo tanto, se lo dijeron ese día. Tal vez tomaron la decisión varios días antes, pero resulta difícil de creer que le encargaran al abogado el alquiler de un apartamento sin haber hablado previamente con Claudio. Al mismo tiempo, parece razonable que ese encargo no se demorara mucho, dada la premura de las fechas escolares. El apartamento, en consecuencia, habría sido alquilado en la semana siguiente al 4 o el 5 de agosto.

Durante ese lapso de tiempo solo se habían incorporado al edificio cuatro nuevos inquilinos. Uno de ellos –el correspondiente al apartamento 907– era Claudio, cuyo arrendamiento estaba realizado a nombre de Samuel H. Crowell. En los otros tres figuraban los siguientes registros: Lyndon Five Co. (apartamento 205), Nathan Woolford (apartamento 703) y Evelyn Pierce (apartamento 713). Evelyn Pierce seguía viviendo allí y era, según el conserje, una señora de mediana edad, divorciada, que se había mudado a Chicago por razones laborales. Lyndon Five Co. era una empresa de mudanzas fundada en Pensilvania que se había establecido en la ciudad y había mantenido alquilado el apartamento durante tres meses, probablemente el tiempo que había necesitado el directivo contratado para encontrar una oficina o una residencia más adecuada a sus necesidades. Por tanto, según mi razonamiento, Nathan Woolford era el nombre –verdadero o falso– del asesino. El apartamento había sido alquilado dos días más tarde que el de Claudio y abandonado al cabo de dos meses. El conserje no recordaba nada de aquel individuo.

A Adam le pareció apasionante mi pesquisa. Me hizo repetir dos veces la exposición, se quedó pensativo durante un rato y luego se apretó contra mi cuerpo desnudo. Estaba de nuevo excitado, con una erección firme, pero no buscó el sexo, no me acarició con obscenidad.

–Tengo una teoría absurda –dije. Él levantó los ojos y movió suavemente la cabeza invitándome a que la expusiera–. Creo que lo mató su madre.

Adam se sacudió en la cama y luego se rió. Alargó el brazo para alcanzar el vaso de whisky que estaba en la mesilla.

–¿Por qué querría matar su madre a Claudio?

–Necesito tu ayuda para comprobarlo.

Se levantó de la cama para poder mirarme con distancia suficiente. Su verga seguía dura y el aire de la escena era cómico. Yo también estaba excitada. Pensé que debía elegir.

–¿Conoces a algún médico en Washington? –pregunté–. A alguien poderoso que pueda ayudarnos a encontrar un informe hospitalario.

Adam respondió inmediatamente, con esa soberbia irreflexiva que solo tienen los hombres prósperos:

–En todas partes conozco a alguien poderoso. Pero explícame cuál es tu teoría.

Cerré los ojos y recordé –sobre el espacio que ocupaba Adam– el cuerpo de Claudio, las sombras de sus tendones, el vello recto que salía desde el interior de los músculos, la bolsa de sus testículos.

–La piedad –dije–. Esa es mi teoría.

Luego me incorporé y me acerqué al cuerpo real de Adam, a su glande seminal.

En la guía telefónica figuraba el despacho de abogados de Samuel H. Crowell, pero no Nathan Woolford. Telefoneé al despacho, hablé con la secretaria y fijé una cita para esa misma tarde. Me recibió Owen Crowell, el hijo del fundador, que dirigía ahora el negocio. Al verme, hizo una mueca de desconfianza a causa de mi edad.

—No suelo tener clientes tan jóvenes —dijo como disculpa.

Me sentí halagada y le di la mano con formalidad. Todos los jóvenes de la edad que tenía yo entonces —lo he comprobado luego con mis hijos y con muchos otros— consideran transgresores y heroicos sus actos más banales. Yo imaginé en ese momento, en esos días, que mi vida estaba llamada a ser grandiosa. Tenía veintitrés años y estaba a punto de descubrir al asesino del hombre al que había amado.

—No estoy segura de ser una clienta —dije, y casi sin pausa añadí—: Claudio Silvela era mi novio cuando lo mataron.

La investigación criminológica ha progresado mucho desde aquellos tiempos gracias a la tecnología. Las reacciones fisiológicas de un delincuente ya pueden ser registradas por una máquina y servir como prueba ante un tribunal. Aquel día yo solo tenía mis ojos, mis oídos y mi olfato, pero fui capaz de percibir la contracción de las pupilas de Crowell al escuchar el nombre de Claudio. En esa fracción de segundo supe que era culpable. El resto de la entrevista me resultó innecesaria.

Le conté mi proceso de indagación con todos los detalles, sin esconder nada. Algunos investigadores prefieren, como Claudio, el juego de póquer: el mutismo, el farol, la trampa dialéctica. Yo siempre he empleado la sinceridad y he obtenido excelentes resultados. En aquella ocasión no lo hice por estrategia profesional, sino por candidez, pero el desconcierto de Owen Crowell me dio la certidumbre que necesitaba. No confiaba en que me revelara ningún secreto y no temía tampoco —yo era a sus ojos solo una niña enamorada— amenazas o peligros. Me bastaba con que me confirmara que estaba en el camino acertado.

Adam consiguió la información en pocos días y volvió a Chicago para traerla. El informe médico de Claudio había sido hecho a nombre de Benjamín Ruiz Flores, su último nombre falso. El diagnóstico era categórico y devastador: cáncer de páncreas en grado 3, de progresión rápida. No había curación ni tratamiento paliativo. La esperanza de vida que concedía al paciente era de tres meses, con unas expectativas espeluznantes: grandes dolores, aturdimiento, pérdida de la capacidad cognitiva.

Leí la fotocopia y sentí una inmensa tristeza por estar viva. Hasta ese mismo instante había confiado en que hubiera un culpable de la muerte de Claudio, alguien a quien aborrecer y perseguir durante el resto de mis días. Pero no había culpables.

Ese día, Adam y yo no hablamos de Claudio. Yo dije: «La piedad.» Y luego le pedí que me penetrara hasta hacerme perder la razón. Diez veces, cien veces. Durante el resto de la vida.

Releí varias veces el poemario de Gabriela Guzmán y no encontré en él ningún rastro de remordimiento. Tampoco había meditaciones sobre la muerte de personas amadas ni grandes introspecciones filosóficas. Los versos eran insustanciales —la mayoría de las veces— o grandilocuentes.

Hablaban de la muerte de Dios, del amor que funde dos cuerpos o de la portentosa naturaleza argentina, en la que se reconocen las huellas de la eternidad.

«El puñado de tierra que alguien cultiva / y luego se pudre» eran los dos únicos versos que podían ser interpretados conceptualmente en referencia a su maternidad y sus actos. Tal vez aquellos poemas –con un exceso de lirismo o de cursilería– habían sido escritos antes de la muerte de Claudio y por eso no había en ellos memoria del crimen ni de la pérdida. Si habían sido escritos después, Graciela lo había hecho con una gran frialdad, sin dejar que el dolor se insinuara en las palabras. Pero la poesía solo se escribe para curar el dolor.

Suspendí tres asignaturas. Durante el viaje de regreso a Madrid estuve deliberando si debía contarle a mi madre todo lo que había ocurrido para justificar mi fracaso académico, pero al final me di cuenta de que ella no lo entendería como justificación, sino como agravante, y decidí callar. Le expliqué, eso sí, que habían cambiado mis intereses profesionales y que en el curso siguiente, el último, enfocaría mis estudios hacia la investigación criminológica, una de las ramas más pujantes de la psicología en ese momento (esto lo inventé para tener argumentos objetivos que usar a mi favor).

Martín fue a España de vacaciones las dos primeras semanas de julio, poco después de que yo llegara. Su familia vivía en Bilbao, pero él pasó antes por Madrid para recogerme y conocer a mis padres. Mi madre dio su aprobación con entusiasmo, pues Martín era un muchacho educado, ceremonioso y de conversación agradable, como ella siempre había soñado que sería mi futuro marido. Me advirtió a solas que le exigiera respeto y que durmiéramos en habitaciones separadas, pero no puso más obstáculos a mi veraneo en Neguri.

Aquellas dos semanas fueron –como el resto de mi vida con Martín– un tiempo plácido en el que no ocurrió nada. Íbamos a la playa cada día, hacíamos excursiones por los alrededores, nos reuníamos con sus amigos de infancia y paseábamos por el centro de Bilbao cuando anochecía.

Su padre era un viejo fascista que disfrutaba exponiendo sus opiniones reaccionarias ante cualquier asunto del que se hablara. Su madre, en cambio, era una mujer dulce, sumisa, que intentaba siempre agradar y que hablaba en voz muy baja. Martín ocupó su habitación de infancia y a mí me asignaron otra, en el extremo opuesto de la casa, de modo que teníamos que ir a un hotel –en un callejón cerca de la ría– para acostarnos juntos. A mí me resultaba divertida esa clandestinidad pasada de moda; me excitaba más que el cuerpo desnudo de Martín.

Durante esos días no dejé de pensar ni un instante en Graciela Guzmán. ¿Cómo había tomado la decisión de matar a Claudio? ¿Qué había pasado por su cabeza? ¿Había tenido dudas?

Reconstruí casi sin equivocarme –ella me lo contó luego– lo que había sucedido. El oncólogo le había informado del grave sufrimiento que padecería Claudio en las últimas semanas de la enfermedad. Ella había buscado otras dos opiniones médicas, que habían ratificado sin ninguna duda la primera. Entonces había tomado la determinación de matarle por compasión. No era una mujer religiosa, no creía en Dios ni en el pecado; no creía tampoco en los milagros. No tuvo que resolver, por lo tanto, cuestiones morales, sino operativas: cómo hacerlo sin que Claudio sufriera y sin que hubiera consecuencias penales.

Primero pensó en envenenarlo con arsénico, con cianuro o con etilenglicol, pero los fue descartando por dos razones: porque no tenía la seguridad de que funcionaran bien –y por lo tanto de que evitaran los sufrimientos de Claudio– y porque si se detectaba algún rastro de las sustancias tóxicas en la autopsia, ella podría acabar en la cárcel o en el corredor de la muerte. Pensó entonces en un método más resuelto y eficaz: un disparo en la sien o en el corazón mientras dormía. Sería una muerte invisible, fulminante e indolora. El único inconveniente que tenía era la brutalidad escénica y la apariencia final del cadáver, pero todo el mundo sospecharía de los argentinos y las investigaciones quedarían abortadas pronto. Claudio tendría una muerte leve, ella quedaría libre y nadie pagaría por culpas ajenas.

Graciela no se atrevió a decirle nada a su marido, que sí era un hombre religioso y que nunca habría aceptado aquella violencia contra la ley de Dios. Él fue la verdadera víctima del asesinato de Claudio, pues habría sobrellevado con mejor ánimo un cáncer doloroso que un crimen político. Desde aquel instante, en contra de las previsiones de Graciela, Gastón Fernández, el duro león peronista, el superviviente de todas las batallas, se convirtió en un difunto. Y ella, que no sintió remordimientos por lo que le había hecho a su hijo, los sintió por lo que le había hecho a su marido.

Al regresar a Madrid de las vacaciones vizcaínas, le escribí una carta a Graciela en la que le contaba todas mis inquisiciones y mis dudas. No tenía una dirección a la que enviársela, pero el ejercicio de escritura, como siempre, me sirvió para componer ordenadamente los pensamientos.

Adela había sido ingresada de nuevo y la mayoría de mis amigos más fieles estaban de vacaciones en la costa o

236

en Europa. Mis padres se fueron también durante dos semanas al sur de Portugal y me quedé en casa sin compañía. La soledad me resultó benéfica. Dormía hasta muy tarde, leía libros de todo tipo, estudiaba un manual de criminología, hablaba un rato con Martín, que me llamaba cada tarde desde su oficina, y tomaba el sol desnuda junto a la piscina. En esos días no me acosté con nadie. Me masturbaba varias veces al día tratando de dejar la mente en blanco. Separando el placer de cualquier tipo de deseo.

Cuando volví a Chicago, creí que viviría siempre allí. Tenía ya más familiaridad con esa ciudad que con la mía, estaban en ella mis mejores amigos de ese momento y Estados Unidos era un país prometedor para una chica joven que aspiraba a convertirse en investigadora criminal. Mi novio, además, vivía también allí, y mi amante más constante visitaba la ciudad de vez en cuando por razones profesionales o venéreas. Ni siquiera me asustaba ya el frío azul del invierno, el filo helado del aire que soplaba en la orilla del río cada tarde, entre los rascacielos.

Adapté mi plan académico a mi nuevo propósito universitario y encontré un tutor –el doctor Franklin Morrison, que había sido abogado criminalista y perito psiquiátrico en los tribunales de seis estados– para mi tesis doctoral, en la que había decidido investigar la personalidad de Albert Fish, el Vampiro de Brooklyn, un célebre asesino que abusó sexualmente de más de cien niños y mató a quince de ellos a principios del siglo XX. Fish, que había sufrido violencia en el orfanato, tenía tendencias homosexuales, masoquistas, sádicas y exhibicionistas. Cometió actos de coprofagia y de canibalismo.

Seis años después de matar a la niña Grace Budd, envió una carta estremecedora a su madre en la que contaba lo que había ocurrido:

El domingo 3 de junio de 1928 llamé a su puerta en la calle 15, 406 oeste. Llevaba queso y fresas, y almorzamos. Grace se sentó en mi regazo y me besó. Me propuse comérmela. Con el pretexto de llevarla a una fiesta, le pedí que le diera permiso, a lo que usted accedió. La llevé a una casa vacía que había elegido con anterioridad en Westchester.

Cuando llegamos, le dije que se quedara afuera. Mientras ella recogía flores, subí y me desnudé. Sabía que, si no lo hacía, podría mancharme la ropa con su sangre. Cuando todo estuvo listo, me asomé a la ventana y la llamé. Entonces me escondí en el armario hasta que ella estuvo en la habitación. Al verme desnudo, comenzó a llorar y trató de escapar por las escaleras. La atrapé y me dijo que se lo diría a su mamá.

Primero la desnudé. ¡Cómo pataleó, arañó y me mordió! Pero la asfixié hasta matarla. Luego la corté en pequeños pedazos para poder llevar la carne a mi habitación. Guisé su rico y tierno culo. Me llevó nueve días comerme su cuerpo entero. No la violé, aunque podría haberlo hecho si lo hubiera deseado. Murió virgen.

Leí esa carta por casualidad en un ensayo sobre las parafilias sexuales y me quedé fascinada por la complejidad del personaje, que al parecer había intentado autocastrarse y que, en la silla eléctrica, justo antes de morir el 16 de enero de 1936, dijo con felicidad que el único placer que le faltaba por probar era su propia muerte, «el delicioso dolor de morir».

Franklin Morrison, que solo conocía la historia de Fish vagamente, aprobó con entusiasmo mi elección y me facilitó material abundante para que estudiara las psicopatologías sexuales.

En 1898, con veintiocho años, Albert Fish se había casado con una mujer de diecinueve, con la que tuvo seis hijos. Él se iba a trabajar —era pintor de casas— y la dejaba sola a veces durante varios días, pues para evitar ser descubierto y capturado se marchaba a otras comarcas y a otros estados. Su esposa se quedaba plácidamente en la casa, con una vida anodina, cumpliendo con su deber femenino de engendrar hijos y cuidar a la familia. Ignoraba por completo las correrías depravadas de su marido.

Durante las primeras semanas, comenzó a obsesionarme el personaje de ella, que esperaba en la casa mansamente a que él regresara. Fish, al parecer, fue un buen padre y un buen esposo, de modo que cabe imaginar escenas domésticas felices al final de jornadas en las que él había violado sin escrúpulos a niños menores de seis años.

—Nunca sabemos en realidad lo que hace quien nos ama —le dije un día a Adam en una de esas conversaciones que manteníamos en el hotel después del coito—. Nadie sabe quiénes somos. Dormimos junto a alguien que tal vez asesina a niños en secreto y que al follar con nosotros cierra los ojos para imaginar sus cuerpos maltratados y llenos de sangre. Si conociéramos los pensamientos de aquellos a los que amamos, sentiríamos terror. Nunca hay lealtad, no hay ternura perdurable.

Adam me miró con miedo. Por primera vez desde que nos conocíamos vi en sus ojos una combustión, una luz de extrañeza.

—Hay muy pocos seres humanos que maten niños —dijo con simplicidad.

—Si Harriet conociera tus pensamientos, sentiría terror. Si Martín conociera los míos, sentiría terror.

Adam se reía a menudo de mis afirmaciones solemnes, de mi gravedad, de mis infatuaciones. Aquel día o aquella noche se rió con arrogancia.

—Tú también sentirías terror si conocieras los pensamientos de Harriet —dije—. Estoy segura.

Mantuvo la sonrisa en los labios, pero se puso de repente serio.

—No conoces a Harriet.

Lo miré con misericordia. Estaba asustado, aunque trataba de mantener la misma expresión de virilidad que siempre.

—No conozco a Harriet —repetí—. Es verdad.

Al acabar el doctorado me casé con Martín. Celebramos la boda en la ermita de San Juan de Gaztelugatxe, en Vizcaya, en una ceremonia junto a seiscientos invitados. Adela, que no pudo asistir, murió de una sobredosis una semana después. Cuando regresamos a Chicago, nos mudamos a un piso más grande con vistas al lago. Yo comencé a prepararme para ingresar en el FBI, pero me quedé embarazada enseguida. El mismo día en que me dieron la noticia, me acosté con Adam, que acababa de ser padre un mes antes. El primer año de vida de Rebeca lo dediqué a criarla y a verla crecer cada día. Probablemente fue el tiempo más feliz de mi vida. Ingresé en el FBI y tres meses más tarde le ofrecieron a Martín la dirección de la filial de su empresa en España. Él ni siquiera me consultó antes de comprometerse. Tuve la tentación de abandonarle y quedarme con Rebeca en Chicago, pues desde hacía tiempo nuestro amor rutinario se había convertido ya en desamor. A pesar de ello, renuncié a mi vida profesional, asustada de permanecer sola en aquella ciudad, y me mudé a Madrid.

Con ayuda de mi padre –de su fortuna– abrí una oficina de detectives privados, que por aquella época escaseaban en España. Durante dos o tres años, tuve pocos clientes, pero el caso del asesinato del Obispo Hermafrodita, que gozó de mucha repercusión en los periódicos y las televisiones, me hizo célebre. Seguí viendo a Adam –cada vez más ocasionalmente– y acostándome con él en hoteles de lujo. Decidí por fin divorciarme de Martín cuando murió mi madre, lo que me ayudó a entender el sentido de mi comportamiento hasta entonces. Me hice cargo de la custodia de Rebeca y me trasladé a un chalet de las afueras de Madrid, cerca de la casa familiar. Empecé a sentir la madurez y el sosiego que da.

Un día quedé con uno de mis clientes en el Café Lion, que estaba cerca de mi oficina. Me senté a una mesa al lado del ventanal que daba a la calle Alcalá y pedí un vino blanco mientras esperaba. Como hacía siempre, me entretuve observando a la gente con esa vieja ensoñación de descubrir la conducta humana a través de los gestos o el aspecto. De repente, en una mesa que había enfrente de la mía, vi a una mujer anciana que tomaba una infusión con la mirada perdida en la nada. La reconocí en el acto. Habían pasado muchos años, pero parecía que hubieran sido muchos más. Su rostro se había consumido hasta el cráneo. Estaba maquillada y tenía los ojos cubiertos por una membrana amarillenta parecida a la telilla de las cataratas.

Me levanté y fui hacia ella. Me sonrió con dulzura y preguntó en qué podía ayudarme. Su mano, llena de anillos de bisutería, era una osamenta.

–¿No se acuerda de mí? –pregunté con prudencia.

Ella negó con la cabeza, paciente.

–¿Nos conocemos?

Me senté sin pedir permiso en la silla que había al otro lado de la mesa, frente a ella. Olí entonces, de cerca, su perfume de incienso o de sahumerios.

—Yo fui la novia de su hijo Claudio antes de que muriera.

Graciela volvió a poner los ojos en la nada y habló con susurros.

—El pequeño Mateo —dijo. Y repitió—: La novia del pequeño Mateo.

Me contó que no pasaba ni un solo día en que no pensara en él. Que a veces lamentaba haber quemado su cuerpo porque no tenía un lugar al que llevarle flores.

—Esa calavera habría tenido siempre un recuerdo terrible —dije sin ningún propósito, irreflexivamente. Graciela me miró fijamente a los ojos con sus ojos azules, membranosos, y permaneció así durante mucho tiempo, sin pestañear, inmóvil, como si fuera una figura de carne disecada. Sentí un poco de vergüenza y me arrepentí de haber despertado en ella unos recuerdos tan dolorosos. Pero se sobrepuso enseguida y separó los labios para sonreír de nuevo.

—Tú sabes lo que pasó, ¿verdad?

Ladeé la cabeza para corresponder a su ternura. La recordaba autoritaria y hostil —aquel día en que nos habíamos conocido en Chicago—, pero ahora, desvalida, era una mujer dulce. Acerqué una mano hacia ella, sobre la mesa, y la cogió con fuerza. Tenía las uñas pintadas de diferentes colores.

—No estoy segura —respondí.

Graciela me contó la historia que yo había imaginado. Con palabras cortas. A veces le temblaba la voz, pero no se detenía, como si llevara años esperando encontrar a alguien que la escuchara. Cuando llegó mi cliente, le pedí que me esperara en una mesa del fondo y seguí hablando con Graciela hasta que ella acabó. No le pregunté nada. No aparté la mano de la mesa.

Luego sacó unas gafas del bolso, se las puso y se inclinó hacia delante para verme de más cerca. Seguía sonriendo, pero había comenzado a llorar. Yo estaba recordando a Claudio, su cuerpo desnudo en el contraluz de la ventana, sus testículos, sus pies grandes en aquellos días de Detroit en los que fuimos tan felices y en los que empezamos a malgastar la suerte. Graciela, por fin, soltó mi mano y se limpió las lágrimas de los labios con un dedo. El carmín se había deshecho. Me levanté sin prisa. No nos despedimos.

Irene siente vergüenza, pero no por los remordimientos del pasado. No hay remordimientos. Se acuerda del semen de Adam, de su glande sucio. Está orgullosa de haber vivido como lo ha hecho.

—¿Por qué me cuentas eso ahora? —pregunta.

—He venido a Madrid para contártelo —responde Adam—. Porque sé que eres la mejor detective del mundo y solo tú puedes encontrar la respuesta que necesito.

—Yo busco a personas desaparecidas y a asesinos.

—Busco a una persona que quizá desapareció —dice Adam—. A Harriet.

Es medianoche. Se oyen las campanadas de un carillón de pared que hay en la sala vecina. Irene vuelve la cabeza hacia allí para disimular su confusión. Después mira otra vez a Adam, que espera.

—¿Te ha abandonado?

—No lo sé —responde Adam—. Sigue en nuestra casa, duerme conmigo, me acaricia a veces. Pero tal vez me ha abandonado hace mucho tiempo. —Se queda callado durante unos instantes y sostiene la mirada de Irene—. No hay nadie a quien

pueda encargarle esta tarea —suplica—. Ella no le dirá a nadie la verdad. A ti sí.

—¿Por qué a mí?

—No lo sé —dice Adam.

Irene escucha esa respuesta absurda y se pierde en un laberinto de figuraciones. Adam levanta la copa de champán, pero no bebe.

—Tú descubrías los crímenes mejor que nadie —continúa Adam— porque eras capaz de pensar también en el alma de los seres humanos. Así descubriste quién mató a Claudio. Es lo que te pido que hagas ahora. Harriet sabe quién eres. Contigo hablará.

—¿Y si me dice lo que no quieres escuchar? —pregunta Irene.

Él se encoge de hombros. De su rostro ha desaparecido la complacencia: hay hastío.

—La verdad no puede llegar a ser más dolorosa que la invención —dice.

—¿Has hecho todo esto por ella? ¿Has gastado millones de dólares, has violado la ley y has espiado a más de seis mil personas para saber si Harriet te ama?

Adam hace un gesto de desprecio.

—Por supuesto que no —dice—. Es al revés. He hecho todo eso para saber lo que tú y yo queríamos saber al principio: qué hacen los seres humanos cuando creen que nadie los mira. Y al descubrirlo me he dado cuenta de que nunca supe lo que hacía Harriet cuando yo no la miraba.

Irene había creído que aquella cita misteriosa e inesperada tenía que ver solo con la nostalgia: Adam viajaba a Madrid para alguno de sus negocios o de sus placeres y quería reunirse con una antigua amante a la que recordaba. Quizás era ella quien deseaba esa forma melancólica de reencuentro y está, ahora, desencantada.

—He venido hasta aquí para pedirte que lo averigües tú —insiste Adam—. No puedes negarme ese auxilio.

—Creí que habías venido porque echabas de menos mi cuerpo —dice ella con burla—. Desde que nos conocemos, nunca tuvimos una cita sin terminar juntos en la cama.

—¿Es una propuesta?

Ella abre los brazos en un gesto de confianza.

—¿Tienes dinero suficiente?

Adam saca del bolsillo de su chaqueta el billetero y mira en su interior durante unos segundos.

—Mil dólares —dice.

Irene cierra los ojos. Siente un poco la embriaguez del alcohol y una felicidad extraña. Sus dedos, a ciegas, golpean el filo de la copa, que cae sobre la mesa.

Harriet

El corazón del cerdo es el más parecido anatómicamente al de los hombres, dice Harriet en cuanto ha terminado de servir el té. Muchos trasplantes de válvulas coronarias se hacen ya con órganos del animal, y algunos dicen que pronto se podrá trasplantar el corazón entero. Irene no esperaba que la conversación comenzara con ese simbolismo feroz. No sé si Adam le contó que soy veterinaria, añade Harriet con una sonrisa dulce que parece desmentir su crueldad. Sí, Adam me lo contó, miente Irene. Adam nunca le habló con demasiada precisión de Harriet. Cuando ella le preguntaba, al principio, él cambiaba de conversación, y pronto quedó claro que no era un tema del que quisiera dar explicaciones. ¿Con qué tipo de animales ha trabajado?, pregunta Irene con cortesía. Nunca he trabajado, responde Harriet. Mi padre era millonario, mi marido era millonario, no necesitaba trabajar. Pero tengo perros, gatos, peces, caballos y una iguana. Aquí, en este apartamento, solo viven los gatos, pero los encierro cuando hay visitas.

Están en el salón principal de la casa, que tiene dos muros de vidrio desde los que se divisa todo Manhattan. Irene nunca había visto una fotografía de Harriet y no la imaginaba como es: una mujer todavía de apariencia joven, muy delgada, con el pelo rojizo cortado a la moda y las uñas pintadas de color verde. No la imaginaba a usted así, dice Harriet mientras Irene está pensando eso mismo. ¿Cómo me imaginaba? No sabría decirle exactamente, responde Harriet. Con el pelo muy largo, con una melena rizada, con los tobillos delgados. Irene tiene el impulso de mirar sus tobillos, pero se contiene. No le gusta el rumbo que está llevando la conversación: Harriet embiste y ella se defiende. La imagen de una puta, dice como reacción. Melena larga y rubia, piernas esbeltas. Harriet sonríe otra vez dulcemente, sin insolencia. Eso fue, ¿no es verdad?, dice. ¿Eso le contó Adam?, pregunta Irene. Harriet no responde. Levanta la taza de té con el plato y se la acerca a los labios. Irene vuelve a mirar por el ventanal. Está comenzando a anochecer y desde allí se pueden distinguir las luces de los grandes edificios de la ciudad: el Empire State, el MetLife, el Chrysler. Durante un instante fugaz, Irene piensa que ella podría haber vivido en esa casa; haberse sentado cada noche en un sillón, a oscuras, para mirar ese espectáculo de sombras. Una ciudad en la que ocurre todo lo que puede ocurrirle a un ser humano. Una ciudad que nunca duerme.

¿Cómo es el corazón de las mujeres?, pregunta. También como el de los cerdos, responde Harriet, pero más pequeño y más frágil. Vuelve a posar la taza de té sobre la mesa y abre una pitillera que está junto a ella. ¿Le importa que fume?, pregunta. Irene niega con la cabeza. Harriet enciende un cigarrillo y expulsa el humo en un hilo fino. ¿Adam quiere saber la verdad?, dice Harriet. Irene huele el tabaco. No dice nada. En realidad, no sabe qué decir. Ella también se ha hecho esa pregunta. No estoy segura de que él mismo lo sepa. Tal vez esté esperando que la verdad sea propicia. ¿Y si no lo es?, vuelve a preguntar Harriet. Irene dibuja con la mano un gesto desafiante. ¿No lo es?, dice. Harriet hace una pausa, fuma con parsimonia. Tendrá que juzgarlo usted, señala. Y tendrá que decidir qué le cuenta a él. Apaga el cigarrillo y va luego hasta la lámpara de pie que está iluminando la habitación. Mueve el regulador de intensidad para aminorar la luz. El salón queda en una penumbra muy suave. Perdone, explica Harriet, pero no soy capaz de hablar de mí misma si no hay oscuridad. Como en los confesionarios. Puede apagar completamente, si lo desea, acepta Irene. La luz de Manhattan alumbra mucho. Harriet vuelve a su sillón. No es necesario, dice. Así es suficiente.

Adam y yo nos conocimos a los dieciséis años, comienza a decir. Yo tenía dieciséis. Él ya había cumplido los veintitrés. Era amigo de mi hermano Freddo y coincidíamos algunos fines de semana en Los Hamptons, donde su familia y la nuestra tenían residencia. Adam venía por casa, a veces se quedaba a cenar o incluso a dormir con mi hermano. Yo me enamoré de él el primer día que lo vi, o al menos eso es lo que he repetido luego tantas veces que acabé creyéndolo. Era muy guapo, tenía una sonrisa de galán de cine. Se parecía a Cary Grant. Irene no la interrumpe, pero piensa que los modelos de comprensión son falsificaciones culturales. Adam no se fijaba en mí, continúa Harriet. Él dice que lo hizo también desde el primer día, pero no es verdad. Cuando estábamos juntos, yo no apartaba los ojos de él. Me aprendí la forma exacta de sus labios, de su cuello, de sus manos y de sus piernas desnudas, cuando íbamos a la playa. Harriet hace una pausa y mira directamente a Irene. Se me ha olvidado advertirle de que mi familia es católica. Mis bisabuelos eran todos irlandeses. Mis abuelos mantuvieron la pureza y mis padres también. Todos mis apellidos y mi alma son irlandeses, aunque nunca he estado allí. Mirar las piernas de Adam era una forma de pecado, pero yo no podía evitarlo. Me confesaba con el sacerdote siempre que lo hacía, pero en realidad cada vez había menos propósito de enmienda. El milagro ocurrió cuando él empezó a fijarse en mí. Me hablaba, me llamaba por mi nombre, recordaba cosas que yo le había dicho. En ese momento, el corazón –que no era entonces todavía de cerdo– me saltó en pedazos. Comencé a enfermarme de amor. Hablé con Freddo y se lo dije. Freddo me quería mucho y sintió compasión por mí. Habló con Adam, y Adam le respondió que él sentía algo parecido.

Pero un mes después anunció su compromiso con una chica hacia la que le habían ido empujando sus padres y se casó con ella. Se llamaba Melanie y era la última mujer de la Tierra con la que Adam habría podido ser feliz. Para tapar el fracaso cometió otro error y se aventuró en otro fracaso. Con Natalie, su segunda esposa, convivió nueve meses. No estuvo enamorado de ella, pero le pareció que para su representación social era la persona perfecta. No lo fue.

Por fin volvió a mí. Aseguró que no había intentado nada por respeto a mi familia. Freddo le aconsejó que le pidiera permiso a mi padre formalmente. Él lo hizo, y mi padre dio su aprobación. Comenzamos a salir juntos cuando yo tenía diecinueve años y él estaba a punto de cumplir veintiséis. Yo era virgen. Dejé de serlo una semana después. En contra de lo que suele afirmar la mayoría de las personas, para mí aquel fue uno de los momentos más felices de la vida. Lo recuerdo aún. En una cama grande y limpia, con una luz apagada como la que tenemos ahora. Sentí dolor, sangré un poco, pero ha sido el único acto, en todos mis años, que me ha transformado de verdad. Desde aquel momento tuve la convicción de que Adam sería el único hombre que habría en mi vida. No solo por el mandamiento inviolable de Dios, sino porque me resultaba imposible concebir la idea de que hubiera un amor más poderoso y perdurable que aquel. Poco tiempo después, Adam me pidió que me casara con él. Puso una declaración de amor en todos los periódicos del país. Todos lo vieron. Mis familiares, mis amigos, los compañeros de la universidad, los socios de mi padre. Yo fui la mujer más dichosa del mundo, estoy segura de ello. Nos casamos en la catedral de San Patricio.

Harriet se levanta de repente, sale de la habitación y vuelve con una fotografía enmarcada de su boda en la que se los ve a ella, con un vestido blanco de cola muy larga, y a Adam, ataviado con chaqué. Son muy jóvenes. Posan con ese gesto de felicidad característico de los retratos nupciales. Vinieron más de mil invitados a la boda, continúa Harriet. Seis congresistas, tres senadores y el secretario de Comercio, además de John Belushi y de Robin Gibb, que cantó a los postres. Fue una ceremonia perfecta, mejor que en el mejor de mis sueños. Y esa misma noche nos fuimos de luna de miel al paraíso terrenal, a unas islas en Filipinas que parecía que acababan de surgir del océano. Adam era el hombre más amoroso y atento del mundo. Me acunaba por las noches, me hacía el amor con ternura, me llevaba en brazos cuando volvíamos cansados de un paseo y escuchaba todo lo que yo decía —mis historias de animales o el relato de mis enfermedades infantiles— con un interés desmesurado. Harriet vuelve a detener su relato, mira hacia una esquina vacía de la habitación, hacia el aire negro. Irene trata de distinguir si está llorando, pero la falta de luz no se lo permite. No fue una ilusión, continúa Harriet, no crea que me pasó como a esas mujeres tontas que se dejan engañar con unos cuantos melindres. Todo lo que ocurrió fue verdadero. Y lo que una vez fue verdadero no deja ya de serlo nunca. Me quedé embarazada enseguida, al volver de Filipinas, pero Adam y yo seguimos teniendo una vida sexual intensa casi hasta el día en que di a luz a Bobby. Después nació Alisa y tres años más tarde nació Archie. Y nada había cambiado. Adam seguía siendo el mismo muchacho adorable del que me había enamorado.

Harriet se calla durante unos segundos y mira con más intensidad a Irene, que solo puede ver su rostro en contraluz, delante del fondo de Manhattan. Y entonces ocurrió algo, aventura Irene. Quizás estaba ocurriendo ya desde hacía tiempo, responde Harriet sin pudor, pero yo no me di cuenta hasta ese momento. Y fue de una manera extraña. Adam cogió una gripe muy fuerte y no pudo asistir a la reunión semanal del consejo de administración de la Compañía. La siguiente semana estaba aún convaleciente y celebraron la reunión en nuestra casa. Yo entré con Archie para que lo conocieran todos y me quedé allí sentada un rato, en la biblioteca, adormeciendo al niño. Estaban hablando de la expansión de mercados del negocio de flores y el director comercial, leyendo la cuenta de resultados, dijo que Alabama era el único estado en el que no habíamos conseguido facturar ni un solo dólar. Yo me quedé callada, fingiendo acariciar al bebé como si no estuviera prestando atención. Adam había estado viajando continuamente a Montgomery, la capital de Alabama, durante los últimos meses. Harriet encendió otro cigarrillo. Sopló el humo. No había ninguna evidencia de nada, por supuesto, dijo. La compañía tenía varios negocios y yo no sabía a cuáles les prestaba atención Adam. Además, una de las razones de sus viajes podía ser precisamente abrir nuevos mercados. O ver a inversores. O cualquier otro asunto que estuviera más allá de mi conocimiento. Pero el hecho es que me quedó la sospecha. Y no me atreví a preguntarle. Hice lo que hacen todos los recelosos: comencé a observar lo que antes no observaba y a entrometerme en pequeñas cosas de las que antes me desentendía. No llegué a saber nada con certeza, pero en el comportamiento de Adam había muchas cosas inexplicables: viajes que no tenían justificación, citas nocturnas o ausencias sin coartada.

Vuelve a callar, apaga el cigarro. Irene está recostada en el sillón, escondida como uno de esos reptiles que tratan de confundirse con el dibujo de la selva. Sus ojos se han acostumbrado a la oscuridad, pero a pesar de eso no consigue distinguir la expresión de Harriet, que ahora suspira para recobrar la fortaleza de la confesión. En aquella época, a mí me hicieron por primera vez una proposición sucia. Harriet duda de la palabra, piensa en otra, pero al final se conforma. Hasta entonces habían intentado seducirme con delicadeza, una mujer se da cuenta siempre de esas cosas. En aquella ocasión, sin embargo, el hombre me habló directamente y me pidió que le acompañara a un hotel o que le diera una cita para otro día. Yo reaccioné escandalizada. Era un hombre muy atractivo, pero en mi cabeza no cabía la posibilidad de traicionar a Adam. No solo porque había jurado ante Dios no hacerlo, sino porque en la concepción del amor verdadero que yo tenía era incomprensible darle el cuerpo a otro hombre. Yo había firmado una renuncia. Un compromiso. Un deber de lealtad. Tenía tres hijos. Mi vida era la vida de Adam. Hace una pausa, se exalta como seguramente se exaltó cuando aquel hombre le pidió que se acostara con él. Lo despedí sin contemplaciones y le amenacé con contarle todo a su mujer, sigue diciendo. Me sentí feliz de esa abnegación. ¿Qué sentido tenía amar a alguien sin honestidad? ¿Qué podía quedar de nuestra vida compartida después de una indignidad así? Es cierto que pensé en las infidelidades que quizás Adam estaba cometiendo en Alabama o en cualquier cuarto de hotel, pero eso no cambiaba nada en mi modo de ver el amor. Nunca había estado con ningún hombre. Adam había sido el primero y sería el último. Eso era lo que le hacía especial, y no podía malbaratarlo por un capricho.

¿Quiere usted beber algo?, pregunta de repente, y, antes de que Irene tenga tiempo de responder, aprieta un pulsador remoto que hay sobre la mesa. Enseguida llega una criada con uniforme. Yo tomaré un Gin Fizz, Adriana, dice, y se vuelve hacia Irene interrogante. Yo tomaré solo agua, muchas gracias, dice Irene. ¿Con gas o sin gas, señora?, pregunta la criada en español. Sin gas, por favor, responde Irene. Mientras la criada va a por el pedido, Harriet se levanta y se acerca a la esquina del ventanal, dando la espalda a la sala. ¿Ha vivido usted en Nueva York alguna vez?, pregunta. No, responde Irene. Nunca. Es una ciudad prodigiosa, dice Harriet. Creo que yo no podría vivir en otra parte. Vuelve a la mesa y enciende otro cigarrillo. El aire está ya espeso y pestilente. No quiere recomenzar su historia para no ser interrumpida, pero Adriana, la criada, tarda poco en regresar con la bandeja. Coloca las bebidas sobre posavasos, deja en la mesa unos cuencos con aperitivos y desaparece de nuevo.

¿Usted nunca creyó en ese tipo de amor?, pregunta Harriet después de mojar los labios en el borde de la copa. No, responde Irene. Siempre creí que el amor no podía tener esas cargas imposibles. Es curioso, reflexiona Harriet: ahora me parece evidente, pero entonces era incapaz de comprenderlo. En realidad todos sabemos que es mentira, ¿no es cierto? Irene no entiende el sentido de la pregunta. ¿El qué?, dice. Ese amor virtuoso, responde Harriet. No creo que a eso se le pueda llamar virtud, replica Irene, y de golpe hay un silencio. ¿Cómo lo llamaría usted? Irene no duda. Miedo, dice. Lo llamaría miedo. Puede ser, admite Harriet. Al fin y al cabo, el miedo es el sentimiento que nos protege de todos los peligros. Incluso de nosotros mismos. ¿Nunca se arrepintió usted de no haberse acostado con aquel hombre?, pregunta Irene. Harriet bebe del Gin Fizz. Me acosté con él, dice. Llegué a enamorarme de él. Qué banales somos, ¿verdad? Hace una pausa una vez más y luego continúa, con voz más cansada. Cuando Adam me habló de usted, estuve a punto de suicidarme. Él nunca lo supo, pero la misma noche en que me contó todo me fui a un hotel, me tomé una caja de somníferos y me acosté para morir. Si toda mi vida había sido una invención, mejor acabar con ella cuanto antes. Pero me arrepentí en el último instante. Pensé en el recuerdo que tendrían mis hijos. Me levanté de la cama, casi sin sentido, y me arrastré hasta el pasillo del hotel. Conseguí salir de la habitación y ahí me desplomé. Me desperté en un hospital. Me habían lavado el estómago inmediatamente, no había secuelas de ningún tipo. Pedí que no avisaran a nadie. Pasé en la habitación un par de horas y luego me dejaron volver a casa. No hablé con Adam. Durante varios días, estuve la mayor parte del tiempo durmiendo. Luego recobré una cierta calma y empecé a hacer las mismas cosas de siempre. Cuidé de mis hijos, fui a darme masajes musculares, respondí el correo pendiente y acompañé de nuevo a Adam a las fiestas de sociedad a las que nos invitaban. Seguimos viviendo como si nada hubiera ocurrido. Pero había ocurrido. Un día, en un acto benéfico, conocí a un hombre amable que me galanteaba. Me acosté con él. No me apetecía demasiado y no tenía ningún instinto de venganza, pero algo en mi conciencia me decía que debía hacerlo. Primero sentí remordimiento, pero más tarde, cuando eso se alivió, me vino una tranquilidad inmensa. Era como si durante toda mi vida hubiera estado intentando evitar una catástrofe que no iba a producirse de ninguna manera. Recuerdo que en esa época volví a leer en la Biblia el episodio de Lot y de su mujer, que salen huyendo de Sodoma con la prohibición absurda de mirar hacia atrás. Edith, la mujer de Lot, no resiste la tentación y se vuelve para mirar hacia la ciudad en la que ha vivido tantos años. Yahveh, entonces, la convierte en estatua de sal por haber desobedecido su prohibición. ¿Usted cree en Dios?, pregunta de repente Harriet. Irene se sobresalta. No, dice. Dejé de creer en la adolescencia. Yo no estoy muy segura de mis creencias, dice Harriet, pero sigo rezando y leo de vez en cuando la Biblia. Aquella historia, sin embargo, me irritó mucho. Me di cuenta de que me había pasado la vida sin mirar hacia atrás para no convertirme en estatua y de que ya nunca sabría cómo eran los paisajes que me había perdido.

Durante un instante, Irene tiene la impresión de que Harriet va a callarse, melancólica, para evocar esos recuerdos que no pudo llegar a crear. Pero apura el Gin Fizz y continúa apresurando el relato, como si quisiera terminar ya con ese trámite doloroso. Un año después volví a encontrarme con el primer hombre, con ese al que había despedido con amenazas cuando era una mujer pura. Adam acababa de marcharse a un viaje por varios países de Sudamérica y tardaría casi un mes en regresar. Esta vez fui yo quien se acercó a él y le habló con claridad. Buscamos un hotel y empezamos a vernos asiduamente. Mi relación con Adam estaba en esa fase en la que todo parece repetirse infinitamente. Archie tenía ya catorce años y no me exigía demasiada atención. Yo había cumplido los cuarenta y estaba atravesando el periodo clásico de angustia existencial. Bob me devolvió la ilusión. Era un gran amante y me hacía descubrir muchas cosas nuevas. Se había divorciado de su mujer, de modo que disponía del tiempo cuando yo lo necesitaba. Al cabo de cinco meses, me di cuenta de que no sabía vivir sin él. Un día se lo dije. Acabábamos de hacer el amor y quería alargar ese sentimiento durante el resto de la vida. El amor en realidad es un deseo erótico transfigurado. Un orgasmo que tiene la voluntad de perdurar.

Irene se sonroja. Piensa que tal vez esa cita con Harriet acabe siendo desagradable. Hacía mucho tiempo que no estaba en Nueva York y tiene ganas de salir a la calle, de quedarse sola esa noche y pasear por la ciudad pensando en Adam y en el sentido de los actos que ejecutamos. Bob me pidió que me divorciara de Adam y que me fuera a vivir con él, dice Harriet. Él también me amaba. Me asusté. Sentí terror. Aquel día estábamos en su casa (ya siempre nos citábamos en su casa) y me vestí deprisa para salir de allí. Era yo quien le había confesado mis sentimientos, pero en ese momento tenía la necesidad de huir.

Harriet se levanta, da dos vueltas a la habitación y se sienta por fin en otro sillón, a la izquierda de Irene. Fue la última vez que lo vi, dice. A veces aún pienso en él, pero estoy segura de que hice lo que debía. Se calla durante mucho tiempo. No es una pausa expresiva, sino un silencio. Irene teme que haya sido el final. ¿Por qué?, pregunta cuando cree que ya no hay otro remedio. ¿Usted nunca le pidió a Adam que me abandonara?, pregunta a su vez Harriet. No, responde Irene sorprendida. Nunca lo amé. Y nunca creí que él pudiera hacerlo. Adam siempre dijo que era a usted a quien amaba. Yo no tuve dudas. Harriet hace entonces una cosa extraña: se baja del sillón y se sienta en el suelo, en la alfombra, con las piernas cruzadas. Me acordé de los días felices que había pasado con Adam, dice con un hilo de voz. Me acordé de las promesas y de los sueños que habíamos tenido juntos. Irene echa el cuerpo hacia

259

delante, se sienta en el borde del sillón mirándola entre la penumbra. Esos días felices podrían volver con otro hombre, dice. Harriet niega con la cabeza, como si tratara de apartar un pensamiento. Desde donde está ahora sentada se ve también el cielo de Manhattan. La vida solo pasa una vez, dice. Los actos que se repiten son actos diferentes, aunque creamos que son los mismos actos. Tal vez si yo hubiera dejado de amar a Adam, podría haber empezado de nuevo. Pero nunca había dejado de amarle. Y la lealtad (esa lealtad que yo había glorificado equivocadamente en mi juventud) consistía en permanecer junto a él.

Ahora sí se calla e Irene sabe que la confesión ha terminado. No me he arrepentido nunca, dice todavía Harriet. Y el hecho de que usted esté aquí, con ese encargo de Adam, me demuestra una vez más que hice lo que debía hacer. ¿No ha vuelto a tener ningún amante?, pregunta Irene con indiscreción. Creí que usted comprendería mi historia, pero veo que no lo ha hecho, dice Harriet decepcionada. He tenido amantes y sigo teniendo amantes. Irene se avergüenza de ese error. Ha comprendido bien la historia de Harriet y su moraleja, pero duda siempre de los que conservan la fe en Dios. No le voy a contar a Adam nada de esto que usted me ha contado, dice. Estoy segura de que lo entendería al revés de como en realidad es. Los hombres, igual que los cerdos, tienen el corazón demasiado inflamable. Harriet sonríe y mueve la cabeza con aprobación. En ese último momento, antes de que deba levantarse y bajar a las calles de Manhattan, de nuevo sola, Irene se acuerda del experimento de las ratas y se pregunta si los investigadores clínicos que lo hicieron intentaron detectar alguna diferencia entre todas las parejas posibles que el macho tenía dentro de la jaula. Se pregunta si las ratas saciadas sexualmente tienen también algún instinto de lealtad.

AGRADECIMIENTOS

Esta novela, que me merodeaba desde hacía años, comencé a escribirla en el Parador del Saler, en una habitación maravillosa que compartía con mi marido pero que bien habría merecido también un adulterio. Luego se detuvo durante cuatro meses, hasta que la reinicié –esta vez sí con ímpetu y constancia– en el ático formidable que Torben y Dieter Ingenschay tienen en un lugar privilegiado de Berlín. En noches a menudo insomnes, en las que veía amanecer, *Cien noches* empezó siendo, así, la novela más viajada de todas las mías.

En una novela sobre infidelidades y adulterios, intenté al principio documentarme a través de las historias más cercanas: amigos, familiares o conocidos. Pero, como se explica en la novela, todo el mundo miente –y sobre todo calla– cuando se le pregunta acerca de estos asuntos. La única que se ofreció a suministrarme material narrativo de calidad fue Mercedes Sierra, abogada matrimonialista, que, sin incumplir en ningún caso sus deberes deontológicos, me proveyó de algunas historias entre rocambolescas y extravagantes de sus clientes adúlteros. En las páginas han quedado algunas de sus ideas.

261

La estructura que planeé para la novela incluía varios relatos autónomos con expedientes de adulterios investigados. Me pareció divertido pedirles a algunos amigos escritores que los hicieran ellos (salvo uno, que había escrito yo mismo como muestra). Promiscuidad literaria en una novela promiscua.

Todos –Edurne Portela, Manuel Vilas, Sergio del Molino, Lara Moreno y José Ovejero– dijeron que sí sin dudarlo, y escribieron, a ciegas, algunas de las mejores páginas de la novela. La tradición del *cameo* literario debería ser más fértil, a mi juicio.

Las aportaciones y sugerencias de mi agente Palmira Márquez, de mi marido Axier Uzkudun, de mi editora Silvia Sesé y de mi don Juan Tenorio secreto –un amante entre amantes– contribuyeron a corregir algunas de las flaquezas que la novela pudiera tener.

Cien noches, por tanto, es una novela viajera, promiscua y compartida. Las tres mejores cosas que se puede ser.

ÍNDICE